L'initiation

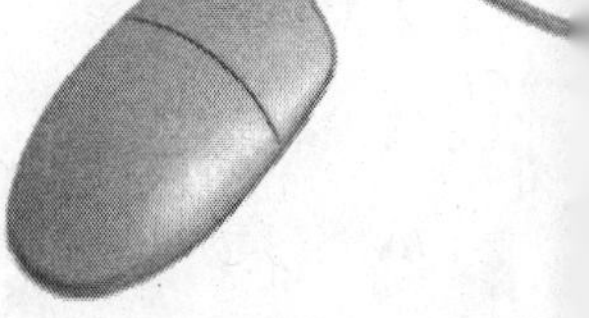

Du même auteur, chez le même éditeur

C'était un 8 août, roman, coll. Graffiti, 1999. Finaliste Prix Hackmatack 2001.

L'arbre de joie, roman, coll. Ma petite vache a mal aux pattes, 1999. Prix Boomerang 2000.

Zzzut ! roman, coll. Ma petite vache a mal aux pattes, 2001. Prix Communication-Jeunesse 2002.

Mineurs et vaccinés, roman, coll. Ma petite vache a mal aux pattes, 2002. 2e position au palmarès de Communication-Jeunesse 2003.

Zak, le fantôme, roman, coll. Chat de gouttière, 2003. Prix Hackmatack 2005. Finaliste au Prix Communication-Jeunesse 2004.

Mon petit pou, roman, coll. Ma petite vache a mal aux pattes, 2003. Finaliste au Prix Communication-Jeunesse 2004. Finaliste Prix choix du public au Salon du livre de Trois-Rivières 2004.

Un gardien averti en vaut trois, roman, coll. Ma petite vache a mal aux pattes, 2004.

Les Tempêtes, roman, coll. Graffiti, 2004.

Alain M. Bergeron

L'initiation

SOULIÈRES ÉDITEUR

case postale 36563 — 598, rue Victoria,
Saint-Lambert, Québec J4P 3S8

Soulières éditeur remercie le Conseil des Arts du Canada et la SODEC de l'aide accordée à son programme de publication et reconnaît l'aide financière du gouvernement du Canada par l'entremise du Programme d'Aide au Développement de l'Industrie de l'Édition (PADIÉ) pour ses activités d'édition. Soulières éditeur bénéficie également du Programme de crédit d'impôt pour l'édition de livres – Gestion Sodec – du gouvernement du Québec.

Dépôt légal: 2005
Bibliothèque nationale du Canada
Bibliothèque nationale du Québec

Données de catalogage avant publication (Canada)

Bergeron, Alain M.

L'initiation
(Collection Graffiti; 30)

Pour les jeunes de 11 ans et plus.

ISBN 2-89607-026-5

I. Titre. III. Collection.

PS8553.E674I55 2005 jC843'.54 C2005-940508-2
PS9553.E674I55 2005

Conception graphique de la couverture :
Annie Pencrec'h et Alexis K. Laflamme

À mon ami, Laval Carrier,
qui a su se tenir debout,
dans des circonstances
particulièrement difficiles…

« Je n'ai rien inventé.
Je n'ai pas l'esprit aussi tordu
pour imaginer des trucs semblables ! »

Jocelyn Chauvette,
devant le comité d'enquête
sur les prétendues
initiations sportives
au collège Wilfrid-Laurier.

Avertissement

Les initiations décrites dans ce récit sont tirées de témoignages (parlés ou écrits) recueillis auprès d'entraîneurs, d'athlètes, de parents, de préposés à l'équipement, de responsables d'organisations sportives et de journalistes.

Toutefois, il convient de préciser que toute ressemblance avec des personnes ou des organisations sportives ne serait que pure coïncidence. Et que les initiations ne sont pas exclusives au hockey.

Chapitre 1

Je ne me rappelle plus qui m'a raccompagné à la maison, encore moins à quelle heure. Qui m'a mis dans mon lit ? Mes parents ? Cela devait être une scène bien navrante…

Leur fils unique, Alexandre Parent, le crâne rasé, à l'exception d'une lisière de cheveux, saoul, incapable de se tenir debout. Moi qui ne bois jamais d'alcool.

J'ai été malade au cours de la nuit. À plusieurs reprises. Chaque fois, c'est le goût de « l'olive musicale » qui déclenchait les nausées et les vomissements.

Je me suis levé tard dans la matinée, souffrant d'un terrible mal de tête. Quand je me suis brossé les dents, j'ai revu la scène d'hier soir et j'ai été malade à nouveau.

Ma mère ouvre les rideaux de la grande fenêtre de la cuisine. La lumière du matin inonde la pièce. Je dois me voiler les yeux un instant.

— C'est un matin magnifique quand vous écoutez Schubert, clame mon père, de fort joyeuse humeur, après avoir glissé un disque compact de son compositeur préféré dans l'appareil stéréo.

Constatant ma mauvaise mine, si opposée à la sienne, il prend place à mes côtés, à la table.

— La veillée a été dure, mon gars, n'est-ce pas ? dit mon père en me tapotant doucement l'épaule.

Je fixe le vide, une tasse de café à la main. J'aimerais tout lui raconter, mais je ne peux pas : j'ai trop honte !

— Tes beaux cheveux blonds, déplore ma mère.

Les yeux rougis, elle m'enroule une serviette autour du cou et, d'une main habile, entreprend de me raser complètement la tête. Je ferme les yeux pour les rouvrir aussitôt : le visage de Maxime Croteau, rasoir électrique à la main, m'apparaît.

— Il me semblait que ton entraîneur avait affirmé qu'il n'y aurait pas d'initiation au hockey, au collège, dit-elle en reniflant.

« Il faut respecter le code du silence », ont exigé le capitaine Charles Masson et son assistant Maxime Croteau, avant de commencer la séance. Ils n'ont rien ajouté à propos du respect des joueurs.

Je demeure silencieux, sourd aux questions de mes parents. La sonnerie du téléphone explose dans ma tête. Mon père se lève d'un bond pour s'emparer de l'appareil.

— C'est pour toi, chuchote-t-il en me tendant le combiné.

Je me lève de ma chaise et tourne les talons.

— Je ne suis pas là pour personne. Prends le message.

Et je m'enferme dans ma chambre, ruminant les événements de la veille. Mon père cogne à ma porte pour me dire que c'était mon entraîneur : il voulait me rappeler la séance d'entraînement, cet aprèsmidi, à l'aréna du collège.

Ma décision est déjà prise.

*

J'aurais aimé avoir une casquette pour ne pas livrer mon crâne nu aux regards des curieux, mais le règlement en interdit le port à l'école. Aussi, j'avance d'un pas rapide dans le couloir du collège menant à l'aréna. Je passe devant la grande armoire vitrée dans laquelle sont en évidence les nombreux trophées et plaques remportés par l'équipe de hockey, les Vaillants, au fil des années. Ils me rappellent la tradition gagnante de la formation depuis l'arrivée à sa barre de l'entraîneur Jeff Gélinas. Sur chacune des photographies des différentes équipes qu'il a dirigées, celui-ci pose fièrement au centre de la première rangée. On peut difficilement le manquer… D'autant que son tour de taille a augmenté au fil des conquêtes !

Jeff Gélinas, à ce qu'on m'a raconté, est un ancien joueur professionnel, au talent limité, qui n'a jamais atteint la Ligue nationale de hockey et qui s'est converti en entraîneur à sa retraite. On le compare, avec raison, à un volcan, susceptible d'exploser à tout moment. Ses colères publiques contre les arbitres entretiennent sa propre légende.

— Un jour, tu inscriras ton nom sur l'un de ces trophées, dit une voix derrière moi.

Il s'agit de Jocelyn Chauvette, un étudiant, journaliste sportif pour le journal du collège, *La Feuille de Laurier*. Il suit les activités des Vaillants depuis deux ans. D'une nature calme et discrète, il est de grande taille, a les cheveux très courts et un visage au menton carré ; il paraît plus vieux que ses seize ans et des poussières.

— Ça, ça m'étonnerait ! dis-je en quittant les lieux.

Je le laisse en plan pour me diriger vers le vestiaire de l'équipe. Je pousse la lourde porte de l'aréna. Lorsqu'elle claque derrière moi, le bruit explose dans le centre sportif, désert à cette heure-ci. Mon cœur bat plus rapidement. Je prends une grande respiration pour me calmer. En vain.

Au-dessus de la glace, suspendues au plafond, cinq larges bannières font face aux gradins. Sur chacune d'elles sont inscrits, en lettres noires sur un fond vert et jaune, les exploits des Vaillants :

Hockey : champion de ligue, 2000,
sport étudiant
Hockey : champion provincial, 2001,
sport étudiant
Hockey : champion régional, 2002,
sport étudiant
Hockey : finaliste au championnat
provincial, 2003, sport étudiant
Hockey : champion de ligue, 2004,
sport étudiant

Un son familier provenant d'une petite salle près du vestiaire me rappelle le but de ma présence en ces lieux. Portant des lunettes de protection, Samuel Bernard, le préposé à l'équipement, fait jaillir une dernière et formidable giclée d'étincelles alors qu'il termine l'affûtage de la lame du patin de Jean-François Langevin. Tous les deux me saluent. Le joueur, format géant, a revêtu son uniforme, à l'exception de son casque. Passant plusieurs fois sa main sur son crâne rasé, il s'avance.

— J'aimerais… j'aimerais te remercier d'avoir voulu prendre ma place. Tu sais… pour le « Tabasco », marmonne-t-il.

Il jette un regard autour de lui, comme s'il craignait que quelqu'un ne l'entende ou même ne le voie. Je murmure :

— Est-ce que *ça* brûle toujours ?

— Ah, *ça*… ça s'endure avec le temps. Sur le coup, c'est atroce.

— Ouais… J'imagine, dis-je d'un ton neutre.

Samuel lui remet ses patins bien aiguisés.

— Vous avez été courageux, les gars, hier, souffle-t-il, visiblement mal à l'aise.

Il me lance un coup d'œil furtif. Travailleur effacé, mais efficace, Samuel ne fréquente plus le collège depuis l'an dernier, mais il demeure dans l'entourage du club.

Langevin sourit à sa remarque, mes traits se durcissent.

— Courageux ? Non ! On a été des maudits lâches !

Sans même attendre leur réaction, je les abandonne pour pénétrer dans le vestiaire. Une fois à l'intérieur, mon regard embrasse la pièce peinte aux couleurs de l'équipe :

le rouge pour les murs, le bleu pour le plancher et le plafond. Sur l'un des murs, celui situé face à la porte d'entrée, on peut lire la devise de l'équipe :

Fais aux autres ce que tu ne voudrais pas
qu'ils te fassent.
Tout pour la victoire !
— Jeff Gélinas

Un gigantesque « V» a été tracé en noir sur le plancher. « V» pour Vaillants ; « V» pour victoire.

Lentement, les joueurs finissent d'enfiler leur équipement pour l'entraînement. Portant son éternelle casquette rouge et bleu – du moins à l'aréna – pour camoufler sa calvitie, l'entraîneur Gélinas discute avec son capitaine Charles Masson et son assistant Maxime Croteau dans un coin.

— L'entraînement débute dans vingt minutes, signale sèchement Jeff Gélinas.

— Tiens, la comète blonde ! ironise Masson. Il est des nôtres, maintenant...

Je regarde autour de moi. Je perçois une gêne certaine chez les recrues alors que les vétérans se racontent avec délectation les meilleurs moments de la veille.

Il y a trois semaines, quand le camp d'entraînement a démarré, j'étais certain que je me taillerais un poste dans l'équipe. J'étais déterminé à défendre sur la glace l'honneur du collège Wilfrid-Laurier. Dans le match intra-équipe, j'ai compté un but et récolté une passe. Pour la première partie hors-concours, contre le collège Notre-Dame, j'ai inscrit deux buts et amassé deux aides. Lors de la rencontre suivante, j'ai récolté trois points contre Victoriaville. Quand le calendrier des matches préparatoires a pris fin, à la surprise de tous, j'étais le deuxième meilleur marqueur de notre équipe, derrière Masson. J'en étais fier. Je savais que je pouvais être utile à ce club.

Le journaliste Jocelyn Chauvette, dans son analyse du début de la saison, a écrit que les Vaillants veulent mettre tout en œuvre pour remporter à nouveau le championnat provincial du hockey scolaire, titre que la troupe de Jeff Gélinas avait raflé en 2001. Deux ans plus tard, ils ont atteint à nouveau la finale, mais se sont inclinés face aux Diablos du collège Saint-Jean.

Pour la nouvelle saison sur le point de s'amorcer, l'entraîneur Gélinas n'entend pas se contenter du seul championnat de sa ligue. Les joueurs sont en mission. De son côté, il entend prendre tous les moyens mis à sa disposition pour que les Vaillants se rendent jusqu'au bout.

Toujours selon le journaliste de *La Feuille de Laurier*, je pourrais être l'un des éléments importants au sein de l'équipe du collège Wilfrid-Laurier. Me qualifiant de « *comète blonde* », à cause de mes longs cheveux blonds que la vitesse agite quand je file sur la patinoire, il a vanté mon coup de patin explosif, mes talents de marqueur et mon grand sens du jeu, « *inhabituel pour un jeune ailier droit de 4e secondaire* », a-t-il écrit. Ses mots ont chatouillé l'orgueil de certains vétérans, qui ne me passaient que rarement la rondelle, même si je me trouvais en meilleure position qu'eux pour tirer au but. Il a ajouté qu'il ne faudrait pas être surpris de me voir devenir le premier joueur de seize ans dans l'histoire des Vaillants à remporter le championnat des compteurs de la ligue à condition que je parvienne à éviter les blessures.

Même si les vétérans ignoraient mes succès, quand ils ne me menaçaient pas tout simplement, je me suis fait des amis parmi les nouveaux joueurs, dont le gardien de but Marc-André Thibodeau et le défenseur Jean-François Langevin.

Quiconque passera dans le vestiaire à cette heure-ci constatera que toutes les recrues ont la tête rasée. À une exception près. Pas un vétéran n'a osé toucher un seul cheveu de Laval Vallier. Ce n'est pas qu'il est physiquement imposant, mais il est très mauvais ; personne ne l'intimide. Il a du feu dans les yeux, comme Maurice Richard, a raconté Jeff Gélinas.

Une longue cicatrice marque sa joue gauche à la suite d'un violent coup de bâton assené par un vétéran de sa propre équipe au camp d'entraînement. Il a laissé tomber les gants et, même s'il saignait abondamment, il a affronté le joueur. Il a suffi d'un seul coup de poing, une fulgurante droite, et son adversaire est resté longuement étendu sur la glace. Plus personne n'a osé le provoquer. Humilié, le vétéran n'est plus revenu au jeu.

Il y a quelques jours, dans le vestiaire, alors que l'entraîneur était parti précipitamment, Masson et Croteau, flanqués des autres vétérans, ont voulu initier Vallier. Conservant son calme, il s'est levé et a pointé Masson, le joueur le plus près de lui.

— Vous pouvez tenter votre chance, les gars, mais je vous préviens : le premier qui me touche reçoit mon poing dans la face.

Croteau a alors éclaté d'un rire mauvais, mais Masson a cessé d'avancer.

— Tu ne pourras pas tous nous combattre en même temps, lui a signalé Masson.

— Peut-être pas, a convenu Vallier, toujours avec calme. Mais je sais que ta mère ne te reconnaîtra pas quand j'en aurai fini avec toi.

— On va te déshabiller et t'attacher tout le corps avec du ruban adhésif de hockey, a repris Croteau, d'une voix qui nous a paru plus convaincante.

— T'as sûrement raison, lui a répliqué la recrue en pointant un index menaçant vers son visage. Mais aussitôt que je serai détaché, parce que vous devrez me détacher un jour, tu es celui sur lequel je vais frapper sans arrêt. Je te jure que tu ne t'en relèveras pas !

Les sourires se sont effacés sur leurs visages. Masson, Croteau et leur bande en ont été quittes pour leur petit bonheur et sont retournés à leur place. Laval Vallier n'a plus été inquiété par la suite. Mais une fois qu'il est sorti du vestiaire, les vétérans se sont vengés en s'en prenant à Jean-François Langevin. Ils ont choisi le gentil géant parce qu'il est le plus velu de nous tous et ils lui ont enrubanné les bras, les jambes et le corps, pour l'abandonner ainsi dans la chambre des joueurs.

Thibodeau et moi avons été envoyés sur la glace, flambant nus, à l'exception d'un protecteur athlétique et de nos patins.

Nous avons dû effectuer un tour de patinoire avant de réintégrer le vestiaire. Et il y avait des gens dans les gradins…

Nous avons finalement tiré Langevin de son mauvais pas. Il a commencé à retirer les rubans de hockey de ses bras, chaque centimètre de ruban lui arrachant douloureusement des touffes de poils.

Je lui ai suggéré d'aller sous la douche. Ainsi, le ruban se décollerait plus facilement. Langevin n'a pas ménagé ses remerciements à la suite de cette séance d'épilation bien involontaire.

Ce sont ces souvenirs qui reviennent me hanter quand j'aperçois Langevin porter fièrement son chandail d'équipe rouge et bleu, avec un grand « V» noir sur le devant et son nom inscrit en grosses lettres à l'endos, au-dessus de son numéro.

— Tu vois, Alexandre ? Langevin, numéro 11 ! C'est tout un honneur dans ma carrière de joueur de hockey.

Les autres recrues imitent Langevin à l'exception de Laval Vallier, toujours seul dans son coin. Il les regarde en hochant la tête.

Derrière moi, Croteau enguirlande Samuel Bernard, le préposé à l'équipement, parce qu'il a aiguisé les patins de Langevin avant les siens.

— Ça valait bien la peine d'avoir un peu de misère pour *ça*, hein ? claironne Masson qui se joint à la conversation sans y être invité.

Ça, c'est mon gilet, avec mon nom de famille et mon numéro 37. Le vétéran me le tend. Il sourit à belles dents, insensible au calvaire qu'il nous a fait subir. Tout *ça* pour pouvoir jouer au hockey ?

— Non ! dis-je en soutenant son regard.

Je m'empare du gilet. Je le lance par terre avec rage et je crache dessus.

— C'est tout ce que *ça* mérite ! Tassez-vous !

Me frayant un chemin parmi le groupe, je prends mon sac d'équipement, mes bâtons et je quitte le vestiaire devenu silencieux.

Chapitre 2

MES PARENTS COMPRENNENT QUE QUELQUE CHOSE S'EST BRISÉ LORSQUE JE SUIS RENTRÉ CHEZ MOI PLUS TÔT que prévu, avec tout mon équipement. Sur fond musical des *Quatre saisons* de Vivaldi, entre l'été et l'automne, je leur annonce au repas qu'il n'y aura pas de match demain soir.

— La rencontre a été annulée ? avance mon père.

Contrairement à d'autres parents, comme pour le père de Langevin, le hockey n'est pas une obsession pour mes parents. Ma mère essaie d'enrichir ma culture personnelle, partageant ses lectures, son goût pour le cinéma, le théâtre, la musique, les musées. Elle souhaite par-dessus tout que je m'ouvre à plusieurs univers, au lieu de me concentrer seulement sur le sport. C'est pour ça que je suis membre du *stage band* du collège Wilfrid-Laurier. Mon père assiste aux matchs de hockey parce qu'il sait que j'aime ça, tout simplement. En fait, ce n'est plus vrai maintenant…

Quand je leur annonce ma décision d'abandonner le hockey, ils ne peuvent toutefois dissimuler leur surprise.

— Avec le camp d'entraînement que tu as connu ? s'étonne mon père.

— Tu semblais éprouver une grande fierté à porter le chandail des Vaillants, remarque ma mère.

— Mais qu'est-ce qui s'est passé, Alex, pour que tu en arrives là ? ajoute mon père, inquiet.

Je ne peux plus manger. Je n'ai pas pris un bon repas depuis l'initiation. J'ai encore des haut-le-cœur quand j'avale une bouchée. Je ne me souviens pas de la dernière fois où j'ai pleuré. Le regard dans le vide, j'ai les yeux embués de larmes. Je veux quitter la table, mais mon père pose sa main sur la mienne.

— S'il s'est produit quelque chose, tu devrais nous en parler.

Je hausse les épaules.

— Je ne veux plus jouer au hockey à tout prix, dis-je d'une voix éteinte.

J'ai toujours eu une relation de confiance avec mes parents.

— Et quel a été le prix à payer cette fois-ci ? sonde ma mère.

Avant d'éclater en sanglots, je laisse tomber :

— Le prix du respect…

*

Ma mère pleure à chaudes larmes. La mélancolique *10e symphonie* de Mahler, que l'on entend à la radio, n'a rien pour la consoler. Mon père rumine sa rage dans toute la maison. Je ne l'ai jamais vu aussi en furie, lui qui est d'ordinaire si posé. Je n'avais pas prévu une réaction aussi violente. Mes parents se doutaient bien que l'initiation avait été difficile, mais jamais à ce point-là.

Les poings serrés, respirant comme un taureau, mon père arpente la cuisine à grandes enjambées.

— Comment ont-ils pu ? Comment ont-ils osé s'abaisser ainsi ?

— Maudit hockey ! est parvenue à bafouiller ma mère en s'essuyant les yeux.

Il a fallu quelques minutes pour que la tempête se calme un peu. Mon père reprend sa place à la table :

— Pourquoi as-tu enduré ça, Alex ?

Sans même me laisser le temps de m'expliquer, il se remet à vociférer :

— Avant le début de l'année, ton entraîneur nous avait assurés qu'il n'y aurait pas d'initiation.

C'est à croire qu'il est en colère après moi.

— Il n'était pas là, ce soir-là, dis-je.

— Il s'en est lavé les mains, ce lâche, signale ma mère avec justesse.

— Je ne pensais pas qu'ils iraient si loin... J'étais prêt à accepter certaines choses, mais tout a dégénéré.

— Et les autres n'ont pas réagi ? reprend mon père, à nouveau hors de lui. Bon sang, Alex, comment avez-vous pu accepter que l'on vous dégrade ainsi simplement pour porter le chandail des Vaillants ?

Je baisse la tête. C'est là que ça blesse. J'aurais dû être assez fort et assez intelligent pour m'opposer à l'initiation, comme Laval Vallier dans le vestiaire.

— Lundi matin, on rencontre le directeur au collège et...

— Non, maman ! dis-je en l'interrompant. Je vous en ai parlé pour que vous compreniez pourquoi je ne jouais plus au hockey. C'est tout !

— C'est tout ??? explose mon père. Mais Alex, vous avez été agressés et...

— Je vous prie de ne pas vous en mêler. Vous m'avez toujours laissé libre de mes choix. Cette histoire-là est terminée pour moi. Passons à autre chose, dis-je d'un ton déterminé. Vous me l'avez sans cesse répété : il n'y a pas que le hockey dans la vie. Maintenant, je vais me concentrer sur la musique et je n'en serai pas plus malheureux.

Pour mes parents, c'est là la plus grande concession qu'ils m'aient jamais faite. En fait, c'est la mort dans l'âme qu'ils acceptent ma décision.

— Je ne peux pas croire, Alex, que ces imbéciles-là vont s'en tirer comme ça, murmure mon père, les larmes aux yeux.

*

Au collège, lundi matin, je retrouve mon ami Jean-François Langevin à la salle des casiers.

— Ton départ a fait des vagues, me dit-il pendant que j'accroche mon manteau et que je prends mes livres.

Langevin porte fièrement son veston, avec un petit écusson « V», brodé côté cœur, rappelant qu'il est désormais un des Vaillants. Il me raconte l'explosion de colère de Jeff Gélinas lorsqu'il a appris que je laissais SON club sans même le prévenir. Quel affront !

« On va lui montrer qu'on est une meilleure équipe sans lui », a-t-il déclaré aux joueurs avant le match.

— On a perdu 4-1 à Victoriaville, signale Langevin, réprimant un sourire. Le plus drôle, dans l'histoire, c'est que ton nom figurait encore sur la liste des joueurs remise à l'annonceur maison... T'imagines la suite ? Lors de la présentation officielle des Vaillants, ton nom a résonné dans les quatre coins de l'aréna. T'aurais dû voir la face de l'entraîneur !

L'image me fait sourire.

— Il devait être dans tous ses états.

— Oui, et il a blâmé Samuel Bernard, le préposé à l'équipement...

Mais Langevin enchaîne plus sérieusement :

— L'esprit d'équipe est épouvantable. La soirée a laissé des traces et il y a un froid entre les vétérans et certaines recrues. Le *coach* devra travailler fort pour parvenir à regrouper tout son monde pour le match de samedi prochain à l'aréna du collège.

— Et toi, Langevin ?

— Moi ? Hum... Je suis content d'endosser l'uniforme du Wilfrid-Laurier. Mon père aussi, je crois. Et il y a toutes ces filles qui me regardent maintenant...

Comme si on pouvait manquer un géant dans l'école... Je referme la porte de mon casier. Désireux de changer de sujet, Langevin reprend :

— Monsieur Gélinas veut te rencontrer cet après-midi, à 16 heures, à l'aréna, pour discuter de ton retour dans l'équipe. Il dit, à mots couverts, qu'il a entendu parler de l'initiation ; s'il y a des coupables, il les punira…

— Il est trop tard pour moi. J'ai tourné la page. Tu sais quoi ? Ça m'a écœuré du hockey ce qui est arrivé. Et puis, il y a la musique… Au moins, on n'est pas initiés parce qu'on est des nouveaux.

Nous nous dirigeons vers le local A-104 pour notre cours de français.

— Avant que j'oublie : Jocelyn Chauvette, le journaliste, aimerait bien te parler, lui aussi…

Chapitre 3

JE FRAPPE À LA PORTE DU BUREAU DE L'ENTRAÎNEUR JEFF GÉLINAS, AU PREMIER ÉTAGE DE L'ARÉNA. IL N'EST PAS QUE LE PILOTE DE l'équipe de hockey, il occupe également le poste de professeur d'éducation physique du collège.

Une voix bourrue m'ordonne d'entrer. L'homme est assis à son bureau. Derrière lui, sur le mur de la pièce, sont accrochées des photographies encadrées de ses équipes passées, les mêmes que celles que l'on retrouve à l'aréna.

Le regard soudé à un téléviseur, Jeff Gélinas prend des notes tandis que défilent les images du premier match des Vaillants. Il peste devant l'erreur évidente du défenseur Jean-François Langevin, qui a permis un but à l'équipe adverse.

— Il n'apprendra jamais, ce gros épais, crache l'entraîneur, sans retenue.

Dans un geste de rage, il s'empare de la télécommande et ferme le téléviseur. Puis, il m'indique la chaise d'un geste sec.

— Maudite recrue ! fait-il, grincheux, sans que je sache trop s'il pense encore à

Langevin ou s'il s'adresse carrément à moi. Je me promets de demeurer calme, peu importe la tournure des événements. Je n'ai rien à me reprocher.

L'entraîneur daigne finalement m'accorder un coup d'oeil, où je lis un mépris total à mon égard.

— Alors, Parent, c'est quoi ces caprices-là ? Tu quittes l'équipe sans même m'avertir ? C'est ce que j'appelle le sens des responsabilités, ironise-t-il.

Maître dans son univers, Jeff Gélinas transgresse les règles du vouvoiement et de la politesse du collège, établies par la directrice, Solange Giguère. Je m'apprête à lui expliquer les circonstances de mon départ, mais il met un frein à mes intentions.

— Attends que j'aie terminé, Parent ! Tu as laissé tomber tes coéquipiers, ton entraîneur, ton collège ! C'est de l'insubordination. J'espère que, au cours de la fin de semaine, tu as eu le temps de méditer sur les conséquences de tes actes.

Incroyable ! De victime, je deviens un accusé ! Et il en rajoute :

— Depuis les cinq dernières années que je dirige cette équipe, pas un joueur, tu m'entends bien, pas un joueur ne m'a ainsi défié si ouvertement, Parent. C'est une atteinte à ma crédibilité !

Je consulte ma montre. Jeff Gélinas interprète mon geste comme une insulte à son endroit.

— Tu trouves le temps long, Parent ?

Je réplique immédiatement, sans lui laisser la chance de m'interrompre.

— Je ne veux pas être en retard à la répétition du *stage band*...

Là-dessus, il laisse voir son dégoût. Sans porter d'attention à sa réaction, je lui résume les circonstances et les causes de mon abandon.

— Vous qui avez toujours prôné le respect de l'individu, comment pouvez-vous accepter que des plus vieux humilient ainsi des plus jeunes, monsieur Gélinas ?

Mes propos ne l'ébranlent nullement.

— J'étais au courant, Parent. Masson et Croteau, tes coéquipiers, dois-je te le rappeler, m'ont tout raconté de cette soirée.

— Et ?

— Il ne s'est rien passé de répréhensible. Ce sont des enfantillages ! Des trucs de gamins, ajoute-t-il en me dévisageant.

Rester calme... Rester calme.

— Des trucs de gamins, monsieur Gélinas ? Mettre de la sauce Tabasco sur des coupures n'a rien d'un jeu d'enfant. Pas plus que de saouler un jeune de quinze ans !

Le menton bien haut, il me lance, les dents serrées :

— Il est temps que tu sortes des jupes de ta maman, Parent, et que tu deviennes un homme !

Sa réponse me laisse sans voix. Pensant m'avoir ébranlé, il poursuit avec un calme glacial :

— Tu peux réintégrer l'équipe…

— Quoi ? Moi ?

Je n'ai surtout pas prévu pareil retournement de situation. Lui ? M'inviter à revenir dans son vestiaire ? Et sur ce ton condescendant, comme s'il m'accorde la plus grande des faveurs…

— Oui, Parent. Il te sera possible de porter les couleurs de ton collège, à une seule condition : tu devras présenter des excuses à tes coéquipiers.

C'est trop pour moi. Je bondis de ma chaise :

— Vous pouvez vous étouffer avec vos excuses, monsieur Gélinas ! J'espère que vous m'avez bien compris !

Je lui tourne le dos et je quitte la pièce sans plus attendre. Je claque la porte derrière moi, suscitant un aboiement de fureur.

Je me suis fait un ennemi du plus puissant responsable des sports du collège.

Tant pis pour lui !

*

J'aurais aimé discuter de cette histoire avec mon ami Langevin. Mais quelque chose a changé en lui. Comment n'ai-je pas pu prévoir que le *coach* Gélinas monterait si vite aux barricades ?

Au moment où j'arrive à mon casier, mon voisin Langevin ignore mes salutations amicales, comme si j'étais invisible. Puis il déguerpit.

Dépité, j'ouvre la porte de mon casier. Une feuille pliée en quatre tombe sur le plancher. Je l'ouvre, lis la note en un coup d'œil et la referme tout aussi vite, m'assurant que personne ne m'observe. J'ai reconnu l'écriture hachée de mon ami. Je glisse la note dans la poche de mon pantalon et je referme la porte.

La mine sombre, je me dirige vers la répétition du *stage band*, repassant dans ma tête les mots de mon ami : *« Je n'ai plus le droit de t'adresser la parole. Désolé ! Le code du silence. »*

*

J'ai de la difficulté à me concentrer. Les notes, sur ma partition de saxophone de «*C Jam Blues*», un jazz standard de Duke

Ellington, s'entremêlent. Derrière son lutrin, sur lequel s'étalent ses grandes feuilles de musique, le professeur Jean-Paul Lambert interrompt le déroulement de la pièce et lève les bras au ciel. De sa baguette, il me désigne :

— Le deuxième sax ténor a toujours la tête au hockey ? remarque-t-il, à peine sarcastique. À ce que je constate, vos cheveux sont toujours là-bas, monsieur Parent… Êtes-vous comme le colosse Samson ? Vous avez perdu tous vos moyens avec votre chevelure ? Allez, j'ai besoin de toute votre attention. Vous avez oublié un fa dièse.

— Oui, monsieur Lambert...

Je sens les ondes de reproche des autres membres du groupe se poser sur moi, de la même façon qu'un joueur de hockey est regardé lorsqu'il rate un jeu facile.

Un peu à l'image des Vaillants, le *stage band* est aussi l'un des éléments de fierté du collège Wilfrid-Laurier. Sous la direction de Jean-Paul Lambert, l'ensemble a remporté plusieurs prix lors de compétitions musicales nationales et a même effectué des tournées au Canada et en Europe. Pour souligner le travail inlassable des trois dernières décennies du plus vieux professeur de l'école, la directrice du collège, Solange

Giguère a baptisé le local de musique « La salle Jean-Paul-Lambert ».

La vaste pièce a subi une cure de rajeunissement. Ainsi, le soleil peut y diffuser sa lumière d'automne par les grandes fenêtres d'où on peut admirer les couleurs du boisé.

Le professeur, à l'abondante chevelure grise, portant fièrement le nœud papillon, est aussi exigeant envers lui qu'avec ses musiciens. Dans cette masse sonore, une seule fausse note ou une omission et il peut identifier le coupable. J'ai négligé un peu mes heures de répétition pour le hockey. Je n'aurai plus ce problème dorénavant.

— On reprend à la mesure 37, annonce M. Lambert. Allez, 1-2…

La porte du local de musique s'ouvre avec fracas. Jeff Gélinas, accompagné de Denis Beauchamp, responsable du programme sport-études au collège, entre en trombe et interpelle le professeur sans autre cérémonie.

— Vous pourriez frapper ! s'offusque Jean-Paul Lambert.

Jeff Gélinas ne m'a pas encore vu ou souhaite tout simplement m'ignorer. Tant mieux… C'est réciproque !

— Tiens, ton patron, me murmure à l'oreille, la trompettiste Marie-Josée Crête.

— Ça me prend des musiciens pour notre match local, samedi prochain, déclare Jeff Gélinas en regardant son vis-à-vis de haut.

— Nous nous trouvons en pleine répétition, si vous ne l'aviez pas remarqué, lui signale le professeur de musique, tapant du pied en signe d'impatience.

Même si les deux visiteurs le dominent physiquement, Jean-Paul Lambert n'est pas homme à s'en laisser imposer pour autant. Il pointe sa baguette vers la casquette du coach Gélinas.

— D'abord, les casquettes sont interdites dans tout le collège, incluant ce local, dois-je vous le rappeler, monsieur Gélinas ?

— Ah, vous voyez, monsieur Beauchamp, qu'est-ce que je vous avais dit ? lance avec exaspération l'entraîneur des Vaillants, sans pour autant obéir à la directive.

— Nous avons besoin de votre collaboration, monsieur Lambert, reprend Denis Beauchamp avec un ton faussement amical. La présence de musiciens mettra de l'ambiance dans notre aréna. Vous savez que nous sommes très fiers de notre équipe de hockey qui représente si bien le collège un peu partout.

— Vos jeunes doivent bien être capables de jouer « Valderi-Valdera », coupe Jeff Gélinas.

Le visage du professeur de musique s'empourpre. Mais cette fois-ci, ce sont les musiciens qui font écho à la remarque.

— On n'est pas une fanfare ! proteste la trompettiste Marie-Josée Crête.

Les autres membres du *stage band* applaudissent à sa riposte. Je me joins à eux avec un plaisir évident. S'appuyant sur la réponse définitive de son ensemble, Jean-Paul Lambert passe en mode offensif :

— L'an dernier, pour notre concert de fin d'année, alors que nous avions besoin de bras pour préparer et démonter la salle, vous nous aviez délégué seulement monsieur Bernard, votre préposé à l'équipement ! Et là vous avez l'audace d'exiger la participation de NOS musiciens. Il faut être pas mal effronté ou inconscient. J'ajouterais même que, non seulement vous avez du toupet de vous présenter ici sans même vous annoncer, mais devant votre attitude grossière, je dois conclure qu'il n'y a que votre crâne qui soit poli, monsieur Gélinas.

La dernière repartie du professeur de musique faisant allusion à la calvitie de l'entraîneur sportif déclenche une cascade de rires étouffés.

— Veuillez quitter cette salle, nous avons du travail ! Et ne venez plus me déranger pour des futilités semblables.

Dans cette rivalité ouverte entre les programmes de musique et de hockey, Jean-Paul Lambert vient de servir à Jeff Gélinas une mise en échec et mat !

Les deux hommes se détestent cordialement et ne s'en cachent même pas. Lorsqu'il a appris l'inauguration de la « salle Jean-Paul-Lambert », l'entraîneur des Vaillants a exercé des pressions auprès de son bon ami, Denis Beauchamp, directeur du programme sport-études, pour que l'aréna du collège Wilfrid-Laurier porte son nom... Le dossier repose toujours sur le coin du bureau de la directrice Solange Giguère.

Avant de tourner furieusement les talons, l'entraîneur Gélinas balance à la figure de Jean-Paul Lambert :

— Vous n'avez aucun contrôle sur vos élèves ! Ils sont indisciplinés. Je n'ai pas ce problème-là avec mes joueurs.

— Ce n'est pas l'armée, ici, monsieur Gélinas, lui répète le professeur de musique.

— Je suis très déçu par votre attitude, monsieur Lambert. Madame Giguère en sera prévenue, note Denis Beauchamp en hochant la tête.

— Moi aussi, je suis déçu par votre attitude, monsieur Beauchamp, mais nullement surpris. Rassurez-vous : je n'irai pas moucharder au bureau de la directrice. Au revoir ! dit Jean-Paul Lambert, qui aime bien avoir le dernier mot.

Jeff Gélinas m'aperçoit au moment de sortir. Il m'assassine du regard.

— Pfff ! J'aurais dû m'en douter… C'est *lui* qui vous a monté la tête.

Et il claque violemment la porte.

— Valderi…, bougonne Jean-Paul Lambert en replaçant ses feuilles de musique sur son lutrin. Franchement !

Désignant le professeur avec admiration, je murmure à l'oreille de ma voisine et trompettiste, Marie-Josée Crête :

— C'est lui, désormais, mon patron.

Il faut dire que la nouvelle de mon départ n'est pas encore connue, à l'exception des joueurs de hockey de l'équipe. Comme il n'y a eu qu'un seul match disputé dans la saison, à l'extérieur de surcroît, mon absence n'a pas été trop remarquée.

Sauf, par le journaliste Jocelyn Chauvette.

Il fait le pied de grue à la sortie du local. Je ne peux l'éviter. Il me tend la main, comme chaque fois qu'il s'avance pour une entrevue avec un joueur. Je l'ai vu aller à quelques reprises dans le vestiaire et il procède toujours de la même façon.

— Bonjour Alexandre. Je peux te parler deux minutes ?

J'ai le goût de lui balancer un « Pas de commentaires ». C'est la recommandation qu'a adressée le capitaine Masson aux recrues pendant le camp d'entraînement : « Vous ne dites rien, vous n'êtes pas dans le trouble »... Et son acolyte Croteau d'ajouter qu'il importait de se méfier du journaliste sportif de l'école, qu'il surnommait Chaussette, avec qui il avait eu maille à partir, affirmait-il.

Se rappelant ces mots, j'ai pensé que quelqu'un ayant eu des étincelles avec Masson et Croteau ne pouvait être assurément qu'un bon garçon.

— D'accord pour deux minutes.

Le journaliste m'entraîne à l'écart de la foule qui envahit les corridors du collège. Il sort son crayon et un petit carnet de son sac ; il inscrit mon nom en haut d'une feuille vierge.

— D'abord, j'espère que ça ne t'offusquera pas trop si je n'utilise pas le surnom de «*comète blonde*» dans mes textes au cours des prochaines semaines, dit-il, souriant, en reluquant ma boule de billard.

Je me contente de hausser les épaules.

— On t'a regretté dimanche soir, au premier match de la saison, signale-t-il, engageant l'entrevue sur un ton plus officiel.

— Il semblerait que oui…

— Qu'est-ce qui s'est passé ? T'as manqué l'autobus pour Victoriaville ? lance-t-il, sans avoir encore rien écrit.

— Peut-être que c'est ça, dis-je en lui rendant son sourire.

— T'étais malade ? Blessé ? Tu demandais un salaire plus élevé ?

— J'ai le choix des réponses ?

— Le coach Gélinas a parlé de «*raisons personnelles*» pour motiver ton absence.

— Et les joueurs ?

— Ils chantent tous le même refrain : Pas de commentaires, résume le journaliste. Comme s'ils s'étaient donné le mot…

— J'y vais de la même manière : pas de commentaires !

Constatant qu'il ne tirerait rien de moi, il range son crayon et son carnet dans son sac. Il me regarde longuement en poussant un soupir d'exaspération.

— Je n'écris plus là ! Ce que j'aimerais que tu m'expliques, Alexandre, pourquoi tu n'étais pas en uniforme à Victoriaville ? Pourquoi on ne te voit plus dans l'entourage de l'équipe ? Tu as été brillant au camp d'entraînement, la saison débute et, soudainement, tu disparais.

Son intérêt pour moi semble sincère. Il mérite au moins une réponse.

— Ben, c'est simple… J'ai perdu le goût de jouer au hockey. Voilà ! Je suis aussi un musicien, alors je me plais vraiment avec le *stage band* du collège.

J'aurais pu affirmer que je me trouvais en voyage de noces qu'il ne m'aurait pas cru davantage. Pourrais-je me fier à lui ?

À ce moment, je sens une présence derrière moi. Je me retourne pour me trouver nez à nez avec Charles Masson et Maxime Croteau.

— Qu'est-ce que tu as à raconter encore ? lance Masson dans une tentative ouverte d'intimidation.

— Tiens, tu as le droit de me parler ? lui dis-je sans broncher d'un cil.

— On est les vétérans. On a tous les droits !

— Ouais, j'ai vu ça, l'autre soir…

Croteau, lui, avance vers le journaliste.

— Et toi, Chaussette, tu cherches encore des histoires pour déranger l'équipe ?

Nullement impressionné par les intentions belliqueuses du joueur de hockey, Jocelyn Chauvette ne se laisse pas démonter par cette tentative ouverte d'intimidation.

— Voyons les gars, avez-vous des choses à vous reprocher ? Faut-il votre permission chaque fois que deux étudiants de ce collège discutent ensemble ?

Masson me martèle la cage thoracique de son gros majeur.

— Tu te tiens tranquille, le moron. Sinon, ton année scolaire sera un enfer !

— Pareil pour toi, Chaussette, l'avertit Croteau.

Crachant par terre, les deux joueurs s'éloignent. Masson fait mine de me couper le cou avec sa main.

— Ils sont très courageux, ironise Jocelyn.

J'approuve d'un signe de tête, précisant qu'il ne faut pas généraliser. Je tends la main au journaliste.

— Merci d'avoir partagé ces agréables moments avec moi. Mais désolé, je n'ai rien à ajouter. Je ne veux pas que tu aies des ennuis avec ces charmants et Vaillants jeunes hommes que tu dois encore fréquenter pour le journal.

Les yeux de Jocelyn sondent les miens.

— Tu n'as rien à me raconter ? Tu es sûr ?

J'ai hésité... Un seul instant. Puis je suis parti. Mais Jocelyn m'interpelle :

— Est-ce vrai que tu es parti à cause de l'initiation ?

J'arrête. Toujours en lui tournant le dos, je mets un point final à notre conversation :

— Non... Je suis écœuré du hockey. C'est clair ?

Chapitre 4

J'AURAIS AIMÉ QUE JOCELYN CHAUVETTE ME PARLE AVANT QUE NE PARAISSE SON TEXTE DANS LE JOURNAL *LA FEUILLE DE LAURIER*, sur les raisons de mon départ. J'aurais tenté de le dissuader de l'écrire. Je lui aurais rappelé que l'histoire se termine là, point à la ligne. C'est juste du hockey, après tout.

L'article en question est situé à la dernière page du journal, celle consacrée au sport scolaire. Le titre est accrocheur. Le texte est encadré et occupe un quart de page. C'est nettement démesuré à mon avis, vu l'importance du sujet :

Parent quitte les Vaillants
Jocelyn Chauvette

Meilleur joueur recrue du Wilfrid-Laurier lors du camp d'entraînement de l'équipe du collège, l'attaquant Alexandre Parent ne s'est pas présenté à bord de l'autobus menant l'équipe à Victoriaville pour le match d'ouverture de la nouvelle saison du hockey scolaire.

Dirigés par Jeff Gélinas pour une sixième saison, les Vaillants, champions défendants du circuit et prétendants à la couronne provinciale, ont bien mal entamé l'année, avec un revers de 4-1 face au Cyclone de Victoriaville. Le seul but des perdants a été l'œuvre du vétéran attaquant et capitaine, Charles Masson.

On peut comprendre que l'absence d'Alexandre Parent, un joueur au coup de patin explosif, s'est fait sentir en offensive alors que le Wilfrid-Laurier n'a dirigé que 15 tirs sur le filet adverse. Questionné à ce propos, l'entraîneur Gélinas a soutenu que son équipe pouvait se passer aisément des talents de marqueur de Parent.

« Il a quitté l'équipe sans nous fournir de raison et sans nous avertir. Il a fait preuve d'un individualisme scandaleux. Je ne veux pas de ce type de joueur pour qui ses propres statistiques passent avant celles de son équipe », a déclaré l'entraîneur.

Personne, parmi les joueurs, n'a voulu commenter l'histoire Parent. Toutefois, des rumeurs circulent dans les couloirs de l'aréna et du collège qu'une initiation organisée par des vétérans serait à l'origine du départ d'Alexandre Parent.

Interrogé par le représentant du journal, celui-ci a affirmé qu'il en avait assez de jouer au hockey. De son côté, le capitaine Charles Masson s'est borné à indiquer que le dossier était clos et que Parent ne faisait plus partie de l'équipe.

Les Vaillants accueilleront les Vautours du collège Saint-Jacques vendredi soir prochain, à l'aréna du collège Wilfrid-Laurier. Il s'agira du premier match local disputé par l'équipe.

*

L'article, comme je le souhaitais, n'a eu que peu d'échos dans l'école. Je ne sais pas trop quelles ont été les conséquences dans le vestiaire puisque plus personne, parmi les Vaillants, ne m'adresse la parole. Je garde mes distances. Comme je ne veux pas compromettre mon ami Langevin, je le laisse tranquille.

À la cafétéria, les joueurs se rassemblent toujours à la même table, dans un coin. Une vraie grappe de raisin. C'est un cercle fermé. Il faut en être sorti pour le constater.

Deux recrues finissent la pose d'une immense banderole annonçant le premier match local des Vaillants, vendredi, à 19 heures 30, à l'aréna du collège Wilfrid-Laurier. Les adversaires seront les Vautours du collège Saint-Jacques, reconnus comme la plus faible équipe du circuit.

Je constate que l'ascendance des vétérans sur les recrues ne s'est pas conclue avec l'initiation. Thibodeau et Langevin apportent servilement les repas sur un plateau aux vétérans Masson et Croteau. D'autres sont chargés de distribuer des feuillets publicitaires pour le match de vendredi.

Félix Roy est venu me rejoindre à ma table. Il est un gardien de but recrue qui a amorcé le camp d'entraînement de l'équipe, et qui aurait pu obtenir un poste dès cette année. Il était aussi bon que le vétéran Maxime Croteau devant les filets. Mais il est parti à une semaine de la sélection finale, lui aussi pour *«des raisons personnelles»*, a écrit Jocelyn Chauvette dans son journal.

Félix me confie qu'il a déguerpi parce qu'il a eu une peur terrible de l'initiation. Les vétérans, avec Croteau en tête – sûrement parce qu'il se sentait menacé de perdre son poste de gardien numéro 1 –, lui disaient qu'il en verrait de toutes les couleurs.

— J'aime jouer au hockey, Alex, mais j'ai mon orgueil. Je ne veux pas qu'on m'humilie pour entrer dans la gang.

— Je comprends, Félix.

Son départ aura servi au moins à une autre personne : la recrue Marc-André Thibodeau est devenu le deuxième gardien de l'équipe, derrière Maxime Croteau.

— D'après ce que j'ai appris, c'est terrible ce qu'ils vous ont fait, les salauds !

— Quoi ? Qui t'a raconté ça ? lui dis-je, soupçonneux.

Quelqu'un aurait-il osé briser le code du silence ?

— Personne. Mais les histoires circulent rapidement dans l'école. Je dois te laisser. Bonne chance !

La chaise ne reste libre que quelques secondes, le temps que le journaliste Jocelyn Chauvette y prenne place.

— Je peux ?

— C'est un pays libre, dis-je, maussade.

La scène n'a pas échappé à Charles Masson. Tous les joueurs regardent dans notre direction.

— On a un public...Bonjour, messieurs, s'incline Jocelyn.

Il dépose son plateau sur la table.

— Qui t'a parlé de l'initiation ? lui dis-je.

— Une source, assure l'étudiant journaliste.

— Une source que je connais ?

Portant la bouteille d'eau à la bouche, il fait signe que non.

— C'est de l'eau de source, ça... Hum... Une source qui a demandé l'anonymat. Tu sais ce que c'est...

— Mais sur quoi t'es-tu basé pour établir un lien avec mon histoire ? lui dis-je en conservant mon calme malgré tout.

— Ma source est fiable, Alex.

— C'est quelqu'un de l'équipe ?

Jocelyn Chauvette hausse les épaules en souriant.

— Peut-être que oui. Peut-être que non... Tu comprends ?

— De toute façon, l'histoire se termine là, n'est-ce pas, monsieur le journaliste ?

Je vois à sa réaction que ce ne sera pas le cas. Il sort son calepin de notes, cherche une page, la trouve et m'annonce d'une voix contenue :

— Lors de l'initiation, les recrues ont-elles été soumises aux épreuves de l'olive musicale, de la brosse à dents dans le verre d'eau, du Tabasco sur le sexe, des Schtroumfs à la bière ?

Les traits de mon visage trahissent ma surprise. Le rappel de ces expressions me donne la nausée.

— Ma source m'a raconté des tas de choses, Alex. Est-ce que tu veux confirmer que ça s'est passé ?

Je me ressaisis tant bien que mal.

— Allons donc, Jocelyn. C'est entre nous deux que je te dis ça : même si c'était vrai, il n'y a pas un joueur qui va l'admettre. Et ne compte pas sur moi pour ça !

— Ah oui... Il ne faut pas briser le code du silence, dit-il en désignant les joueurs.

Mais moi, je n'ai jamais adhéré à ce fameux code.

— Tu veux en parler dans ton journal ? T'es fou ? Tu penses à toute la commotion que ça causera dans le collège ? À l'équipe de hockey ? Tu seras banni de l'aréna. J'espère que tu en es conscient.

Jocelyn range son calepin. Il se lève pour partir. Il s'adresse à moi une dernière fois, cette fois-ci, avec gravité.

— Tu sais, Alex, si personne ne dénonce ces choses si abominables, elles se répéteront d'une année à l'autre, sans que ces gars-là – en désignant les vétérans des Vaillants – en soient inquiétés.

Bon... Voilà autre chose. On va me blâmer si des jeunes sont initiés l'année prochaine !

Chapitre 5

Les Vaillants ont initié les recrues

Jocelyn Chauvette

La rumeur courait depuis quelque temps dans les couloirs du collège et ceux de l'aréna. Elle s'est avérée fondée. Des sources anonymes, dignes de foi, ont confirmé que les recrues de l'équipe de hockey, les Vaillants du collège Wilfrid-Laurier, ont été l'objet d'une sordide initiation.

Ce sont des vétérans qui ont organisé cette séance où la bière coulait à flots et où le mauvais goût côtoyait la barbarie. L'initiation a été tenue dans un chalet à l'extérieur de la ville, le vendredi soir précédant le premier match à Victoriaville, match que les Vaillants ont perdu 4-1.

Les joueurs recrues, au nombre de huit, ont passé une partie de l'initiation flambant nus. Ils ont été soumis à diverses épreuves, aussi subtiles que cette olive musicale que les joueurs doivent se passer d'un postérieur à l'autre ; lorsque la musique prend fin, le « gagnant » doit l'avaler…

Nous vous épargnons les détails peu ragoûtants du supplice de la brosse à dents où chaque joueur doit se brosser les dents et se rincer la bouche avec l'eau provenant d'un verre dans lequel la recrue précédente aura craché. Sans oublier les vétérans qui y sont allés de généreuses « contributions » personnelles.

Tous les joueurs ont eu une partie du crâne rasé. Un vétéran a poussé l'acharnement jusqu'à raser les poils pubiens d'une recrue, lui causant des coupures. Devant la situation, plutôt que de soigner sa victime, il l'a aspergée de sauce Tabasco pour lui infliger du même coup d'atroces douleurs.

*Il est également question d'une autre recrue dont l'organe masculin trempait dans un verre de bière lors d'une série de pompes (des '*push-ups*'). Par la suite, un coéquipier a dû avaler cette bière d'un trait.*

La soirée s'est terminée par l'ingurgitation massive de bière chaude...

D'autres tristes épisodes, préalables à l'événement, ont eu lieu au camp d'entraînement également en marge de l'initiation, dont des bagarres entre recrues sur lesquelles pariaient les vétérans, et ce joueur dont le corps a été recouvert de ruban de hockey.

Appelé à commenter l'histoire, l'entraîneur Jeff Gélinas a nié catégoriquement et a rappelé dans un même souffle que « ce qui se passe à l'intérieur de l'équipe, c'est de la régie interne ».

Du côté des vétérans, le capitaine Charles Masson s'est proclamé le porte-parole des Vaillants et a rejeté toute accusation d'avoir tenu d'initiation dégradante. « Il s'agissait d'une soirée d'équipe où tout le monde s'est amusé ferme ! », a-t-il assuré, ajoutant que quelqu'un, quelque part, avait menti au journaliste.

Les recrues n'ont émis aucun commentaire. L'entraîneur Jeff Gélinas a mis un terme aux entrevues pour les besoins d'une rencontre d'équipe derrière les portes closes du vestiaire et à laquelle le représentant de « La Feuille de Laurier» *n'était pas convié.*

*

Cette fois-ci, la réaction est immédiate !

Une semaine après la publication du premier texte dévoilant mon départ de l'équipe, Jocelyn Chauvette frappe fort, très fort même, avec une édition spéciale de *La Feuille de Laurier*. L'article est placé à la une du journal. Partout dans l'école, les présentoirs du journal sont vides ; d'habitude, ils demeurent bien garnis, même une semaine après la parution du numéro. On peut voir plusieurs lecteurs regroupés autour d'un même journal, le dévorer littéralement des yeux. Jamais encore un article n'a soulevé un tel intérêt chez les étudiants.

Je traverse la salle d'un pas rapide pour me rendre à mon cours. J'ai la désagréable impression d'avoir un projecteur braqué sur moi en permanence. Je me fonds dans la foule grouillante pour tenter de redevenir anonyme. Autour de moi, les discussions vont bon train.

— Je suis sûr que c'est une histoire montée de toutes pièces par le journaliste. Il n'y a pas un joueur qui est nommé.

— C'est Parent qui a tout déballé.

— Je trouve ça dégueulasse ce qu'ils ont fait. De vrais barbares !

— Ah ! Ça fait partie du sport, voyons donc. Ça départage les hommes des enfants. Et puis, c'est excellent pour l'esprit d'équipe. C'est comme ça qu'on forme des gagnants.

On croirait entendre parler Masson…

— De l'encre gaspillée. Dans une semaine, on n'en parlera même plus !

Tout au long de la journée, de parfaits inconnus me reconnaissent et m'abordent pour savoir comment j'ai pu subir toutes ces cochonneries sans rien dire. J'imagine que ce doit être pareil pour les autres recrues.

Discuter, toutefois, ne sert à rien, et je poursuis mon chemin, sourd aux questions, mais non indifférent.

D'autres rient carrément de moi, faisant mine de se brosser les dents, ou m'offrant un pot d'olives.

Si on m'en parle tant, c'est que ma photographie apparaît près de l'article sur l'initiation. Il faut toutefois prendre le temps de lire le bas de vignette – ce que ne font pas la forte majorité des gens – où Jocelyn Chauvette a écrit que, pour l'entraîneur Gélinas, il était «*hors de question qu'Alexandre Parent revienne au jeu cette saison*».

Mais les lecteurs ne voient que le gros titre sur l'initiation et mon visage, alors qu'il n'y a aucun lien entre les deux. Du moins, en apparence.

Quand je croise des joueurs de hockey dans le couloir, ils me lancent des regards meurtriers. L'un d'eux m'a fait un croche-pied et je me suis étalé sur le plancher. C'est le professeur de musique, Jean-Paul Lambert, qui m'a aidé à me relever.

— Je ne sais pas si c'est vrai ce que j'ai lu, monsieur Parent, mais si c'est le cas, je comprends que vous ayez laissé le hockey. J'espère seulement que la direction du collège prendra les mesures qui s'imposent. Si vous avez besoin de quoi que ce soit, n'hésitez pas.

Je le remercie de sa sollicitude et je le quitte à la porte du local de musique pour poursuivre ma route. Les recrues, elles, sont plutôt embarrassées par toute cette histoire livrée encore une fois sous le couvert de l'anonymat. Mon ami Langevin, si je peux encore l'appeler ainsi, baisse les yeux lorsqu'il me voit.

Comme je l'ai prévu, l'histoire a des répercussions sur l'équipe. Jocelyn Chauvette a été mis à la porte du bureau de l'entraîneur Gélinas après avoir subi une pluie d'injures et d'insultes.

Il ne pourra pas qualifier le journaliste de lâche, lui qui a eu le courage d'aller chercher sa version des faits sur le sujet. Puis, Croteau et Masson ont expulsé Jocelyn Chauvette du vestiaire, là où, de toute façon, les joueurs s'étaient enfermés dans un mutisme complet. Je suis persuadé qu'ils l'ont menacé physiquement, mais Jocelyn n'en a pas glissé un mot dans son article.

Je devais me rendre au cours de géographie, mais j'ai été convoqué par la directrice du collège, Solange Giguère. La porte de son bureau est ouverte et dès qu'elle m'aperçoit, elle m'invite à prendre place sur une chaise près d'une petite table ronde. Au début de la quarantaine, cheveux poivre et sel, elle est plutôt délicate, mais il se dégage d'elle une énergie et une assurance peu communes. Elle voit à la bonne marche du collège depuis deux ans. C'est elle qui a imposé le vouvoiement à l'école, quand un professeur s'adresse à un élève et vice versa, insistant sur la notion de respect envers l'autre.

— Ah, monsieur Parent, si vous voulez vous joindre à nous. Voudriez-vous fermer la porte derrière vous, s'il vous plaît ?

Elle n'est pas seule. Jocelyn Chauvette se lève de sa chaise pour me tendre la main. Oh ! il a un vilain œil au beurre noir. Remarquant ma réaction de surprise, il devance ma question.

— Ah… c'est rien : je me suis cogné contre une porte.

Sa réplique ne m'amuse guère. Je n'ai aucune peine à imaginer ce qui s'est passé, si j'en juge par les jointures rouges et enflées de son poing droit.

— Bien, Jocelyn, j'espère que la porte a été un peu… amochée elle aussi par le choc.

C'est presque un souhait !

— Comme moi, rétorque-t-il, avec un large sourire.

La directrice me remercie d'être venu si rapidement et ne prend pas quatre chemins pour amorcer la discussion.

— Monsieur Parent, qu'avez-vous à me déclarer à propos de ces histoires-là ? commence-t-elle en désignant la première page de *La Feuille de Laurier*.

Elle me regarde par-dessus ses lunettes en demi-lune, en équilibre au bout de son long nez.

— Madame, il faudrait vous adresser à monsieur Chauvette, ici présent. Je n'ai rien à voir là-dedans, il pourrait vous le confirmer.

— Vraiment ? dit-elle, soupçonneuse.

— Madame Giguère, monsieur Parent ne m'a pas parlé de cette initiation, atteste Jocelyn. Et j'ai beaucoup insisté…

— Alors de qui s'agit-il ? s'impatiente-t-elle.

— C'est… quelqu'un. Vous comprendrez que je ne peux pas dévoiler le nom de ma source. Même sous la torture, ce qui m'étonnerait et me décevrait de vous…

Solange Giguère brandit une lettre.

— Elle est ici, votre source, monsieur Chauvette ? suggère-t-elle d'un ton irrité. J'ai reçu cette lettre à mon bureau la semaine dernière. Elle est vraisemblablement d'un ou des parents de joueurs qui auraient subi les abominations que vous racontez dans votre journal.

Je tends la main, craignant qu'elle n'ait été signée de la main de mes parents.

— Puis-je ?

J'entreprends la lecture à voix haute pour mon voisin :

Madame Solange Giguère,
Directrice du collège Wilfrid-Laurier.

Chère Madame,

Vous nous permettrez de vous écrire toute notre consternation et notre horreur à la suite des événements épouvantables qui ont eu lieu au sein de l'équipe de hockey, les Vaillants, du collège Wilfrid-Laurier.

Même s'il n'a rien voulu nous raconter, nous sommes persuadés que notre fils a été initié par des plus vieux. Il est revenu un vendredi soir à la maison, la tête en partie rasée. Il était saoul. Au cours de la nuit, il a vomi régulièrement. Nous pensons qu'on l'a incité à boire beaucoup de bière.

Notre fils aime jouer au hockey, madame Giguère, et nous sommes persuadés qu'il s'est plié au « jeu » de l'initiation pour être accepté dans le groupe. Toutefois, nous aimerions vous signaler que lorsqu'il a été recruté pour le camp d'entraînement, monsieur Jeff Gélinas nous avait donné sa parole qu'il n'y aurait pas d'initiations barbares… Avec le résultat que nous connaissons aujourd'hui.

Vous comprendrez notre grande inquiétude face à ces séances que nous osons qualifier de brutales et d'irrespectueuses envers un garçon plus jeune. Nous avons choisi votre collège pour sa crédibilité et le sérieux de son encadrement. Permettez-nous, madame Giguère, de nous poser des questions ! Nous vous confions notre enfant, en souhaitant qu'il puisse s'épanouir, tant dans ses études que dans ses loisirs, cela en toute quiétude et en toute sécurité... Regardez ce qui lui est arrivé !

Nous espérons sincèrement, madame Giguère, que vous ferez la lumière sur ces faits troublants. Nous vous prions d'accepter nos salutations les plus distinguées.

Des parents furieux et déçus.

P.-S. : Vous nous pardonnerez de ne pas signer nos noms, nous craignons que notre fils – qui ignore notre démarche – puisse être l'objet de représailles de ses coéquipiers.

Je remets la lettre à Jocelyn qui désire la relire. Je suis soulagé de ne pas y reconnaître le style littéraire de mes parents. Ils auraient été plus mordants, j'en suis persuadé.

— En clair, résume la directrice, ces parents m'accusent presque d'avoir permis une telle situation. Avant d'aller plus loin, je veux savoir si c'est *vrai*...

Elle me fixe longuement. Je n'ai jamais voulu être celui par qui le malheur arrive.

— Madame Giguère, reprend Jocelyn, en lui redonnant la lettre, ce qui est écrit dans cette lettre et dans le journal est la stricte vérité. Je ne pourrais jamais inventer de pareilles histoires, voyons donc !

La directrice du collège Wilfrid-Laurier reporte son attention sur moi.

— Monsieur Parent, j'espère sincèrement que tout cela n'est que du pur sensationnalisme de la part d'un jeune journaliste voulant attirer l'attention sur lui et sur son journal. Mais j'en serais la première surprise, lance-t-elle en constatant l'air outré de Jocelyn. Monsieur Gélinas, l'entraîneur, n'est pas un employé modèle dans cette institution. Mais je ne peux tolérer qu'un tel discrédit soit jeté sur lui, sur l'équipe et sur l'école si tout ceci n'est qu'un tissu de mensonges. Je peux vous assurer, monsieur Parent, que si cette initiation a bel et bien eu lieu dans les circonstances rapportées par monsieur Chauvette – elle tient le journal en main et l'agite vigoureusement – les choses n'en resteront pas là. Compris ?

Si seulement elle pouvait lire mes pensées, mes souvenirs… Je baisse les yeux. Jocelyn s'agite à mes côtés.

— Je suis prêt à aller au front, Alex, plaide-t-il. Mais seul, c'est impossible…

Je soupire et regarde intensément la directrice. Elle griffonne une note et me la tend.

— C'est votre billet pour retourner à votre cours, monsieur Parent. Je vous remercie d'être venu. Au revoir.

— Mais…

— Monsieur Parent, m'annonce madame Giguère sur un ton bienveillant, ma décision est prise. Une enquête publique se tiendra dans ce collège concernant cette présumée initiation sportive. Je veux aller au fond de cette histoire. Si des gens savent des choses à ce sujet, ils devront parler, croyez-moi.

Je proteste :

— Mais je n'ai rien dit !

— Monsieur Parent, certains silences sont très révélateurs…

Chapitre 6

MES PARENTS M'ONT CONFIRMÉ QU'ILS N'AVAIENT PAS ÉCRIT LA LETTRE ANONYME DESTINÉE À LA DIRECTRICE DU COLLÈGE.

— Mais c'est parce que ta mère m'en a empêché, assure mon père, avec aigreur. Elle croyait que ça ne te causerait que des ennuis…

Même si des semaines nous séparent maintenant de l'initiation – la repousse graduelle de mes cheveux en est une preuve évidente – mon père n'a pas décoléré pour autant. Habituellement très doux et affectueux, il devient agressif lorsque le sujet est évoqué à la maison. On a touché à la chair de sa chair et ça, il ne peut l'accepter. Il a applaudi lorsqu'il a su que Solange Giguère mènerait une enquête publique.

— Enfin ! se réjouit-il, les bras au ciel.

— Ton ami, le journaliste, est très courageux, signale ma mère. Oser écrire là-dessus et prendre ça sur ses épaules…

— Ouais… Mais ça devrait être moins lourd à deux.

— Et comment vont les… valeureux Vaillants ? se moque mon père.

Je lui souris. Hasard ou malchance, depuis mon départ, les Vaillants accumulent les défaites. Ils n'ont remporté qu'une seule victoire en six rencontres, contre la pire équipe de la ligue, les Vautours du collège Saint-Jacques. Il s'agit du plus désastreux début de saison de l'équipe depuis qu'elle est dirigée par Jeff Gélinas. Il doit s'arracher les derniers cheveux qui lui restent sur la tête ! Mais il ne faut pas croire qu'ils sont incapables de gagner sans ma contribution sur la glace. L'ambiance est tout simplement pourrie dans le vestiaire. L'initiation a laissé chez des joueurs des plaies profondes qui tardent à se cicatriser.

Avant de partir pour l'école, j'embrasse ma mère. Mon père me serre fort dans ses bras.

— Si tu as besoin de nous, Alex, on est là, ne l'oublie pas. Tu peux compter sur nous.

Je lui rends son étreinte :

— Oui, je le sais…

*

Dans mon casier, à mon arrivée à l'école, je découvre une note signée par

Langevin : « *Je dois te voir cet après-midi, à 16 h 30, au vestiaire du gymnase. C'est important.* »

Je suis surpris qu'il veuille reprendre contact avec moi. Aussi, à l'heure convenue, je me pointe discrètement au lieu de notre rendez-vous. L'endroit est désert, à l'exception d'une personne qui prend sa douche. Je m'assois sur un banc, près des casiers. La porte du vestiaire claque.

— On est destinés à se voir ces temps-ci, remarque Jocelyn Chauvette, déposant son sac par terre.

Il prend place à mes côtés.

— Drôle d'endroit pour fixer une rencontre, remarque-t-il. T'as reçu la note, toi aussi ?

— Oui... D'un ami. Et toi ? Je présume qu'elle était anonyme encore une fois ? dis-je sur un ton sarcastique.

— Non, elle était de Marc-André Thibodeau, un de tes anciens coéquipiers. Peut-être se sont-ils finalement décidés à parler.

— Ça m'étonnerait que l'un ou l'autre brise le code du silence de l'équipe.

— Ouais... Ce qui se passe dans l'équipe doit rester dans l'équipe, récite Jocelyn.

— Et c'est ainsi que ça doit être ! clame une voix derrière nous.

Charles Masson avance vers nous, suivi de son ami Maxime Croteau et de quatre autres joueurs à l'air mauvais . Langevin et Thibodeau ne sont pas parmi eux.

— Les cours sont finis aujourd'hui, clame Masson, se frappant la main de son poing fermé. Mais on va vous donner une petite leçon que vous n'oublierez pas de sitôt pour vous apprendre à vous mêler de vos affaires.

Nous sommes tombés tête première dans un piège, et nous voilà coincés. Impossible de tenter une sortie. Nos adversaires sont plus costauds, mais surtout plus nombreux.

— Je vais m'occuper de tes précieux doigts de musicien, crache le capitaine. On va voir si t'es capable de jouer de ton sax avec un doigt cassé… ou dix !

Je serre les poings. Les battements de mon cœur s'accélèrent au fur et à mesure que la menace approche. Je pointe mon index en direction du visage de Masson.

— Si un de mes doigts est cassé, c'est parce que tu vas avoir eu mon poing dans ta face de rat !

Et puis… j'éclate de rire ! Ma réaction stoppe net le groupe. Je montre l'œil au beurre noir de Masson :

— C'est toi, Jocelyn, la cause de ça ?

— Les portes, on peut se frapper dessus, mais on peut aussi cogner dessus, me glisse Jocelyn, les dents serrées.

Ces paroles décuplent la fureur de Masson qui se jette sur lui. Tout se passe en un clin d'œil. L'instant d'après, Masson gémit par terre, se tenant le visage à deux mains.

— Vous me dérangiez pendant que je prenais ma douche, les gars ! explique Laval Vallier, le poing droit encore rougi de son rude contact avec Masson.

— Ne te mêle pas de ça, Vallier, hurle Croteau à son tour, aidant son ami à se relever péniblement. Sinon, les gars vont t'en donner une bonne !

— Vous êtes très courageux en bande, dit Laval, la serviette nouée autour de la taille.

Laval Vallier résume calmement la situation.

— Vous êtes six, on est trois. Je ne sais pas pour eux, dit-il en parlant de nous, mais je sais que toi, Croteau, tu es celui que je vais attraper avec ma serviette si tu approches. Aucun de tes copains ne pourra te sortir de mon étau tant que ta face de singe n'aura pas viré au bleu ! Et après, je vais laver toutes les toilettes du vestiaire avec ton coco… Maintenant, déguerpissez avant que je me fâche vraiment !

Maugréant des obscénités à peine audibles, Masson et sa bande quittent les lieux. Lorsque la porte du vestiaire claque, Jocelyn et moi, nous laissons échapper un long soupir de soulagement. J'ai l'impression d'avoir retenu ma respiration durant plusieurs minutes.

Sans plus attendre, comme s'il ne s'était rien passé, Laval Vallier se rend à son casier et s'habille. Nous le rejoignons pour lui témoigner notre reconnaissance.

— Je n'aime pas ces comportements de lâches, indique-t-il d'un ton neutre en se peignant. Vous avez du cran, les gars... J'aime ça.

— Toi aussi, dis-je. Déjà que tu me parles, ça relève de l'exploit.

— Ah, oui... briser le code du silence, reprend Laval, en ricanant. Je n'ai jamais été trop porté sur le respect des règlements. Je fais ce qui me tente, point à la ligne.

— Y compris défendre la veuve et l'orphelin, lance Jocelyn à la blague. S'agira de savoir, Alexandre, si tu es la veuve ou l'orphelin...

Laval Vallier sourit à l'image. Cet adolescent inspire confiance. On se sent plus grand et plus fort en sa présence. C'est pourquoi les joueurs l'apprécient tellement sur la glace.

— Si tu avais été là, le soir de l'initiation, les choses auraient tourné autrement.

— Alex, je me suis organisé pour ne pas être sur leur liste d'invités, raconte-t-il.

Nous sortons du vestiaire du gymnase en même temps. Avant de nous laisser, Laval me rappelle :

— Tu aurais dû réagir ainsi lors de cette soirée-là. Les autres recrues t'auraient suivi là-dedans. Peu importe ce que tu raconteras, tu avais le choix, comme moi je l'ai eu.

Comme je m'apprête à lui répliquer, il répète durement :

— Tu avais le choix, Alexandre Parent !

Chapitre 7

Mot de la directrice Solange Giguère

Les récents événements concernant une prétendue initiation sportive dans notre équipe de hockey et dont a fait état le journal La Feuille de Laurier *incitent la direction de l'école à mettre sur pied un comité pour faire toute la lumière sur le sujet.*

Composé des trois signataires de cette lettre, ledit comité tiendra des audiences le lundi 7 novembre, journée pédagogique, au local de musique. Elles débuteront à 9 heures pour se poursuivre toute la journée.

Les personnes qui seront convoquées seront avisées par le courrier interne du collège. Elles devront confirmer leur présence au secrétariat. Ces mêmes personnes seront passibles d'une suspension si elles ne se présentent pas au rendez-vous fixé, à moins d'une raison majeure.

Toute personne désireuse d'apporter son témoignage dans cette cause est priée de se manifester d'ici vendredi, au secrétariat, auprès de madame Martine Tourigny.

Madame Solange Giguère, directrice du collège Wilfrid-Laurier,

Monsieur Denis Beauchamp, responsable du programme sport-études,

Monsieur Benoit-Pierre Robert, adjoint à la direction.

Le 26 octobre.

— Ce n'est pas un mot, c'est un article ! signale le journaliste Jocelyn Chauvette en riant.

Je referme le journal dans lequel est publié le mot de la directrice.

— Quand je pense que tu ouvres le bal, lui dis-je.

— Ah, il faut bien quelqu'un pour briser la glace. Autant que ce soit moi, même si on n'en apprendra pas plus que ce qui a été écrit.

Je relis ma lettre de convocation. Solange Giguère a compris que j'appuierai les affirmations de la source anonyme de Jocelyn dont il n'a toujours pas dévoilé l'identité. J'en ai longuement discuté avec mes parents et ils m'encouragent dans cette voie.

— Je ne veux pas que d'autres revivent de telles humiliations.

Mes parents m'ont assuré de leur présence quand je témoignerai. Ils ont demandé congé à leurs employeurs respectifs.

Ce matin, quand j'ai ouvert la porte du local de musique, les membres du *stage band* m'ont chaleureusement applaudi. Au tableau, le professeur Jean-Paul Lambert a écrit à la craie, à mon intention : « Toute vérité est bonne à dire, monsieur Parent ! Vous avez notre appui total ! »

La directrice croit aussi que d'en parler ouvertement pourrait inciter d'autres joueurs à se manifester à leur tour. Ce n'est qu'à ce moment-là qu'elle pourra officiellement prendre les mesures qui s'imposent.

— Madame Giguère a convoqué quelques Vaillants de ton ancienne équipe, même l'entraîneur Jeff Gélinas, raconte Jocelyn.

— Il doit être furieux, dis-je en sifflant.

— Tu risques de le voir de tes propres yeux puisqu'il passe le dernier, juste après toi, annonce Jocelyn qui semble au courant de tout.

— Ouais, tes sources t'ont bien renseigné.

Des coups ébranlent la porte. Jocelyn ouvre et laisse passer Langevin.

— Tiens, le messager, dis-je avec sarcasme.

Après avoir refermé la porte derrière lui, Langevin se confond en excuses.

— Je suis désolé pour le rendez-vous. On m'a fait écrire une note sans m'en expliquer la raison. Hier soir, dans le vestiaire, Masson se vantait de t'avoir piégé et de t'avoir infligé une raclée. Je voulais voir comment tu allais.

Agacé, je deviens cinglant :

— C'est gentil de te soucier de ma petite personne et même d'oser m'adresser la parole.

— Je suis tranquille, ici. Personne ne m'a suivi, murmure-t-il, jetant toutefois un regard rapide par la fenêtre de la porte du local du journal.

— Un géant qui se balade avec la discrétion d'une souris, lui dis-je, irrité. Langevin, comme tu le constates, je me porte comme un charme. Jocelyn aussi, d'ailleurs !

— Alors, tu vas témoigner, Langevin ? demande le journaliste.

— Oui, comme plusieurs joueurs. Mais tous répéteront la même chose : il ne s'est rien passé de répréhensible.

J'accueille sa réponse sans aucune surprise. Il est évident que le *coach* Gélinas et les vétérans tenteront de maquiller l'histoire.

— Écoute, Langevin, commence Jocelyn d'une voix douce. Malgré les menaces et les insultes, ton ami Alexandre est prêt à confirmer ce qui est écrit dans le journal. Son témoignage pourrait signifier la fin de cette coutume barbare. Et toi, tu veux jouer au mouton comme les autres ? Tu vas demeurer silencieux, comme au soir de l'initiation ? Tu vas agir en lâche encore une fois ?

Chacune des questions du journaliste ajoute un poids sur les épaules de la recrue.

— Mais au nom de quoi, Langevin, peux-tu accepter de tels traitements ? Que veux-tu prouver ? Et à qui ?

Les yeux du géant se remplissent de larmes.

— Mon père a défendu les couleurs de cette équipe. Il se faisait une grande fierté de savoir que son fils porterait le même chandail que lui. J'ai son numéro : le 11. Vous comprenez le plaisir et la fierté que ça lui a procuré…

— Il sait pour l'initiation ?

— Je ne lui ai pas tout raconté, Alex. J'en ai oublié des bouts. Il a haussé les épaules et m'a dit que, de toute façon, c'était une tradition, que c'était bien pire dans son temps, mais surtout que c'était le prix à payer pour faire partie de cette équipe prestigieuse. Et que… – il m'adresse un regard gêné – que… ça permettait d'éliminer la mauvaise herbe.

Je revois encore en pensée Langevin père, un tout petit homme, carrément enragé devant son géant de fils, dans la cour de l'aréna. Il lui criait des insultes après un entraînement parce qu'il avait soi-disant mal joué. Langevin fils avait courbé l'échine, promettant de travailler plus fort la prochaine fois. Mon père, venu me chercher en automobile, avait tenté de désamorcer la situation en rappelant à l'autre que ce n'était qu'un sport après tout, et pas une question de vie ou de mort. Furieux de son intervention, Langevin père lui avait presque craché au visage en gueulant que cette histoire ne le regardait pas.

Je ne peux que soupirer. Intérieurement, je bénis le ciel de ne pas avoir eu un père dérangé comme celui de Langevin.

— Que feras-tu quand la directrice te posera des questions ? renchérit Jocelyn. Tu n'as pas un petit frère qui joue au hockey et qui pourrait se retrouver avec les Vaillants dans deux ans ? Des Masson et des Croteau, il y en a chaque année, t'es au courant, j'espère. En homme intelligent, tu accepterais qu'il passe entre… *leurs mains* lui aussi ?

L'adolescent aux épaules voûtées et au regard éteint, quelques secondes auparavant, bombe maintenant le torse.

— Non, pas mon frère… Je ne veux pas… Je vais briser le code du silence, promet Langevin soudainement déterminé.

Chapitre 8

LE COMITÉ D'ENQUÊTE SIÈGE AU LOCAL DE MUSIQUE, LE B-342, UN ESPACE ASSEZ VASTE, COMME SI ON RÉUNISSAIT DEUX grandes classes. Si je suis un familier des lieux, pour bien des joueurs de hockey, ce sera leur seule et unique incursion à cet endroit de toute l'année.

On peut y recevoir, sans difficulté, une centaine de personnes. Celles-ci sont assises derrière les trois membres du comité d'enquête, avec la directrice Solange Giguère au centre, flanquée de Beauchamp et de Robert. Chacun a un micro devant lui pour permettre au public d'entendre dans la salle.

Les personnes interrogées prennent place à l'avant ; elles s'assoient sur une chaise, derrière une table sur laquelle sont disposés du papier pour écrire, un stylo et un micro. La secrétaire de l'école a été chargée d'enregistrer les témoignages et de les transcrire pour les besoins du comité.

Mon arrivée dans le local est saluée de murmures. Le fait d'être accompagné de mes parents a pour résultat de tempérer de possibles réactions excessives de la part des joueurs de hockey. De toute façon, je ne pense pas que Solange Giguère tolérerait un tel comportement.

Le sujet suscite beaucoup d'intérêt : même en cette journée pédagogique, il ne reste presque plus de chaises libres, à l'exception des trois places à l'arrière que m'a réservées Jocelyn Chauvette. Près de lui, j'aperçois le professeur Jean-Paul Lambert, qui me salue d'un sourire, et quelques musiciens, dont la trompettiste Marie-Josée Crête. Pour s'y rendre, il faut passer entre deux rangées de chaises. Soucieux de ne pas écraser d'orteils, je ne porte pas attention aux personnes devant qui je circule. C'est là une belle erreur. Une fois mes parents passés, Charles Masson soulève le pied et je culbute par terre.

— Tu pourrais regarder où tu marches, moron, se moque-t-il, entouré de ses coéquipiers.

Dans son groupe, un coup d'œil me suffit pour identifier Maxime Croteau, Jean-François Langevin, Marc-André Thibodeau et Laval Vallier.

Mon père, bouillonnant, m'aide à me relever et fusille Masson du regard. Celui-ci comprend que mon père n'entend pas à rire du tout. Il n'en faudrait pas beaucoup pour qu'il s'en prenne physiquement au capitaine des Vaillants. Je peux sentir sa colère. Maintenant, il peut mettre un visage sur ceux qu'il qualifie d'agresseurs. Même ma mère doit s'en mêler. Qu'est-ce que ce sera quand le *coach* Gélinas s'amènera dans le local ?

— Nous allons commencer, claironne la directrice Solange Giguère. Mais avant, j'exige le calme et le respect d'autrui pendant les témoignages. Ces messieurs de la sécurité verront au bon ordre. Je vous en remercie à l'avance. J'appelle le premier témoin à l'avant, Jocelyn Chauvette, journaliste.

De cette assurance qui ne le quitte que très rarement, Jocelyn Chauvette salue les membres du comité et prend place.

Il est 9 heures pile, le lundi 7 novembre.

Levant la main droite, il déclare d'un ton solennel :

— Je jure de dire la vérité, toute la vérité, rien que la vérité.

D'une seule phrase, il diminue de façon sensible la tension qui régnait dans la pièce.

— Je vous rappelle, monsieur Chauvette, que ce n'est pas un procès, seulement une enquête, précise madame Giguère.

— Alors, je plaide non coupable, fait-il en blaguant.

Dans ce qui s'annonce comme une longue journée, Solange Giguère pose la première question en brandissant le journal *La Feuille de Laurier*.

— Monsieur Chauvette, je ne veux pas reprendre les immondes descriptions de cet article signé de votre main, mais j'aimerais bien connaître les circonstances qui ont mené à la publication de ce reportage sur des initiations ?

— Prétendues initiations, reprend immédiatement Denis Beauchamp.

— Prétendues initiations, vous avez bien raison… Alors, monsieur Chauvette ?

— Puis-je, membres du comité, rectifier l'adjectif utilisé pour qualifier les initiations ? Elles ne sont pas prétendues, elles sont vraies. Et avant que monsieur Beauchamp ne m'interrompe, je peux vous assurer que je ne l'aurais pas écrit si ce n'était pas la vérité. Pour revenir à votre question, madame Giguère, la rumeur courait depuis longtemps, dans l'école, que l'équipe de hockey allait initier ses recrues.

— Vous pourriez utiliser le conditionnel, monsieur Chauvette, suggère Denis Beauchamp.

— Désolé. Ce n'est pas mon intention, car ce sont des faits. Je peux continuer ?

Devant l'approbation de Solange Giguère, le journaliste poursuit son récit.

— J'ai appris à travers les branches, lors d'un entraînement à l'aréna, que l'initiation avait lieu le soir même du 14 septembre.

— Qui vous en a parlé ? demande la directrice.

— Un de mes contacts de l'équipe, reprend Jocelyn. Vous comprendrez que je ne peux dévoiler son identité. Mais c'est une source totalement fiable.

— Cette même personne vous en a raconté les détails par la suite ?

Jocelyn approuve d'un signe de tête.

— Je n'ai rien inventé. Je n'ai pas l'esprit aussi tordu pour imaginer des trucs semblables, dit-il à la ronde, comme s'il s'agissait d'une évidence.

Denis Beauchamp intervient auprès de la directrice pour parler à son tour.

— Je peux ? Merci. Monsieur Chauvette, c'est trop facile de se cacher derrière une source que l'on dit sûre mais… anonyme. Cette personne devrait se lever, s'identifier et parler devant nous. Nous gagnerions beaucoup de temps et d'énergie plutôt que de chercher à jouer les détectives. À la condition, bien sûr, que cette personne existe vraiment.

Le regard de Jocelyn se fait dur et froid.

— Vous mettez en doute ma crédibilité, monsieur Beauchamp ? Je suis peut-être jeune, mais je prends mon travail de journaliste très au sérieux. J'ai jugé important de raconter l'initiation parce que j'avais un témoin très crédible.

Quelqu'un a soufflé mon nom dans le public. Ça venait du coin de Masson. Je tente de garder la tête froide. Jocelyn, lui aussi, a entendu. Il saisit l'occasion au bond.

— S'il y a une chose que je peux vous assurer, par contre, c'est que cette source ne s'appelle pas Alexandre Parent, comme certains aimeraient le laisser croire.

— Son tour viendra, dit Denis Beauchamp, non sans mépris.

— Êtes-vous conscient, reprend Benoit-Pierre Robert, du tort considérable causé à l'image de ce collège avec la publication de votre article ?

Adjoint à la direction du collège, l'homme aux trois prénoms, comme nous le surnommons, demeure de glace, fidèle à son habitude : il ne sourit jamais sous sa moustache finement taillée et parle d'un ton monocorde. Son visage est fermé, impossible d'y lire une émotion.

Jocelyn ne se laisse pas ébranler par la question qui tenait davantage du commentaire.

— Monsieur Robert, je me suis davantage soucié du tort causé aux recrues lors de cette initiation.

J'ai presque envie d'applaudir.

Mais Denis Beauchamp contre-attaque.

— Une dernière question, alors, monsieur Beauchamp, prévient Solange Giguère.

— Je vous remercie de votre générosité, madame... Monsieur Chauvette, cette initiation, si elle a bien eu lieu, ne constituait-elle pas pour vous une occasion rêvée de régler vos comptes avec l'entraîneur Jeff Gélinas ?

— Régler mes comptes ? répète Jocelyn, intrigué.

— Oui, en jetant le discrédit sur cet homme et son équipe, parce qu'il vous avait exclu des rangs, l'an dernier, au camp d'entraînement.

Sa remarque soulève des chuchotements. J'avais oublié que Jocelyn avait voulu jouer au hockey avec les Vaillants. Cette fois-ci, le rouge monte à son visage. L'homme a marqué un point.

— Comprenez-moi bien, monsieur Beauchamp. Que monsieur Gélinas ne m'ait pas choisi l'an dernier, comme vous vous plaisez à le rappeler, n'a strictement rien à voir avec cette histoire, réfute Jocelyn. Cette tactique est mesquine de votre part. Mais dites-moi donc, vous parlez bien en votre nom ou en celui de votre meilleur ami, monsieur Gélinas ?

Cette fois-ci, le directeur du programme sport-études prend des couleurs. Après tout, il est vrai que, grâce à Denis Beauchamp, Jeff Gélinas a décroché ce boulot au collège, puisque c'est sur sa recommandation que la direction l'a embauché. Solange Giguère n'était pas encore en poste à ce moment-là.

— Suffit ! tranche la directrice. On n'en fera pas une guerre personnelle. Monsieur Chauvette, je vous remercie de votre participation.

Le journaliste se lève et vient s'asseoir à mes côtés.

— Bien joué ! lui dis-je dans un murmure.

Il approuve d'un clin d'œil. Il sort de la poche de son veston un crayon et un petit calepin, et griffonne des notes que je suis incapable de lire.

— Tu travailles en plus ?

— Mais non. C'est simplement pour énerver Masson et sa bande, qui regardent sans cesse par ici.

— Alors, prête-moi ton calepin, je ferai semblant de lire...

Chapitre 9

Laval Vallier est le prochain témoin appelé à l'avant par Solange Giguère. La directrice consulte une feuille.

— Monsieur Vallier, vous êtes l'une des neufs recrues de l'équipe. Avez-vous été initié ainsi que le prétend le texte de monsieur Chauvette ?

— Non, je n'ai pas été initié.

Sa réponse engendre des réactions dans le public, comme si on y voyait là la contradiction immédiate de l'article. Laval Vallier n'y est pas insensible.

— Ça ne signifie pas que les autres recrues n'ont pas été initiées, madame. Ce que je déclare, c'est que moi, je ne l'ai pas été.

— Et pourquoi ? s'enquiert Denis Beauchamp.

— Parce que la personne qui m'aurait touché aurait mangé du gruau toute l'année…

Roulant ses fortes épaules, il jette un coup d'œil du côté de Masson qui glisse un mot à l'oreille de Croteau.

— Donc, il n'y a pas eu d'initiation, lance Denis Beauchamp, saisissant l'occasion.

— Vous ne m'avez pas écouté, monsieur. J'ai l'impression de radoter : moi, Laval Vallier, je n'ai pas été initié.

— Vous êtes un joueur régulier maintenant au sein de cette équipe. Avez-vous entendu parler de certaines choses qui auraient pu se produire ? Est-ce que des joueurs recrues ont discuté devant vous d'une possible initiation ? interroge Solange Giguère.

— Non. À l'exception des têtes rasées, rien ne paraissait dans le vestiaire. S'il s'est passé quelque chose d'autre, on m'a tenu à l'écart...

— Je comprends bien, monsieur Vallier, que vous avez refusé une simple coupe de cheveux, insinue Denis Beauchamp, tapant de son stylo contre la table. Est-ce si grave ?

Laval Vallier regarde son interlocuteur avec un air amusé.

— Vous savez fort bien, monsieur Beauchamp, que la coupe de cheveux n'est que l'apéritif. D'habitude, le plat de résistance suit. Et ce n'était pas dans mes intentions d'y goûter.

— Mais qu'aviez-vous tant à craindre, monsieur Vallier ? questionne à son tour Benoit-Pierre Robert.

— Je n'ai rien à craindre de personne, corrige-t-il. Je veux qu'on me respecte, c'est tout.

— Mais qu'en est-il alors de ces prétendues initiations ? insiste Denis Beauchamp en pointant le journal.

Laval Vallier pousse un long soupir.

— Si c'est vraiment arrivé, j'aurais voulu que les joueurs se tiennent debout et qu'ils refusent qu'on les touche si ça ne leur plaisait pas.

— Seriez-vous alors intervenu, monsieur Vallier, dans une telle situation ? s'informe Solange Giguère.

— Oui, sans même hésiter, quitte à recevoir une bonne raclée ou même à être banni de l'équipe.

— C'est facile à dire quand on n'est pas là, murmure Denis Beauchamp.

— Vous posez une question ? lance Laval Vallier.

— Vous pouvez garder vos commentaires pour vous, monsieur Beauchamp, lui rétorque Solange Giguère sur un ton glacial.

La porte de la salle s'ouvre et Jeff Gélinas fait son entrée, le front bien haut, suivi de Samuel Bernard, le préposé à l'équipement. Jocelyn me glisse à l'oreille que l'entraîneur a enfilé un habit qu'il ne réserve que pour les grandes soirées du hockey : un veston et des pantalons rouges, une chemise blanche, une horrible cravate bleue. C'est ce qu'il portait sur les différentes photographies d'équipe exposées dans l'armoire vitrée des trophées à l'aréna du collège.

Passant près de moi, l'entraîneur paraît m'ignorer. Toutefois, j'ai eu raison de me méfier en rabattant mes pieds sous ma chaise, car il a essayé de me les écraser. Croteau ordonne à une recrue de laisser sa chaise. Samuel Bernard comprend que la place libre n'est pas pour lui et se dirige dans un coin de la salle pour assister debout aux audiences.

Masson s'empresse de résumer les témoignages à ce stade-ci de la journée. Le regard du *coach* se promène de Laval Vallier, toujours à l'avant, à Jocelyn Chauvette. Puis il s'attarde sur moi.

Sans daigner jeter un seul coup d'œil à ce nouveau spectateur, la directrice lui commande, d'un geste, de bien vouloir retirer sa casquette. Maugréant, Jeff Gélinas s'exécute.

— Vous pouvez partir, monsieur Vallier. Merci, lui dit Solange Giguère.

Jeff Gélinas lance un sourire à son joueur qui retrouve sa place parmi le public. Laval le salue d'un bref signe de tête, sans enthousiasme.

— J'appelle à l'avant monsieur Charles Masson, le capitaine des Vaillants, annonce la directrice.

Recevant poignées de main et encouragements, le joueur se dirige à l'avant et s'installe avec nonchalance sur la chaise.

— Monsieur Masson, y a-t-il eu une initiation ? demande Solange Giguère.

Sur un ton qu'il veut en apparence décontracté, le vétéran explique :

— La seule chose qui s'est passée, madame, c'est qu'on a rasé un peu la tête des recrues. Le reste, c'est des mensonges de journaliste, dit Masson en désignant Jocelyn de son menton pointu. Pensez-vous qu'on serait assez stupides pour humilier des joueurs sachant qu'ils combattront l'ennemi à nos côtés pendant une saison ?

— Je préfère ne pas m'exprimer sur cette question, souffle la directrice d'une voix neutre.

— Moi, je pourrais, note avec empressement son voisin, Denis Beauchamp.

— Ce ne sera pas nécessaire, merci, lui signale Solange Giguère, sans même le regarder. Monsieur Masson, où s'est passée cette séance de rasage ?

— Dans le chalet de mon père. On a décidé d'organiser une petite fête pour souligner l'arrivée des recrues dans notre équipe. Ça reste quand même un exploit pour ces joueurs d'avoir réussi à se tailler une place parmi les meilleurs. Depuis cette soirée, il existe un lien très fort entre nous.

— Chaque joueur était donc consentant à ce qu'on lui rase le crâne ? laisse entendre Denis Beauchamp.

— C'est évident, monsieur Beauchamp. Essayez donc de couper les cheveux à quelqu'un qui passe son temps à gigoter !

Des éclats de rire accompagnent sa plaisanterie. Solange Giguère rappelle la foule à l'ordre.

— Les joueurs avaient-ils été prévenus de ce qui les attendait ?

— Non, madame, c'était une surprise…

— Et pourquoi monsieur Vallier n'était-il pas de votre petite fête ? soulève Benoit-Pierre Robert.

— Parce qu'il nous avait clairement laissé savoir, dans le vestiaire, qu'il ne voulait pas participer à ça. C'était son choix et on le respectait.

Si Masson se prénommait Pinocchio, il y a longtemps que son nez toucherait le mur du fond de la salle. C'est un sacré menteur. Et un bon ! Sans même sourciller, il parvient à raconter n'importe quoi.

— D'ailleurs, tout le monde était libre de quitter le chalet à sa guise au cours de la soirée…

— Et l'olive musicale ? Et la brosse à dents ? Et le Tabasco ? reprend Solange Giguère.

— Des âneries dignes de monsieur Chaussette. Il n'a jamais accepté d'être renvoyé de notre équipe, l'an dernier. C'est sa façon de se venger et il a été encouragé par son ami Parent.

— Avez-vous été initié, l'an dernier, monsieur Masson ? dit Benoit-Pierre Robert.

Je voudrais être dans la tête de Masson pour y lire ses souvenirs. Qu'a-t-il donc subi de si épouvantable l'automne dernier pour vouloir se défouler sur les recrues de cette année ?

Jocelyn Chauvette a dû quitter l'équipe une semaine avant l'initiation des recrues chez les Vaillants. Il ne sait pas vraiment ce qui s'est passé, mais il semblerait qu'elle ait été très… corsée ; c'est le seul qualificatif utilisé devant lui par les jeunes joueurs pour décrire l'initiation.

L'espace de quelques secondes, le visage de Masson se rembrunit, puis il retrouve son arrogance habituelle.

— Oui, monsieur Robert. On m'a rasé la tête. Pour moi, il s'agissait non seulement d'une expérience positive, mais également d'un grand honneur d'avoir la chance de défendre les couleurs de mon collège sur la glace.

— Pour nous aussi ! crie un vétéran, imité aussitôt par ses coéquipiers autour de lui.

Constatant l'effet produit, Masson brandit le poing, animé d'un sentiment de triomphe.

— Merci, monsieur Masson, ce sera tout, dit Solange Giguère.

Le capitaine vétéran retourne à sa place, accueilli comme un héros. Il sert longuement la main de Jeff Gélinas.

J'ai le goût de vomir !

Chapitre 10

DURANT L'HEURE QUI A SUIVI L'INTERVENTION DE MASSON DEVANT LES TROIS MEMBRES DU COMITÉ, UNE DIZAINE DE joueurs, vétérans et recrues, ont défilé. Tous ont tenu des propos similaires, tel qu'ils l'avaient convenu lors d'une réunion d'équipe. Oui, il y a eu une initiation. Oui, tous les joueurs avaient accepté l'idée que leur tête soit rasée. Non, il n'y a pas eu de sauce Tabasco, de brosse à dents, ni même d'olive musicale.

— Mais c'est une bonne idée pour l'initiation de l'an prochain, a lancé Croteau en éclatant de rire, avant de préciser qu'il s'agissait d'une blague.

Solange Giguère ne l'a pas trouvée drôle. Avec l'approbation silencieuse de leur entraîneur Gélinas et de leur capitaine Masson, les recrues ont rappelé leur amour du sport et l'importance de l'esprit d'équipe qui doit primer sur tout. Tous avaient bien appris leur texte.

Langevin est appelé à son tour. Je me réjouis à l'avance de voir la vérité éclater enfin au grand jour.

Visiblement nerveux, le souffle court, Langevin prend place sur la chaise qui craque devant l'effort demandé pour soutenir l'imposante masse du gentil géant. Joignant les mains sur la table, il fixe le plancher, jetant de furtifs regards vers l'assistance. Même ses équipiers sont tendus. Appréhendent-ils des révélations ? Il me repère puis baisse les yeux. Je n'aime plus ce que je vois. Où est la belle détermination qu'il affichait lors de notre dernière rencontre ? Envolée ? A-t-il été menacé ? Intimidé ? Ne flanche pas, mon vieux. Pense à ton petit frère !

Mentalement, je lui adresse de furieux messages pour qu'il sente mon appui, mais il ne me regarde plus.

— C'est fichu, conclut simplement Jocelyn.

— Non. J'ai confiance en lui.

— Monsieur Langevin, vos camarades qui vous ont précédé nous laissent entendre qu'à l'exception de la coupe de cheveux au rasoir, il ne s'est rien passé lors de l'initiation, relate Solange Giguère.

« C'est le temps, Langevin ! Allez ! Comme tu l'as promis ! »

— Je...

Jocelyn a raison : il va flancher.

— C'est exact. Il ne s'est rien passé, récite-t-il d'une voix morne.

Aux côtés de la directrice, Denis Beauchamp montre des signes évidents d'impatience.

— Ils affirment tous la même chose, madame Giguère. On devrait mettre un terme à ce cirque et…

— Monsieur Langevin, continue-t-elle sans se soucier de son voisin, avez-vous subi des pressions avant de venir témoigner ?

Langevin bafouille un non quasi inaudible.

— Pardon ?

— Non, madame Giguère. Il n'y a eu aucune pression, murmure-t-il, le visage livide.

— Vous avez aimé ça, que l'on vous rase la tête ?

— Euh… non, monsieur Robert, dit Langevin, hésitant.

— Qualifieriez-vous cette expérience d'amusante ? poursuit Benoit-Pierre Robert.

— Non, pas vraiment amusante, soupire-t-il, visiblement ébranlé par le souvenir.

— Étiez-vous consentant, alors ? insiste encore Solange Giguère.

— Oui.

— Et pourquoi donc ?

— Parce que je voulais jouer dans cette équipe, madame Giguère.

— Tout comme votre père avant vous, remarque Denis Beauchamp.

— J'était prêt à tout pour être accepté, ajoute-t-il. Mon père est très fier de me voir évoluer dans l'équipe du collège de sa jeunesse. Alors, si le prix à payer pour devenir un membre des Vaillants se chiffrait à une coupe de cheveux, j'étais prêt à passer au rasoir.

Furieux, j'ai envie de me lever et de lui crier : « Et le Tabasco ? » Mais simplement de le dire dans ma tête suffisait à montrer le ridicule de cette sortie. Je n'aurais aidé ni la cause de Jocelyn ni la mienne.

Langevin reprend :

— Je n'ai pas un talent naturel pour la patinoire comme certains de mes équipiers. J'ai dû travailler très fort pour y arriver. C'est aussi pour ça que j'éprouve une grande fierté à endosser ce chandail. C'est ma récompense… Peu importe ce qui a pu se passer ce soir-là, dit-il, ému. Sans le hockey, je ne suis rien. Là, j'ai l'impression d'être devenu quelqu'un.

Langevin renifle. Je jurerais, si je n'étais pas si loin, que c'est une larme qui coule sur sa joue. Il essuie ses yeux maladroitement avec le revers de sa large main.

— Ça va aller, monsieur Langevin ? s'enquiert madame Giguère.

— J'ai des allergies, plaide-t-il, d'une voix étouffée.

— Merci de votre présence, monsieur Langevin, termine la directrice. Nous n'avons plus d'autres questions.

Il quitte son siège. Plutôt que de retrouver sa place avec les autres Vaillants, il sort du local, non sans m'avoir lancé un bref regard. Ses lèvres ont murmuré :

— Désolé…

J'ai senti chez les vétérans un grand soulagement. L'entraîneur Jeff Gélinas est demeuré impassible.

Solange Giguère, avec l'accord de ses deux collègues, annonce que c'est l'heure du repas.

— Le comité siégera à nouveau à 13 heures 30. Soyez ponctuels, s'il vous plaît.

C'est comme un signal. Tous se lèvent et partent, pour la plupart, en direction de la cafétéria. Je marche en compagnie de Jocelyn. Mes parents sont partis, mais reviendront cet après-midi.

— Langevin s'est dégonflé, dis-je dans un soupir.

Derrière nous, Masson, Croteau et quelques joueurs ne cessent de nous narguer.

— Le menteur et la brebis égarée, crie Masson.

Les vétérans ont les mains libres alors

que les recrues doivent porter leurs livres. Décidément, ça n'arrêtera jamais ?

Ils se taisent lorsqu'ils constatent la présence de la directrice à nos côtés. Elle marche avec nous, sans pour autant nous adresser la parole.

Jocelyn et moi, nous nous rendons au local du journal pour quelques bouchées de pizza.

— Je n'ai pas d'appétit, Jocelyn, surtout pas pour une pizza aux olives !

— Cha m'en fera pluche, Alexchhh, se réjouit-il, la bouche pleine.

— Je ne sais pas comment tu peux manger autant, dans de telles circonstances.

— Je nourris mon corps pour que mon esprit soit alerte et qu'il ne passe pas son temps à crier famine.

— Tu sembles de bien bonne humeur malgré tout, lui dis-je.

— Ce matin, ce n'était qu'un match hors-concours. La vraie partie se jouera tout à l'heure. C'est là que ça comptera vraiment, surtout avec ton témoignage et celui de Jeff Gélinas.

— Ce sera notre parole contre la leur…

— C'est vrai. Mais n'oublie pas ma carte secrète, ma source. Les événements feront peut-être qu'elle se dévoilera au moment voulu.

Chapitre 11

13 heures 35

La tension monte d'un cran dès que je prends place devant les membres du comité. La directrice Solange Giguère rappelle les consignes de calme et de respect.

— Les fautifs seront expulsés sur-le-champ.

Je sens que le moment est important. Les souvenirs me ramènent au match de la finale d'un tournoi à Québec. Les deux équipes étaient à égalité et nous étions en tir de barrage pour déterminer la formation championne. J'étais le dernier joueur du groupe ; un but et nous remportions la coupe. Avant même de toucher la rondelle au centre de la glace, j'avais décidé de jouer de finesse avec le gardien de but adverse. Pas question de lancer, car il était presque invincible sur les tirs. J'exécuterais une feinte vers la droite pour le déplacer légèrement puis je glisserais la rondelle entre ses jambières.

— Monsieur Parent ! Vous êtes avec nous ? m'interpelle Solange Giguère.

— Je m'excuse…

— Vous étiez dans la lune, monsieur Parent, note Denis Beauchamp, incisif.

— Je me rappelais à quel point ça pouvait être agréable de jouer au hockey, monsieur Beauchamp, dis-je sur le même ton.

J'avais respecté mon plan à la lettre et nous avions gagné la finale du tournoi à Québec. Cet après-midi, j'entends utiliser la finesse pour déjouer l'adversaire.

— Monsieur Parent, dit la directrice, qu'avez-vous à nous raconter au sujet de cette prétendue initiation ?

— Êtes-vous la source anonyme de monsieur Chauvette ? renchérit immédiatement Denis Beauchamp.

Prendre le temps de bien respirer. Répondre calmement aux questions. Mes parents arrivent au même moment dans la salle ; ils m'adressent un salut chaleureux. Les voir me procure le plus grand bien. Ils s'assoient près de Jocelyn Chauvette, à l'arrière.

— Madame Giguère, à l'exception de la chronologie des événements, tout ce qui a été écrit dans le journal par monsieur Chauvette est exact. Et, monsieur Beauchamp, je ne suis pas sa source anonyme, comme le journaliste vous l'a si bien dit tout à l'heure.

— Pourquoi acceptez-vous d'en parler aujourd'hui, alors ? dit Benoit-Pierre Robert.

— Parce que j'estime important que l'on sache ce qui se peut se passer à l'intérieur même du collège. Parce que je crois qu'en m'avançant ainsi, peut-être pourrais-je empêcher que de telles énormités se reproduisent dans l'avenir. Parce que l'on s'est attaqué, madame et messieurs, à mon intégrité physique et morale. Parce que, dans cette école où l'on prône le vouvoiement pour marquer le respect envers l'autre, on m'a profondément humilié.

Je capte le regard d'approbation de mon professeur de musique, Jean-Paul Lambert. Le même que celui qu'il adresse à ses élèves musiciens lors de l'exécution réussie d'un passage particulièrement difficile.

— Donc, enchaîne Denis Beauchamp, vous reniez les propos de tous vos ex-coéquipiers, qui ont défilé avant vous et qui racontaient que l'initiation s'était limitée à une coupe de cheveux et à une petite fête… Vous n'avez pas aimé que l'on touche à votre belle tête blonde ?

— L'initiation a débuté par la coupe de cheveux, dis-je en le corrigeant. Si ça s'était arrêté là, je ne pense pas que je serais ici, aujourd'hui.

Denis Beauchamp prend un air de mépris :

— Alors, racontez-nous donc ce qui s'est passé, monsieur Parent…

Chapitre 12

Le récit d'Alexandre Parent

NOUS TOUS SAVIONS QUE L'INITIATION APPROCHAIT. DÉJÀ, AU CAMP D'ENTRAÎNEMENT, LES VÉTÉRANS NE CESSAIENT d'intimider les plus jeunes en leur laissant entrevoir les pires tourments. Il avait même été question d'une chèvre... À mon inscription au programme de hockey, l'entraîneur Jeff Gélinas s'était engagé auprès de mes parents à ce qu'il n'y ait pas d'initiation, à peine une petite soirée pour former l'esprit d'équipe.

Dans le vestiaire, au camp d'entraînement, nous avions eu droit à un avant-goût de ce qui attendait les recrues. Il fallait défier une autre recrue et se bagarrer. Même en portant des gants de hockey, notre casque protecteur et notre grille, les combats étaient violents et ne s'arrêtaient que lorsque l'un des deux joueurs ne se relevait pas. Je ne me bats jamais, ce n'est pas dans mon tempérament et puis je crains de me blesser à la main et de ne plus pouvoir jouer du saxophone dans le *stage band* du collège. J'ai perdu rapidement mon combat contre Thibodeau, mais l'affrontement m'a tout de même laissé une profonde entaille près de l'œil, une belle cicatrice dont je me serais bien passé.

C'est ainsi qu'on s'est retrouvés, ce soir-là, dans le chalet du père de Masson, au fond d'un rang. Tous les joueurs recrues, sans exception, étaient nerveux en y mettant le pied, certains semblaient carrément effrayés. Pour ma part, j'appréhendais le pire. J'avais déjà été initié, depuis le temps que je joue au hockey, mais il s'agissait davantage de rencontres pour mieux se connaître. Plus je grimpais les échelons des différentes catégories, plus les initiations se corsaient. Maintenant, j'avais la possibilité de défendre les couleurs de la prestigieuse équipe de hockey, les Vaillants du collège Wilfrid-Laurier, plusieurs fois championne de sa ligue.

Dès notre arrivée au chalet, nous, les huit recrues, avons dû nous déshabiller complètement (à l'exception de nos bas et de nos espadrilles) en plein centre de la pièce, un vaste salon. Les vétérans qui nous entouraient s'amusaient à formuler des remarques grotesques sur notre sexe. C'est à croire qu'ils en faisaient une fixation. Mais je n'ai pas répliqué. Ils se sont acharnés sur Thibodeau, se moquant de la « petite taille de son truc ». Il a encaissé les railleries sans mot dire.

— Si tu protestes, ça va empirer. Alors, tu te la fermes et tu serres les dents. C'est juste un mauvais moment à passer, m'a glissé à l'oreille le préposé à l'équipement.

J'ai eu envie de riposter que c'était facile à dire, mais vu son regard fuyant, j'ai compris que ce n'était pas le temps.

Notre reflet dans les grandes vitrines était accentué par l'obscurité à l'extérieur, même s'il était encore tôt dans la soirée. Ce qui augmentait d'autant notre malaise général. Le spectacle était désolant, bête à pleurer.

Nous étions debout, les mains derrière le dos. Mon voisin, Marc-André Thibodeau, a voulu se cacher le sexe, mais il a été sévèrement réprimandé par les vétérans. Charles Masson, organisateur de l'initiation avec son copain Maxime Croteau, s'est planté devant lui et, avec son air arrogant et supérieur, il lui a craché littéralement à la figure :

— Ah ! comme ça, on est une forte tête ! On va t'apprendre à écouter nos ordres. Ça te coûte vingt pompes à faire en moins d'une minute.

— D'accord, a répondu Thibodeau, fixant le vide devant lui.

— D'accord, qui ? a demandé Masson.

— D'accord, monsieur ! a crié Thibodeau.

Avant le début de l'initiation, nous avions été avisés que nous devions donner du « monsieur » aux vétérans, cela pour toute la durée de la soirée.

Alors que Masson consultait sa montre, lui signalant du coup que le temps avait commencé à s'écouler, Thibodeau s'est précipité au sol pour entamer sa série de pompes. Il a été stoppé dans son premier élan par le vétéran.

— Attends ! On a oublié un détail, lui a murmuré Masson.

Son collègue Croteau a apporté un verre de bière.

— Ce n'est pas pour boire, a averti ce dernier avec un rictus.

— Du moins, pas tout de suite, a précisé Masson, en déposant le verre sous le ventre élevé de la recrue.

— C'est parti ! a hurlé Masson.

Chaque fois que Thibodeau pliait les bras pour amener son corps au sol, son sexe trempait dans le verre de bière, suscitant le dégoût chez les recrues et une volée d'éclats de rire du côté des vétérans. Malgré son inconfort, Thibodeau est parvenu à boucler ses vingt pompes en moins d'une minute. Il s'est relevé rapidement, prenant garde de ne pas renverser le verre. Il a repris sa position initiale, mais les mains derrière le dos.

Croteau a remis le verre à son ami Masson. Celui-ci, sans abandonner son regard méprisant, l'a tendu à son tour à Thibodeau.

— Maintenant, le moron, tu vas boire TA bière d'un seul trait...

J'ai laissé échapper un soupir d'agacement, bien malgré moi, ce qui n'a pas échappé aux deux vétérans.

Thibodeau n'a pas eu le temps de porter le verre à ses lèvres, Croteau le lui a arraché, sans ménagement.

— Non ! Donne-moi ça !

Masson m'a annoncé que Thibodeau n'aurait pas à s'exécuter. Je savais trop bien ce qui s'annonçait.

— D'un seul coup, ma belle blonde aux yeux bleus, m'a-t-il dit, en tirant sur mes longs cheveux.

— Oui, monsieur !

Sans réfléchir, j'ai avalé la bière à saveur Thibodeau.

— Savoure-la jusqu'à la dernière goutte, belle blonde ! m'a crié Croteau dans les oreilles.

Près de moi, quelqu'un a tendu une bière au capitaine Masson, qui l'a refusée brutalement.

— T'es fou ? Je veux avoir conscience de ce qui se passe pour m'en rappeler ! a-t-il dit avec un rire sadique.

En compagnie de Croteau, il a parcouru avec avidité le plan de l'initiation. Il a murmuré quelque chose à propos d'une chèvre, et ses yeux porcins ont jeté un regard circulaire pour en constater l'effet. Puis il a crié :

— Phase 2 : la coupe Mohawk !

Croteau, rasoir électrique à la main, a installé devant lui une chaise de rotin.

— Je vais vous refaire une beauté, les morons ! Vous allez presque me ressembler, bande de chanceux ! a-t-il dit en désignant son crâne rasé.

L'un après l'autre, nous avons défilé, silencieux, insensibles en apparence, à l'opération coupe de cheveux. Croteau traçait des sillons de chaque côté de la tête, partant du front jusqu'à l'arrière du cou. Le vétéran, qui avait ingurgité une grande quantité de bière avant même le début de la soirée, n'était plus trop habile à manier le rasoir. Quand est venu mon tour, la lame de son rasoir a pénétré la peau. La douleur m'a fait sursauter, mais j'ai retenu mon cri. La vue d'un peu de sang sur ma tête a indisposé brièvement Croteau.

— Je t'ai dit de ne pas bouger, ma belle blonde !

— Oui, monsieur !

Plus la séance du barbier avançait et plus Croteau s'excitait. La dernière recrue était Jean-François Langevin, le gentil géant qui ne ferait pas de mal à une mouche. Ça, les autres le savaient bien et ils en ont profité. Langevin a subi plusieurs coupures, parce que son tortionnaire a décidé qu'il allait lui raser le crâne au complet.

Masson lui a enlevé le rasoir des mains.

— Regarde ce que tu as fait ! a-t-il beuglé.

Enfin, un peu de sollicitude. Mais ce n'était pas la tête biseautée de ce pauvre Langevin que désignait Masson, mais bien le plancher…

— Mon père sera furieux, s'il y a des traces de sang sur son tapis.

Masson a bousculé Langevin pour l'envoyer retrouver les autres.

— Tout le monde en cercle ! a commandé à nouveau Croteau après avoir relu le plan.

Pressés d'en finir au plus vite, nous avons obéi. Derrière nous, une musique agressive et métallique a explosé d'un appareil stéréo. Croteau – je n'étais plus certain qu'il carburait seulement à la bière

– et trois autres vétérans balançaient violemment la tête au rythme des mesures démentielles. Un peu de jazz calmerait les esprits...

— Pas tout de suite ! Baisse ça ! a ordonné Masson à Croteau, qui s'est exécuté.

Le capitaine a franchi le cercle et a montré une olive avec un sourire cruel.

— Vous aimez ça, les olives, les gars ? a-t-il demandé, nullement incommodé de se trouver entouré de huit gars nus.

— Oui, monsieur ! a-t-on répondu d'une même voix.

— Moi aussi, a-t-il indiqué en l'avalant. Surtout celles qui sont épicées...

Un vétéran lui a remis une autre olive. Visiblement, la prochaine épreuve plaisait à Masson.

— On va jouer, mes petits amis, à l'olive musicale.

Il s'est approché de Jean-François Langevin. D'une attitude qu'il voulait sensuelle, il lui a glissé l'olive sur les lèvres.

— Mon ami Croteau, ici, a pensé à une version bien personnelle du jeu : on met l'olive dans la bouche d'une recrue et, à son tour, elle doit la passer à un autre joueur. Et on continue comme ça jusqu'à ce que la musique arrête. Mais Croteau, un grand sensible, a peur que certains joueurs aiment le jeu plus que d'autres et que ça paraisse... N'est-ce pas, Langevin ? lui a dit Masson, d'un ton faussement conciliant.

— Oui, monsieur ! a crié Langevin.

— Espèce de tapette ! a beuglé un vétéran derrière nous.

Masson est sorti du cercle et s'est rendu derrière Langevin. Avec l'olive bien en main, il a tracé une ligne imaginaire dans le dos de la recrue, descendant de plus en plus bas le long de la colonne vertébrale.

— L'olive ne passera pas de bouche en bouche, a prévenu Masson en riant.

En un geste brusque, le vétéran a inséré l'olive entre les fesses de Langevin.

— Tiens, Popeye ! a-t-il murmuré à son oreille.

Masson s'est éloigné, puis il s'est adressé autant aux recrues qu'aux vétérans :

— Quand la musique s'arrêtera, celui qui a l'olive en sa possession gagnera.

De sa main droite, Langevin a retiré l'olive de son derrière pour la mettre dans celui de son voisin.

— On sait tout de suite avec quelle main il s'essuie, a remarqué Croteau, suscitant l'hilarité générale.

Les hurlements et les moqueries des vétérans, au travers de la musique tonitruante, décuplaient la frénésie du moment.

Il fallait se dépêcher, chacun devinant la « récompense » que sa victoire lui mériterait.

Avec empressement, Masson suivait l'olive qui passait d'un postérieur à l'autre. Son bras était levé et Croteau, responsable de la musique, n'attendait qu'un geste de sa part. On pouvait lire un bref soulagement dans les visages des participants à ce jeu grotesque, une fois l'olive hors de portée, ou l'appréhension grandissante quand elle approchait.

Mon voisin Thibodeau, avec un geste nerveux, m'a « remis » l'olive. Je n'ai pas eu le temps de la retirer que le bras de Masson s'abattait et que la musique s'arrêtait. Il était évident qu'il m'avait choisi pour « gagner » ce jeu stupide. Des applaudissements ont salué la conclusion. Les recrues préféraient baisser les yeux et attendre que tout soit terminé.

Au centre du cercle, Masson m'a félicité et m'a demandé de lui donner l'olive. Il l'a portée à son nez et a exprimé bruyamment son dégoût.

— Êtes-vous sûrs que vous vous essuyez quand vous allez aux toilettes ? C'est effrayant cette puanteur ! Un vrai bouche-trou !

Masson a approché l'olive de ma bouche.

— Tu connais la suite ?

— Oui, mons...

J'ai failli m'étouffer quand il a lancé l'olive dans ma bouche ouverte.

— Ne l'avale pas tout de suite, a averti Masson. Je veux que tu la mâches, que tu prennes le temps de vraiment la savourer.

Je suis parvenu, je ne savais comment, à réprimer une fulgurante envie de vomir. Il me semblait que toute ma bouche avait un goût d'excréments.

— Il fait peut-être semblant de mastiquer, a suggéré Croteau, l'air méfiant.

— On peut vérifier, a approuvé Masson. Ouvre ta bouche, moron ! Et mets-la sur ta langue pour qu'on la voie...

— Oui, monsieur.

Les deux vétérans ont prolongé le plaisir de me voir ainsi, l'olive au goût merdique reposant, mâchouillée, sur ma langue.

— Ça va. On n'y passera pas toute la nuit, a tranché Masson.

Une fois, deux fois, j'ai essayé de l'avaler. Mais j'en étais incapable. Croteau, éméché, s'est avancé à son tour et m'a pincé rudement le nez. Le réflexe de déglutir a entraîné l'olive dans ma gorge.

— Si tu vomis, ce sont toutes les recrues qui vont avaler tes cochonneries, a menacé Croteau.

Il m'a lâché le nez, mais ses ongles ont égratigné mes narines.

Je sentais la colère monter en moi. Combien de temps cela allait-il durer encore ? Que nous ferait-on subir au nom de l'équipe ?

— En rang ! a ordonné Masson.

Un vétéran lui a apporté une brosse à dents qui trempait dans un verre à moitié rempli d'eau. Il l'a tendue à Thibodeau, la première recrue au bout de la file.

— Tu te brosses les dents pendant au moins trente secondes, tu te rinces la bouche avec l'eau et tu la recraches dans le verre. Es-tu assez intelligent pour comprendre mes instructions, moron ?

— Oui, monsieur !

Sur un signe convenu, un vétéran s'est placé devant chaque recrue.

— Quand tu as terminé, a expliqué Masson à Thibodeau, tu dois remettre le verre au vétéran placé devant ton voisin.

Il lui a tendu le verre, puis l'a retiré vivement.

— Attends ! J'ai oublié un détail…

Masson a reniflé bruyamment, s'est éclairci la gorge et a craché dans le verre. Pour la première fois, des recrues ont manifesté un timide mécontentement. Parmi le groupe, Croteau a identifié Langevin et l'a poussé sans ménagement, du milieu de la file à la fin.

Masson a remis le verre à Thibodeau :

— Souris... Montre-moi tes belles dents.

J'étais le septième de la rangée. Même si deux vétérans ont refusé de cracher dans le verre, lorsqu'on me l'a tendu, l'eau était brumeuse. J'y ai plongé la brosse à dents. En la ressortant, une substance visqueuse s'est accrochée aux poils de la brosse. Je l'ai portée à ma bouche et j'y ai répandu les sécrétions des vétérans.

Ne pas penser.

Au bout d'une interminable minute – parce que Masson a fait durer le plaisir – j'ai cessé le brossage. Je me suis rincé la bouche avec le contenu du verre. Encore là, je pouvais sentir le liquide salé, âcre, couler sur mes dents et sur ma langue, sur mon palais. Je l'ai recraché dans le verre.

Langevin était pâle. Pressentant la suite, les vétérans l'ont entouré, comme des hyènes pour se repaître de la scène. Le cœur au bord des lèvres, Langevin a plongé la brosse dans le verre. Il ne pouvait réprimer un tremblement. Timidement, il a commencé à se brosser les dents.

— Avec plus de vigueur, moron, a grondé Masson.

Au moment où Langevin s'est rincé la bouche, d'une joue à l'autre, Croteau lui a pincé le nez d'une main et lui a maintenu la mâchoire fermée de l'autre. Il n'a relâché son emprise qu'une fois assuré que Langevin, les yeux exorbités, a bien avalé.

— Il paraît que c'est bon pour le teint ! a-t-il raillé, cherchant les regards approbateurs des autres vétérans.

N'en pouvant plus, Langevin a quitté les rangs pour se précipiter à la salle de bains et vomir.

— Tu peux en laisser pour les autres ! a hurlé Masson à son endroit.

L'épisode m'a donné de nouveaux haut-le-cœur.

— Commencez-vous à être écœurés ? a demandé Croteau à la ronde.

— Non, monsieur ! ont menti les recrues d'une voix mal assurée.

Mes lèvres ont bougé, mais je n'ai émis aucun son. Cela n'a pas échappé à Masson. Il a écrasé son nez contre le mien :

— Je ne t'ai pas entendu, moron.

— Je… Je ne comprends pas comment ces initiations-là peuvent être bonnes pour l'esprit d'équipe… monsieur !

Masson a déposé ses larges mains sur mes épaules nues. J'ai grimacé alors que les doigts du vétéran s'y enfonçaient.

— Le *coach* l'a dit : il faut former un esprit de corps si on veut gagner. Il faut être prêt à se sacrifier pour les autres. Il faut s'oublier pour l'équipe. Tu comprends, moron ?

— Oui, monsieur.

Croteau a ramené Langevin de la salle de bains. Il était encore vert, le pauvre. Masson a ordonné à Langevin de se coucher sur le dos dans le salon. Un vétéran a tendu le rasoir électrique à Croteau qui l'a approché du sexe de la recrue.

— Alors ? Qui est prêt à se sacrifier pour son coéquipier ? Qui ? Qui ? a demandé Masson.

J'ai respiré bruyamment. Masson, qui me répugnait de plus en plus, m'a bousculé avec les bras.

— Toi, ma blonde aux yeux bleus ! Veux-tu prendre la place de Langevin ? Décide... Vite !

J'entendais Langevin gémir ; il était maintenu au sol par quatre vétérans, qui poussaient la grossièreté jusqu'à lui roter sans arrêt au visage. Il était impossible pour lui de s'échapper. Impuissant, il m'a lancé un regard suppliant.

— Oui, monsieur ! ai-je dit en criant.

Ma réponse a surpris Masson.

— Tu manques de jugement. Tu es un meilleur joueur que lui. L'équipe ne doit pas perdre ses éléments les plus talentueux pour les autres plus faibles. C'est un noble geste de ta part, mais qui arrive trop tard. Les gars, procédez ! Et faites-le taire ! Ses cris me donnent mal à la tête !

Un vétéran a entrepris de bâillonner Langevin. Mais Samuel Bernard, le préposé à l'équipement, s'est interposé et l'a retiré d'un geste rapide.

— Pas question de ça ! a-t-il prévenu, s'esquivant toutefois aussi vite qu'il était arrivé.

— Occupe-toi donc de tes oignons, a grondé Croteau, le regard courroucé.

Le vétéran a commencé à raser le sexe de Langevin, non seulement les poils du pubis, mais aussi ceux du scrotum.

— Si tu bouges trop, a-t-il dit à Langevin, je vais te zigouiller !

Langevin a compris qu'il devait demeurer immobile. Cela n'empêchait pas Croteau d'infliger quelques coupures. Chaque fois, la recrue tressaillait de douleur. L'épreuve n'a duré que quelques minutes, mais devait paraître des heures pour celui qui la subissait.

J'ai consulté l'horloge accrochée au mur du salon, près de la tête empaillée d'un orignal. Nous étions là depuis plus d'une heure. Quand notre calvaire allait-il se terminer ?

Masson a remis à Croteau une petite bouteille.

— Et maintenant, pour bien finir le tour, un peu de lotion après rasage, a-t-il dit, riant de sa grossièreté.

Il en a aspergé le sexe de Langevin qui s'est mis à hurler de douleur. Sa réaction a été si forte qu'il a réussi à se dégager des vétérans qui l'immobilisaient. Le faciès grimaçant, la bouche ouverte, il est tombé à genoux sur le plancher, puis a adopté la position fœtale, gémissant et pleurant à chaudes larmes.

— ÇA BRÛLE ! ÇA BRÛLE ! braillait-il.

— Qu'est-ce que vous avez pris ? a questionné Samuel Bernard, tandis qu'il se penchait sur Langevin.

— Ah… Rien que de la sauce Tabasco, a dit Masson avec désinvolture, jetant un frisson d'horreur parmi les recrues.

Contenant sa colère, le préposé à l'équipement a ordonné à Croteau et à Masson de lui remettre la bouteille. Alors que le premier s'est avancé, les poings serrés vers Samuel Bernard, l'autre vétéran l'a stoppé et s'est fait complaisant.

— Allons, Sam... On s'amuse entre nous, a-t-il tenté.

— C'est une bien curieuse façon de s'amuser. Vous dépassez les limites du raisonnable, a riposté Samuel Bernard, le regard froid et la main toujours tendue.

— Va au diable ! a craché Masson avec hostilité en lui donnant la bouteille.

Samuel a entraîné avec peine Langevin à la salle de bains, alors que Masson l'observait d'un œil noir.

— Pourtant, on est raisonnables, nous, les gars… n'est-ce pas ? a-t-il demandé à la ronde.

— Oui, monsieur ! avons-nous crié, ébranlés par les derniers moments.

— Mais Sam a raison : si on regardait la télé pour se changer un peu les idées et se détendre ?

Nous avons pris place, debout, devant le téléviseur. Les vétérans nous ont tendu chacun une bouteille de bière. Elle est chaude…

— Merci, monsieur ! devait-on dire chaque fois.

Je m'inquiétais pour Langevin. Il nous a rejoints au bout d'un certain temps, un pansement rappelant la terrible épreuve qu'il venait de subir.

— Ça va ? lui ai-je murmuré.

Un bref signe de tête m'a rassuré à peine.

— Tout le monde a eu sa bière ? a demandé Masson.

La soirée était-elle enfin terminée ? J'ai réalisé que j'avais hâte de me rhabiller. Nu, je me sentais terriblement vulnérable.

Croteau a glissé une cassette vidéo dans l'appareil et a mis en marche le téléviseur. Il s'agissait de dessins animés : les Schtroumfs, des petits bonshommes bleus. Que nous réservaient donc Croteau et Masson ?

— Tout le monde connaît les Schtroumfs, bande de morons sans culture ? a demandé Masson. Alors, chaque fois qu'un petit Schtroumf dit le mot Schtroumf, vous devez prendre une gorgée de bière. Allez, on répète ! Schtroumf !

Pouah ! De la bière chaude.

— Je suis étonné : vous avez compris du premier coup. Et quand le Grand Schtroumf parle, vous videz votre bière d'un trait.

— C'est parti ! a lancé Croteau, entre deux gorgées.

Il ne m'a pas fallu plus de trente secondes pour que je voie le fond de ma première bière. Cinq minutes plus tard, j'ai cessé de compter. Surtout depuis la chanson du

Grand Schtroumf. La pièce commençait à tourner. Les cris des vétérans se mêlaient à l'histoire des Schtroumfs. Une recrue a vomi sur le plancher du salon.

J'étais incapable de garder mon équilibre. J'ai dû m'asseoir par terre. Tandis que les vétérans se lançaient dans un concours de rots, j'ai fermé les yeux. Je ne parvenais même plus à soulever cette autre bouteille que Masson venait de me remettre. Ma tête pesait une tonne. J'ai ouvert péniblement les yeux. Je voyais Thibodeau, debout sur une table, hurlant comme un forcené, alors qu'il exécutait une danse érotique pour des vétérans.

Ce serait mon dernier souvenir de cette soirée, la pire de toute ma vie…

Chapitre 13

Un lourd silence suit mon récit. Deux personnes, indisposées pendant les épreuves de la brosse à dents et de l'olive musicale, se sont levées et ont quitté la salle. Lire de tels détails dans un journal, c'est déjà quelque chose. Mais de les entendre racontés ainsi, par la victime, est une tout autre expérience.

Pour mes parents, l'épreuve devait être terrible. Mon père essuie ses yeux. Ma mère sanglote doucement. Thibodeau et Langevin fixent le sol. Masson et Croteau me dévisagent.

Au bout de plusieurs secondes, Denis Beauchamp reprend la parole.

— Si je comprends bien, dit-il avec sarcasme, tous les autres joueurs ont menti et il n'y a que vous qui dites la vérité...

— C'est comme ça, dis-je, impassible.

— Étiez-vous au courant que votre ami, monsieur Chauvette, avait été expulsé de l'équipe de hockey la saison précédente ?

— Oui, mais j'avais oublié ce détail... Je ne vois pas en quoi ça me concerne.

— Il aurait pu vous inciter à mentir pour porter atteinte à la réputation de l'entraîneur, suggère-t-il.

— C'est ridicule ! dis-je, offusquant du même coup le directeur du programme sport-études.

— Vous avez une façon bien personnelle de montrer du respect envers les gens, monsieur Parent, remarque Denis Beauchamp, le front plissé. Monsieur Masson, distingué capitaine des Vaillants, nous a assurés que les joueurs pouvaient partir à leur guise au cours de la soirée.

Je pouffe de rire. Je ne sais plus trop si c'est pour l'utilisation de l'adjectif associé à Masson ou pour son assurance à affirmer que nous étions libres de nos mouvements au moment de cette initiation.

— Ce que le distingué monsieur Masson a oublié de vous préciser, c'est que le chalet de son père est situé en plein bois, à une vingtaine de kilomètres de la ville. Et, curieusement, il a oublié de mentionner les deux bergers allemands qui gardent le chalet et qui empêchent les étrangers d'y pénétrer… ou d'en sortir. On se serait crus dans un camp de concentration.

Solange Giguère veut reprendre le contrôle de la situation, son voisin occupant toute la patinoire.

— Si vous me permettez, monsieur Beauchamp, les autres membres du comité aimeraient aussi intervenir… Merci. Monsieur Parent, vous avez entendu monsieur Vallier raconter ce matin qu'il se serait défendu si des vétérans avaient voulu l'initier. Pourquoi ne pas avoir agi comme lui ? On vous aurait fiché la paix, je crois, non ?

Je savais que la question viendrait tôt ou tard. J'ai l'estomac noué.

— J'ai… j'ai manqué de courage, dis-je faiblement.

— Plus fort, on n'a pas entendu, retentit une voix que j'identifie comme celle de Masson, ce qui me fouette.

Je croise le regard de mes parents. J'y trouve la force nécessaire pour retrouver mon aplomb et hausser le ton :

— J'ai manqué de courage. J'aurais dû résister, j'aurais dû me défendre, protester, mais je n'ai pas la force de caractère, encore moins les capacités physiques de monsieur Vallier. Je l'ai vu se fâcher une seule fois et c'est épeurant. Je comprends que les vétérans l'aient laissé tranquille. Il n'est pas un colosse, mais d'un seul coup de poing, il peut étendre n'importe qui dans cette salle.

Je dévisage Masson et Croteau.

— Mais mon nom est Alexandre Parent et non Laval Vallier. Et aujourd'hui, et pour longtemps encore, je regretterai d'avoir refusé de me tenir debout ce soir-là. Parfois, j'ai honte de me regarder dans le miroir… Il ne se passe pas une journée sans que j'y pense. Plusieurs fois, la nuit, je me réveille en proie à des cauchemars. Je n'ai pas connu une bonne nuit de sommeil depuis le début de l'année. C'est pour cette raison que je suis ici. Je veux aussi me pardonner. Je parle parce que d'autres n'ont pas la possibilité de s'expliquer. Ils ne veulent pas briser le code du silence du sport : ce qui se passe dans l'équipe doit rester dans l'équipe. C'est le règlement ! Je souhaiterais que ces joueurs comprennent qu'ils n'ont pas à traverser ces horribles épreuves pour être admis dans un groupe. On prétend que les initiations contribuent à créer l'esprit d'équipe. On les justifie ainsi. On ferme les yeux, on serre les dents, on attend que la tempête passe, puis on oublie tout : on se donne la main comme des frères d'armes, prêts à aller à un même combat pour affronter l'ennemi, comme je l'ai entendu dire tout à l'heure. C'est de la foutaise ! Moi, je n'oublie pas. C'est pour ça que j'ai quitté l'équipe et que j'ai cessé de jouer au hockey. Le prix à payer était trop élevé, merci !

Je fixe un long moment l'entraîneur Jeff Gélinas avant d'enchaîner :

— Ces initiations ont-elles été approuvées par un adulte ? Il n'y en avait même pas ce soir-là ! On était à la merci de quelques adolescents sadiques qui se sont permis toutes les fantaisies de leur cerveau de crétins. Au nom de quoi ? Au nom de l'unité ? Au nom du hockey ? Non, madame Giguère. Non, monsieur Beauchamp. Non, monsieur Robert. Je ne suis pas qu'un joueur de hockey. Je suis un étudiant de ce collège et j'exige qu'on me respecte !

Terminant mon envolée, je réalise que je suis debout. Devant moi, des bouches ouvertes et silencieuses, des yeux écarquillés… Jocelyn Chauvette frappe dans ses mains, imité par mon père, par ma mère, puis par mon professeur de musique. La vague d'applaudissements se répand parmi les gens, à l'exception des joueurs de hockey, de l'entraîneur Gélinas et des membres du comité. Dans ce vacarme, Marie-Josée Crête brandit sa trompette et sonne le ralliement.

Au bout de quelques secondes, Solange Giguère exige le silence pour que l'audience puisse se poursuivre. Denis Beauchamp n'en a pas terminé avec moi.

— Non seulement vous êtes un excellent orateur, monsieur Parent, mais aussi un bon comédien. Vous auriez dû opter pour l'option art dramatique plutôt que pour sport-études... Par contre, vous ne nous avez toujours pas apporté le moindre élément de preuve de cette histoire.

J'approuve d'un signe de tête.

— C'est ma parole et celle de Jocelyn contre celle des autres joueurs. Mais au moins, j'aurai essayé et j'aurai fait la paix avec moi-même...

— Puisque personne n'est venu corroborer devant nous les faits évoqués, je propose que le comité ajourne ses travaux, suggère Denis Beauchamp, impatient d'en finir au plus vite. Nous avons perdu assez de temps et d'énergie aujourd'hui. Ça fait cinq ans que monsieur Jeff Gélinas dirige les Vaillants et aucun joueur n'a rapporté d'incidents de ce genre. J'estime donc qu'il serait futile d'entendre l'entraîneur à ce sujet. Monsieur Parent peut partir et rejoindre son papa et sa maman...

D'un geste théâtral, il referme son cahier de notes. Pour lui, la séance du comité est bel et bien terminée. Lorsqu'il se lève pour partir, Solange Giguère lui attrape le bras.

— Cette décision ne vous appartient pas, monsieur Beauchamp, l'avertit-elle d'un ton cassant. Il reste encore une personne sur notre liste et je veux entendre ce qu'elle a à raconter.

Agacé, Denis Beauchamp se rassoit et consulte sa montre.

— Il faut arrêter cette chasse aux sorcières inutile…

Benoit-Pierre Robert l'interrompt à son tour :

— Avec votre permission, madame la directrice, j'invite à l'avant monsieur Jeff Gélinas pour nous apporter quelques éclaircissements dans ce dossier.

Chapitre 14

L'AIR SUFFISANT DE L'ENTRAÎNEUR JEFF GÉLINAS A DISPARU À LA SEULE MENTION DE SON NOM. AVEC PLAISIR, JE LUI CÈDE la place. Lorsque nous nous croisons, aucun des deux ne s'efface pour laisser passer l'autre et nos épaules se heurtent durement. Le choc nous fait reculer d'un pas.

— Tasse-toi de mon chemin, moron, murmure-t-il.

— Nous vous attendons, monsieur Gélinas, lui rappelle Solange Giguère avec impatience.

Il règne une vive tension entre eux. Jocelyn me racontait que, l'an dernier, la directrice avait interdit le port de la casquette dans l'école. Or, il s'agissait là d'un signe distinctif pour les membres de l'équipe des Vaillants. Les murs retentissent encore de cette confrontation de titans, dont madame Giguère était sortie victorieuse. Toutefois, depuis ce temps, elle doit régulièrement rappeler aux joueurs et même à l'entraîneur l'existence de ce règlement.

Avec arrogance, imbu de lui-même, Jeff Gélinas s'installe sur la chaise.

— Envoyez, pour qu'on en finisse au plus vite, quoi ! J'ai une séance d'entraînement en fin de journée.

Sa voix forte résonne dans toute la salle.

Deux places se sont libérées à l'avant après mon témoignage ; je me faufile avec Jocelyn pour me retrouver près du comité, à quelques pas seulement de Jeff Gélinas. Il a remarqué notre présence et fait une moue de mépris.

Solange Giguère semble bien déterminée à ne pas laisser Denis Beauchamp poser toutes les questions.

— Monsieur Gélinas, étiez-vous au fait de l'initiation que les vétérans avaient organisée pour les recrues ?

— Je suis au courant de tout ce qui se passe dans cette équipe, s'offusque-t-il, comme s'il s'agissait d'une évidence. Pouvez-vous en dire autant pour votre collège, madame la directrice ?

— Je n'ai pas cette prétention, monsieur Gélinas. Après tout, je n'ai pas que vingt étudiants dont je dois m'occuper, mais bien cinq cents…

Touché ! L'entraîneur vient de compter dans ses propres buts.

Elle revient à la charge, sans se soucier de couper l'herbe sous les pieds de son voisin Beauchamp.

— Avez-vous assisté à l'initiation ?

— Non, j'étais occupé ailleurs. Mais les vétérans avaient toute ma confiance.

— Vous ont-ils expliqué leur plan ?

— Oui, et j'étais d'accord avec cette petite fête. À l'opposé de certaines personnes qui n'ont que peu ou pas d'expérience dans le sport, je reste persuadé que ces rituels sont bénéfiques à l'esprit d'équipe et…

— Y avait-il un adulte pour superviser la séance ? coupe Benoit-Pierre Robert, freinant lui aussi Denis Beauchamp dans son élan.

— J'ai toujours traité mes joueurs comme des adultes, monsieur Robert, s'indigne Jeff Gélinas, vexé de la question.

— Peut-être, monsieur Gélinas, mais je constate que certains de ces garçons n'ont que quinze ans…

— J'avais délégué mon bras droit, Samuel Bernard, pour s'assurer que tout se passe bien.

— Il sera toujours possible d'entendre plus tard le témoignage de M. Bernard, observe Solange Giguère en constatant, avec Benoit-Pierre Robert, que le nom du préposé à l'équipement n'apparaissait pas sur la feuille des personnes convoquées. Mais je ne crois pas me tromper en affirmant que votre bras droit n'est âgé que de dix-sept ans. Vous avez donc confié à un adolescent la tâche de surveiller le comportement d'autres adolescents, monsieur l'entraîneur.

— Monsieur Bernard m'a assuré que tout s'était bien passé, comme tous les gens de bonne foi vous l'ont confirmé depuis ce matin, madame la directrice, grogne l'entraîneur.

— Est-il vrai que vous avez mentionné à des parents qu'il n'y aurait pas d'initiations dégradantes dans votre équipe ? Nous avons reçu une lettre anonyme à ce sujet, indique madame Giguère en la lui tendant. Vous pouvez la lire si vous voulez…

En guise de réponse, Jeff Gélinas grimace.

— Encore une source anonyme de monsieur Chauvette, j'imagine ? Les parents n'ont pas à mettre leur nez dans les affaires de MON équipe, de la même façon qu'ils ne vous diront pas, madame Giguère, comment diriger VOTRE école… Je n'ai pas de leçon à vous donner à ce sujet, il me semble.

Profitant de la brèche d'un moment de silence, Denis Beauchamp y plonge sans retenue.

— Comment avez-vous réagi lorsque vous avez appris le départ d'Alexandre

Parent de votre équipe, à cause de cette présumée initiation ?

Me désignant sans gêne, l'entraîneur Gélinas crache sa haine. Une lueur malveillante brille dans ses yeux.

— Monsieur Parent l'a dit lui-même : il n'est qu'un lâche ! Il n'y avait plus de place pour lui avec les Vaillants. Je veux des guerriers dans mon équipe, pas des rats qui fuient le navire à la moindre occasion. Malgré tout, j'étais prêt à lui accorder une seconde chance, mais il a refusé de s'excuser auprès de ses équipiers. Ils lui en veulent toujours, avec raison. Ils n'ont plus aucun respect pour lui, moi non plus d'ailleurs et il le sait fort bien.

Denis Beauchamp approuve d'un signe de tête, incitant l'entraîneur à continuer.

— On me commande de bâtir un club qui représentera dignement le collège dans la ligue de hockey. J'ai rempli mon mandat depuis mon entrée en poste. J'aurais droit à un certain respect, à une certaine reconnaissance comme d'autres professeurs de cette institution, signale-t-il à Solange Giguère après avoir regardé avec dédain la tête grisonnante de Jean-Paul Lambert.

L'entraîneur fait allusion au dossier de « L'aréna Jeff-Gélinas » qui s'empoussière sur le bureau de la directrice…

— Mais ce qui m'importe, reprend-il avec fougue, c'est la victoire. Tous les moyens sont bons pour y arriver, seul le résultat compte. Je veux être capable d'exiger le maximum de chacun. Le joueur doit être prêt à oublier sa petite personne au profit de son équipe. L'initiation n'était qu'un défi à relever. Nous avons pu séparer les enfants des hommes... Avec quoi, pensez-vous, ai-je pu décrocher toutes les bannières qui flottent à l'aréna et qui contribuent ainsi à la renommée du collège ? Certainement pas avec des gars comme LUI ! tonne-t-il en me pointant du doigt.

L'entraîneur, le visage crispé de rage, a quitté son siège. Il s'avance vers moi et rugit :

— Et je ne tolère pas que de petits morveux comme toi se permettent de cracher sur le chandail de MON équipe !

Je me lève à mon tour, déterminé à ne pas me laisser intimider par son attitude agressive :

— Oui, et c'est pour ça que vous avez demandé à VOS vétérans de nous humilier et de nous saouler !

Mon intervention met le feu aux poudres et l'entraîneur explose :

— Parfaitement ! Il était à peu près temps que tu sortes des jupes de ta mère et que tu deviennes un homme !

Jeff Gélinas veut se ruer sur moi. Un des gardes de la sécurité s'interpose avant que l'affrontement ne vire à la bagarre. Je sens une présence derrière moi.

— Ne touche pas à mon fils, ordure ! menace mon père.

Benoit-Pierre Robert saisit Jeff Gélinas par le bras et lui ordonne de se rasseoir.

— Vous n'êtes pas dans un centre sportif, ici, monsieur Gélinas, dit durement l'adjoint à la direction, en haussant la voix à la surprise générale.

Me fusillant du regard, l'entraîneur retourne à son siège. Du coin de l'œil, j'aperçois Laval Vallier qui rassoit Charles Masson à sa place.

— Je n'ai plus rien à déclarer, peste l'entraîneur en se croisant les bras. Ce comité est une vraie farce ! Vous traitez mes joueurs comme des criminels ! C'est honteux ! Ce sont des héros ! Des modèles ! Ce sont des Vaillants !

Jocelyn Chauvette attire l'attention de la directrice, en s'approchant de la table.

— Madame Giguère, avez-vous bien entendu les derniers propos de monsieur Gélinas ?

— Oui, monsieur Chauvette, indique-t-elle en désignant sa feuille. C'est déjà noté, ici.

— Quoi ? Qu'est-ce que j'ai dit ? s'indigne Jeff Gélinas, soufflant des naseaux comme un taureau prêt à bondir.

Je réponds pour lui avec un large sourire :

— La vérité, enfin !

— Ainsi, monsieur Gélinas, reprend Solange Giguère, vous avez approuvé que des jeunes consomment de l'alcool pendant l'initiation, puisque vous êtes au courant de tout ce qui se passe dans votre équipe, comme vous nous l'avez si bien rappelé tout à l'heure.

L'entraîneur Gélinas se renfrogne.

— En se fiant à cet article, on apprend que les recrues ont bu plusieurs bouteilles de bière. Je serais curieuse de savoir qui a acheté les caisses. Ça ne peut être votre préposé à l'équipement, ce n'est pas encore un adulte au sens de la loi. Serait-ce vous, monsieur Gélinas ?

Denis Beauchamp veut argumenter à sa place :

— Même si les jeunes avaient pris une ou deux bières, où est le mal ? Il ne s'est rien passé d'autre de toute façon.

— Vous semblez bien renseigné, monsieur Beauchamp, remarque Benoit-Pierre Robert, avec cynisme.

— Si ! Il s'est passé autre chose, lance timidement une voix dans la foule.

Ce n'est pas Langevin…

Samuel Bernard, le préposé à l'équipement, se dirige vers l'avant de la salle. Il fait face aux trois membres du comité, mais demeure à distance respectable de l'entraîneur.

— Je m'appelle Samuel Bernard, murmure-t-il. Ce qu'a raconté monsieur Parent est exact…

Le visage du *coach* Gélinas pâlit.

— C'est ta source anonyme ? dis-je à Jocelyn dans un souffle.

— Elle ne l'est plus maintenant...

Attentif aux propos de ce témoin surprise, j'apprends que c'est lui, finalement, qui a reconduit à leur domicile les recrues imbibées de bière.

— Ce que j'ai vu cette année m'a levé le cœur. Je ne pouvais pas croire que des jeunes puissent s'acharner autant sur d'autres simplement parce qu'ils n'étaient pas de l'équipe l'an dernier. Et pourtant, ceux-là même qui initiaient auraient dû se souvenir de leur propre initiation. Mais non : ils ont fait encore pire que les autres avant eux ! Où cela allait-il s'arrêter ? Je voulais que ça se sache afin que quelqu'un, quelque part, y mette un terme ou du moins exerce un certain contrôle.

Son intervention cause une onde de choc. La voix de la directrice du collège semble éclater dans la pièce :

— En avez-vous parlé à l'entraîneur ?

— Avant et après l'initiation, madame, opine-t-il. Mais il me répétait que c'était bon pour l'esprit d'équipe et surtout que ça ne regardait pas un simple préposé à l'équipement...

— Traître, gémit Jeff Gélinas, anéanti dans sa chaise.

— Je m'excuse auprès des recrues pour ce qui s'est passé ce soir-là. J'aurais dû, moi aussi, m'interposer.

— Lâche, murmure encore l'entraîneur.

Sans consulter ses deux voisins de table, la directrice Solange Giguère décide qu'elle en a soupé de l'attitude de l'entraîneur des Vaillants du collège Wilfrid-Laurier.

— Monsieur Gélinas, je vous ordonne de quitter cette salle et cette école immédiatement. Nous statuerons plus tard sur votre sort.

Denis Beauchamp tente de rester impassible, mais c'est peine perdue : il est aussi dévasté que son ami. Solange Giguère s'adresse à lui :

— Monsieur Beauchamp, étiez-vous au courant de ces initiations ? Le sport, c'est votre domaine, non ?

— Oui... Euh, non ! Je ne le savais pas, bafouille-t-il.

— Je l'espère pour vous, tonne la directrice.

Les hommes de sécurité escortent Jeff Gélinas hors de la salle. Jocelyn Chauvette sort un petit appareil photographique de sa poche et prend un cliché rapide. À son sourire, je peux voir qu'il savoure ce moment.

— C'est pour ma page 1...

Lorsque Jeff Gélinas passe devant lui, le professeur de musique, Jean-Paul Lambert, se met à entonner d'une voix modérée *« Valderi-Valdera »*. Son élève Marie-Josée Crête en rajoute et joue à la trompette le thème qui résonne dans les arénas du monde entier dans la dernière minute de jeu pour ridiculiser l'équipe perdante : *« Na Na Na Na... Hey Hey Hey... Goodbye ! »*.

Les vétérans hockeyeurs du Wilfrid-Laurier sont anéantis par le départ de leur pilote. Exigeant le retour au calme, Solange Giguère s'adresse maintenant au public.

— Y a-t-il des joueurs qui souhaitent s'avancer ? Les derniers événements ont pu raviver des mémoires, non ?

Jean-François Langevin se lève lentement de sa chaise.

— Oui ! J'ai été initié de la même façon que monsieur Parent. L'entraîneur, le capitaine et des vétérans ont exigé de moi que je nie tout ce qui était arrivé... Ils m'ont assuré que si je parlais, ils me rendraient la vie si misérable pendant l'année scolaire que je devrais quitter le collège pour avoir la paix.

— Moi aussi, renchérit Marc-André Thibodeau. L'initiation a eu lieu de la façon racontée dans le journal et par monsieur Parent. Mes... mes parents ont écrit la lettre anonyme à la direction de l'école.

Les cinq autres recrues se lèvent à tour de rôle.

— Enfin, du monde qui se tient debout, observe Laval Vallier d'une voix forte.

Chapitre 15

NOUS SOMMES UN GROUPE DANS LE BUREAU DE *LA FEUILLE DE LAURIER* : LES RECRUES INITIÉES, LAVAL VALLIER, Samuel Bernard et moi, en compagnie de l'hôte de l'endroit, Jocelyn Chauvette.

L'étudiant journaliste a en main le rapport du comité d'enquête, un privilège de la directrice Solange Giguère pour les lecteurs de la prochaine édition du journal scolaire. Il en entreprend la lecture à voix haute :

À la lumière des témoignages recueillis par le comité d'enquête sur de prétendues initiations, le lundi 7 novembre dernier, il a été démontré que ces initiations ont bel et bien eu lieu dans l'équipe de hockey du collège.

Menées par des vétérans, ces séances, rapportées d'abord par le journaliste Jocelyn Chauvette et racontées par la suite par la recrue Alexandre Parent, ont été dégradantes et humiliantes pour les joueurs qui les ont subies. Un total de huit recrues ont été initiées de façon abusive au chalet du père du capitaine de l'équipe, Charles Masson.

Aucun adulte ne supervisait cette soirée où l'alcool – de la bière achetée par l'entraîneur Jeff Gélinas – coulait à flots.

— Je vous épargne les détails de l'initiation, à moins que vous n'insistiez, remarque Jocelyn avant de reprendre sa lecture.

Le comité présidé par la directrice du collège, Solange Giguère, a pris les décisions suivantes :

** le congédiement immédiat de l'entraîneur Jeff Gélinas pour avoir acheté de l'alcool destiné à des mineurs, pour avoir approuvé la tenue de l'initiation et pour avoir incité ses joueurs à mentir devant le comité, car ils devaient se soumettre au code du silence.*

— Bravo ! Langevin, il fallait du courage pour dévoiler tout ça, lui dis-je en lui tapotant l'épaule.

Cette révélation de Langevin a été lourde de conséquences pour l'entraîneur. Toutefois, Jeff Gélinas a quitté le collège et les Vaillants bien avant la divulgation du rapport du comité d'enquête. Il a démissionné pour des «*raisons personnelles*», a écrit Jocelyn dans son journal la semaine dernière. L'entraîneur est un peu comme un chat : il a plusieurs vies et il est vite retombé sur ses pattes. Il dirige maintenant l'équipe de hockey les Vautours du collège Saint-Jacques, la seule formation que les Vaillants avaient pu vaincre depuis le début de l'année. Ce club croupissait au dernier rang de la ligue et son entraîneur a été congédié dès que le directeur du programme sport-études de ce collège a appris la prochaine disponibilité de Jeff Gélinas... Jocelyn Chauvette est persuadé que l'entraîneur s'est déniché ce boulot sur la recommandation de son bon ami Denis Beauchamp...

Bon débarras !

Jocelyn poursuit sa lecture des décisions du comité :

** l'expulsion du collège de messieurs Charles Masson et Maxime Croteau. Il a été démontré que ces deux vétérans ont été les principaux organisateurs de l'initiation des recrues. De plus, ils ont menacé les jeunes joueurs de représailles s'ils en parlaient aux membres du comité.*

** la suspension du collège pendant deux semaines des autres vétérans des Vaillants, parce qu'ils ne sont pas intervenus, qu'ils ont joué un rôle actif dans les événements immoraux que l'on connaît, qu'ils ont menti aux membres du comité. Il leur sera interdit de jouer au hockey. En ce sens, le comité met un terme, du* *moins pour cette année, au programme de hockey du collège.*

— Il fallait s'y attendre. Il ne resterait pas suffisamment de joueurs. Et puis, c'est l'heure du grand ménage dans ce dossier-là, philosophe Samuel Bernard.

Malgré tout, la déception est grande chez les recrues.

— On pourra toujours se réunir entre nous sur la glace, même si ce n'est pas dans un cadre officiel, propose Marc-André Thibodeau.

— Attendez, ce n'est pas terminé, signale Jocelyn. La dernière partie traite des initiations. C'est un règlement.

* *Toute équipe – peu importe la discipline sportive – désireuse d'organiser une initiation pour ses joueurs recrues devra d'abord s'adresser à la direction de l'école. Son déroulement devra être approuvé par l'entraîneur et par deux membres de la direction de l'école. La consommation d'alcool ou de drogue est strictement interdite. Les joueurs et la direction seront avisés au moins une semaine à l'avance de la tenue de l'initiation. Ils seront libres d'y participer ou non et ne devront pas être l'objet de représailles ou de pressions le cas échéant. L'information sera également transmise aux parents. L'initiation*

aura lieu en présence obligatoire de l'entraîneur et de deux représentants, un homme et une femme, du conseil d'établissement.

Un rapport devra être fourni par les responsables de l'initiation dans la semaine suivante.

Tout manquement à l'une ou l'autre de ces conditions pour une initiation peut entraîner l'expulsion du collège des responsables et la suspension pendant une année de cette discipline sportive.

Solange Giguère,
directrice du collège Wilfrid-Laurier.

— Ouf ! C'est un règlement avec des dents, dis-je avec admiration. Mais il faudra être vigilant…

Épilogue

— Tu serres les dents et tu fais ce qui t'est demandé, murmure Samuel Bernard à Nicolas Pelletier, un grand rouquin, efflanqué, nerveux comme tout, qui avale péniblement sa salive.

— C'est juste un mauvais moment... Je sais, je suis passé par là, lui dis-je en lui tapotant fraternellement l'épaule.

Accrochés au tableau, bien à la vue de tous, des articles du journaliste Jocelyn Chauvette, photocopiés et agrandis pour en faciliter la lecture, décrivent les initiations passées l'an dernier, mais rien pour rappeler aux nouveaux venus l'enquête qui a suivi.

Nicolas Pelletier, d'un bref signe de la main, comme s'il allait à l'abattoir, salue les six autres recrues regroupées dans un coin du vestiaire de l'équipe de hockey. Ils ont enfilé le chandail de hockey par-dessus leurs vêtements d'école. La seule chose qui les différencie des vétérans – à l'exception d'une palpable anxiété – c'est qu'ils sont pieds nus.

— Allez, on y va, dis-je à Nicolas. C'est toi qui casses la glace ! T'as une bouille sympathique...

— Mmmmerci, monsieur, bégaie-t-il, la voix tremblante.

Avant que la recrue ne quitte le vestiaire pour se rendre dans la pièce adjacente, le préposé à l'équipement, Samuel Bernard, lui glisse à l'oreille :

— Et surtout : méfie-toi des apparences.

Encadré de Samuel et de moi, Nicolas pénètre dans la salle plongée dans la pénombre. En son centre, une lumière venue du plafond éclaire sinistrement une chaise. À la vue de la scène, Nicolas ralentit son pas.

Une bourrade de Samuel l'incite à continuer d'avancer. Sortis des coins sombres, quatre vétérans déguisés en bourreaux, le visage masqué par une cagoule, se dirigent lentement vers la recrue.

— Qu'est-ce qui m'attend, messieurs ? demande Nicolas d'une voix blanche.

— Tout dépend de toi, expliquent Thibodeau et Langevin.

— Bourreaux ! À votre travail ! dis-je avec force.

— Oui, capitaine ! crient-ils.

Deux d'entre eux obligent Nicolas à s'asseoir sur la chaise. Langevin et Thibodeau, pour leur part, semblent s'évanouir dans l'obscurité de la pièce pour ressurgir, tels des fantômes, portant avec précaution un grand carton sur lequel est répandu du verre brisé. Ils le déposent devant les pieds nus de la recrue.

— Je ne vais pas marcher là-dessus, messieurs ? gémit Nicolas.

Je me charge de le rassurer sur nos intentions…

— Non, bien sûr. On n'est pas idiots ! Tu vas y sauter à pieds joints !

— J'aimerais bien voir ça, monsieur, réplique Nicolas, incrédule.

— Justement, tu ne le verras pas !

Un claquement de doigts plus tard et l'un des bourreaux lui bande les yeux. Nicolas essaie de voir dans la partie basse de son bandeau.

— Tu n'as pas le droit de regarder, prévient Langevin. Sinon, ce n'est pas sur les pieds que tu vas atterrir, mais bien sur tes fesses !

— Il me semblait qu'un règlement établi par la direction du collège avait interdit les initiations, monsieur, proteste faiblement Nicolas.

— Ah ! Le règlement de madame Giguère. Il faudrait pour ça qu'elle sache qu'il y en ait une, dis-je avec un certain plaisir.

— Mets-toi debout ! ordonne Thibodeau.

Nicolas Pelletier obéit lentement.

— Quand le camp d'entraînement a commencé, tu nous as affirmé que tu étais prêt à tout pour être de l'équipe, dis-je.

— Oui, mais…

— Maintenant que nous sommes sur le point de débuter notre nouvelle saison, nous voulons que tu passes de la parole aux actes. Répète-le-moi : es-tu prêt à payer le prix pour ton équipe ?

— Ou… Oui, monsieur ! bafouille Nicolas.

— Je ne t'ai pas entendu. Il faut parler plus fort aux vétérans.

— Oui, monsieur ! répète-t-il sur un ton plus déterminé.

— As-tu confiance en tes vétérans ?

— Oui, monsieur !

— Alors, saute devant toi, sans hésiter, sans penser.

Samuel Bernard surgit derrière lui et lui met les mains sur les épaules.

— En criant, tu amortis la douleur.

Debout, les mains dans le dos, tel un condamné à mort devant un peloton d'exécution, la recrue se prépare au pire. Sa respiration s'accélère. Je hurle à ses oreilles :

— Nicolas, es-tu prêt à tout pour ton équipe ?

— Oui, monsieur !

— Alors, SAUTE !

— Aaaaaaaaaaaaaaaaaaaaaaaah !!!

Après un court bond, les pieds nus de Nicolas Pelletier atterrissent sur le carton. Son hurlement se poursuit tandis que son visage demeure crispé dans l'attente de la douleur.

Rien ne se produit, à part de légers craquements sous la plante de ses pieds.

Ignorant nos recommandations, il retire son bandeau d'un geste vif.

— Merde…

Ses pieds ont écrasé du maïs soufflé…

Il laisse échapper un grand soupir de soulagement, accompagné d'un rire nerveux.

— Vous m'avez eu, messieurs.

— Je t'ai averti de te méfier des apparences, lui rappelle Samuel Bernard.

Thibodeau s'approche et lui ordonne de souffrir haut et fort.

— Oui, monsieur ! Tout ce que vous voulez !

Et avec un enthousiasme débordant, Nicolas Pelletier s'époumone comme s'il venait de sauter pieds nus sur du verre brisé. Sa plainte doit franchir la porte de la pièce et parvenir aux oreilles des autres recrues qui attendent dans le vestiaire.

Dans la pénombre, un adulte émerge à son tour en souriant. C'est le père de Thibodeau, celui qui avait rédigé la lettre anonyme à la directrice à la suite des événements de l'an dernier. Ma mère est à ses côtés ainsi que Benoit-Pierre Robert, directeur adjoint du collège, et Martin Gauthier, notre nouvel entraîneur.

Laval Vallier retire sa cagoule de bourreau.

—Si on m'avait prédit un jour que je participerais à une initiation, lance-t-il, flanqué de Jocelyn Chauvette.

—Je veux profiter de la lumière pour écrire un peu, remarque le journaliste.

Il a été chargé par Solange Giguère de la rédaction du rapport d'initiation de l'équipe. La directrice du collège a accepté de redémarrer le programme de hockey après une pause de presque une année. Nous avons pu panser nos plaies et retrouver le goût de jouer. Tous les vétérans de cette année ont travaillé ensemble pour préparer l'initiation, qui se résume à cette fausse séance de « torture » et à un repas d'équipe au restaurant. Le plan a été soumis à la direction et au conseil d'établissement. Nous avons reçu leur bénédiction.

— On passe au suivant ? anticipe Nicolas Pelletier, avec empressement.

Les bourreaux s'amusent de sa réaction.

— T'es trop de bonne humeur pour une victime, lui signale Langevin.

— À toi de choisir le prochain sacrifié, lui dis-je amusé.

Se frottant les mains, il cite le nom d'Olivier Grenier.

— Je peux assister ? supplie-t-il.

— Non, intervient Samuel Bernard. Tu dois jouer ton rôle jusqu'au bout. Alors, pas un mot aux autres.

Laval Vallier lui barbouille la plante des pieds de faux sang. Une fois le maquillage terminé, Thibodeau lui applique des pansements blancs pour accentuer le contraste du rouge.

Je raccompagne la recrue au vestiaire. Dès qu'il franchit le seuil de la porte, le nouvel initié boite exagérément, s'appuyant tant bien que mal sur mon épaule. Chaque pas entraîne un nouveau gémissement. La mise en scène double le degré d'appréhension des recrues.

Nicolas Pelletier s'assoit dans un coin du vestiaire, entouré des vétérans, et se cache le visage dans les mains pour ne pas éclater de rire.

— C'est affreux, se lamente-t-il. Je n'ai jamais eu aussi mal de ma vie. Vous devriez avoir honte !

Sur ce, je pointe du doigt le visage boutonneux d'Olivier Grenier.

— C'est à ton tour !

Remerciements

L'auteur tient à remercier chaleureusement tous ces gens, athlètes, entraîneurs, journalistes, directeurs et parents qui ont accepté de témoigner leurs expériences, leur vécu et leurs opinions en matière d'initiations sportives. Votre désir d'anonymat a été et sera respecté.

Des remerciements sont également adressés à ceux et celles qui ont accepté de lire ce manuscrit et d'y apporter leurs commentaires.

Enfin, l'auteur souhaite exprimer sa gratitude au Conseil des Arts du Canada, qui lui a octroyé une bourse, à l'automne 2002, pour effectuer les recherches et l'écriture de ce récit ; ainsi qu'à la direction des journaux *L'Union* et *La Nouvelle*, pour avoir permis un congé sans traitement pour la réalisation de ce projet.

Dans la collection Graffiti

1. *Du sang sur le silence*, roman de Louise Lepire
2. *Un cadavre de classe*, roman de Robert Soulières, Prix M. Christie 1998
3. *L'ogre de Barbarie*, contes loufoques et irrévérencieux de Daniel Mativat
4. *Ma vie zigzague*, roman de Pierre Desrochers, finaliste au Prix M. Christie 2000
5. *C'était un 8 août*, roman de Alain M. Bergeron, Finaliste au prix Hackmatak 2002
6. *Un cadavre de luxe*, roman de Robert Soulières
7. *Anne et Godefroy*, roman de Jean-Michel Lienhardt, finaliste au Prix M. Christie 2001
8. *On zoo avec le feu*, roman de Michel Lavoie
9. *LLDDZ* , roman de Jacques Lazure, Prix M. Christie 2002
10. *Coeur de glace*, roman de Pierre Boileau, Prix Littéraire Le Droit 2002
11. *Un cadavre stupéfiant*, roman de Robert Soulières, Grand Prix du livre de la Montérégie 2003
12. *Gigi*, récits de Mélissa Anctil, Finaliste au Prix du Gouverneur Général du Canada 2003
13. *Le duc de Normandie*, épopée bouffonne de Daniel Mativat, Finaliste au Prix M. Christie 2003
14. *Le don de la septième*, roman de Henriette Major
15. *Du dino pour dîner*, roman de Nando Michaud
16. *Retrouver Jade*, roman de Jean-François Somain
17. *Les chasseurs d'éternité*, roman de Jacques Lazure, Finaliste au Grand Prix du Fantastique et de la Science-fiction 2004, Finaliste au Prix M. Christie 2004

18. *Le secret de l'hippocampe*, roman de Gaétan Chagnon
19. *L'affaire Borduas*, roman de Carole Tremblay
20. *La guerre des lumières*, roman de Louis Émond
21. *Que faire si des extraterrestres atterrissent sur votre tête*, guide pratique romancé de Mario Brassard
22. *Y a-t-il un héros dans la salle ?*, roman de Pierre-Luc Lafrance
23. *Un Livre sans histoire*, roman de Jocelyn Boisvert, sélection White Ravens 2005
24. *L'épingle de la reine*, roman de Robert Soulières
25. *Les Tempêtes*, roman de Alain M. Bergeron
26. *Peau d'Anne*, roman de Josée Pelletier
27. *Orages en fin de journée*, roman de Jean-François Somain
28. *Rhapsodie bohémienne*, roman de Mylène Gilbert-Dumas
29 *Ding, dong !*, clins d'oeil à Raymond Queneau, Robert Soulières
30. *L'initiation*, roman d'Alain M. Bergeron
31. *Les Neuf Dragons*, roman de Pierre Desrochers
32. *L'esprit du vent*, roman de Danielle Simard
33. *Taxi en cavale*, roman de Louis Émond

10|18
12, avenue d'Italie — Paris XIIIe

Du même auteur
dans la collection 10/18

MISS SEETON ENTRE EN SCÈNE, n° 2805
MISS SEETON PERSISTE ET SIGNE, n° 2806
MISS SEETON JETTE UN SORT, n° 2847
MISS SEETON FAIT DES VOCALISES, n° 2915

MISS SEETON JOUE ET GAGNE

PAR

HERON CARVIC

Traduit de l'anglais
par Katia HOLMES

10|18

INÉDIT

« Grands Détectives »
dirigé par Jean-Claude Zylberstein

Si vous désirez être régulièrement tenu au courant
de nos publications, écrivez-nous :

Éditions 10/18
c/o 01 consultants (titre n° 2937)
35, rue du Sergent Bauchat
75012 Paris

Titre original :
Odds on Miss Seeton

ISBN 2-264-02399-6

A Phyllis,
comme tout ce que je fais.

CHAPITRE PREMIER

Elle était de nouveau là, toujours seule, perchée sur un tabouret au bout du bar.

Le plus jeune des deux barmen lui versa un verre, le posa devant elle et se pencha pour lui allumer une cigarette. Longuement, la fille tira une bouffée et rejeta la fumée, avec des gestes étudiés qui affichaient détente et maîtrise de soi.

Un homme d'âge mûr, qui lui faisait face tout à l'heure, lors de sa première apparition, traînait toujours là, le verre à la main, mais le dos ostensiblement tourné.

Un homme d'une trentaine d'années approcha, dit deux mots au barman et s'appuya au bar en lorgnant la fille. Mais, moins d'une minute plus tard, lui aussi faisait volte-face, se juchait sur un tabouret et l'ignorait.

Pourquoi donc? se demandait le jeune homme qui l'observait à distance depuis la table pour deux où il dînait. Une entraîneuse? L'expérience lui en faisait accepter l'éventualité mais le sentiment se rebellait. Si elle en était une, elle devait réserver son numéro pour un client bien spécial. Une fille seule dans un bar, on croirait une proie consentante, non? Or, celle-ci n'avait pas du tout l'air prête à jouer le jeu, à en juger par la manière dont elle avait coupé le sifflet aux deux

types — bien que d'ici il n'eût pu voir comment elle s'y était prise. Du reste, les deux hommes soignaient maintenant leur ego meurtri à grand renfort de rogne et de grogne. Lui, les femmes en tailleur-pantalon, il n'avait jamais tellement aimé ; pourtant, sur celle-ci... Ça lui allait bien, cette étoffe noire pailletée d'or, semée de bouquets de roses. Ça allait avec le cadre, ou l'ambiance... allez savoir.

Il étudiait les mains expressives de la fille pendant qu'elle parlait au barman : coude droit sur le bar, index pointé, tandis qu'en contrepoint les autres doigts et le pouce voletaient, se pliaient. Il tenta de reproduire le mouvement avec sa main, cachée sous la nappe. Pas moyen. L'index refusait l'immobilité et s'entêtait à suivre la cadence de ses frères. Là-dessus arriva le garçon, venu remplir leurs verres : le jeune homme, gêné, se hâta de reposer la main sur la table.

— Champagne pour Madame et, pour vous, monsieur, fit-il d'un ton frisant l'insolence, de la *ginger beer*[1] ? Et vous préférez y verser le gin vous-même, n'est-ce pas ?

L'intéressé acquiesça de la tête. Le garçon reparti, le jeune homme changea subrepticement de verre avec la femme âgée qui l'accompagnait, prit la bouteille de gin, en versa une mesure dans son champagne et goûta le résultat en réprimant une grimace. Puis il se concentra à nouveau sur la fille.

Celle-ci avait toujours les mains en mouvement. Elle éteignit une cigarette, aux trois quarts intacte, en prit une autre dans un étui d'argent — ou de platine ? —, la fit allumer par le barman, leva son verre, en but une gorgée, le reposa, et ses mains continuèrent à virevolter pendant tout le temps qu'elle parlait avec le barman. Et on prétend que les Anglais ne parlent pas avec

1. Sorte de limonade parfumée au gingembre. *(N.d.T.)*

les mains... Pas vrai : y en a un sacré paquet qui le fait, mais il n'avait encore jamais vu personne s'y adonner comme elle, de façon si constante, fluide, lente, gracieuse et spontanée... Hum, non, pas si spontanée que ça après tout : de la cendre lui étant tombée sur les genoux, elle avait aussitôt esquissé un mouvement rapide de la main gauche mais l'avait arrêté en plein vol pour le transformer en geste langoureux.

Le garçon revint débarrasser, fixant la moitié de la sole Walewska restée sur l'assiette.

— Vous avez fini, monsieur ?

Le jeune homme se ressaisit.

— Comment ? Ah oui, et attendez un peu avant d'apporter la suite, le temps que nous allions refaire un tour du côté des tables à jeu.

— Très bien, monsieur.

Se rendant compte qu'il avait un peu négligé sa compagne, le jeune homme se leva d'un bond, lui prit son sac et lui tira sa chaise en arrière.

Le garçon haussa les épaules en les regardant partir vers la roulette. Les gens... Le plat suivant est prêt. Bon, il a qu'à attendre et trop cuire, le temps qu'ils aient perdu assez de galette pour recommencer à s'intéresser à leur bouffe ! Quoique, paraîtrait que la vieille chouette a fait un malheur, la dernière fois qu'elle a joué. Il lança un regard en coulisse sur la bouteille de gin sur la table, jeta un œil rapide sur le seau à glace où la *ginger beer* se blottissait contre le champagne, comme si le noble vin eût fait un petit après s'être encanaillé. Il haussa de nouveau les épaules. Les gens, quand même... Et le jeune maquereau devrait plutôt faire gaffe, sinon va y avoir du vilain ! Assis là à faire mumuse avec le contenu de son assiette, tout en couvant la pépée du bar avec des yeux de poisson mort d'amour, sans décrocher une parole à la vieille toupie qui dîne avec lui et qui paiera l'ardoise... Mais elle

tardera pas à se mettre en pétard, vous verrez ! Dis donc, mon pote, conseilla-t-il mentalement au jeune homme absent, regarde donc un peu où se trouve la galette : trois rangs de bouchons de carafe autour de ce vieux cou décharné, et assez à ses doigts pour faire un coup-de-poing américain. Alors, mets donc un peu de cœur à l'ouvrage — si on peut dire —, et finis le boulot sans chercher à draguer des pépées au bar !

Ladite fille, au bar, attendit que la vieille femme fût passée en compagnie du jeune homme, écrasa sa cigarette, abandonna son verre à peine entamé, se laissa glisser de son tabouret et les suivit.

— *Les jeux sont faits** ?

La fille s'était postée derrière la chaise de la femme âgée et peinturlurée. Se penchant en avant, d'un geste rapide et nerveux elle plaça un jeton sur le carré marqué 31 où il vint se frotter contre le seul jeton déjà posé là. Elle se redressa, s'efforçant d'afficher un masque indifférent.

Le croupier lança la roulette :

— *Rien ne va plus** !

Des visages sans expression regardaient sauter la bille cliquetante. Seule la surface de la table était témoin de l'avidité, de l'espoir ou de la crainte qui luisaient dans les yeux, sous les paupières baissées. La roulette ralentit, les cliquetis s'espacèrent : la boule d'ivoire tomba dans la case numéro 14, remonta sur la crête qui la séparait de la voisine, revint en arrière et repartit pour échouer, épuisée, dans la case suivante. Un résultat salué par un souffle imperceptible, plus léger qu'un soupir.

— *Trente et un, noir et impair**, déclara le croupier

* Les mots en français dans le texte, comme ici, seront signalés par des italiques suivis d'un astérisque. *(N.d.T.)*

qui ratissa la table d'un geste indifférent, ramassant la plupart des jetons avant de payer les gagnants : mise simple pour ceux qui avaient misé sur le noir, les nombres élevés et les impairs, double mise pour les jetons placés sur la bonne douzaine ou la bonne colonne.

Pour finir, il poussa deux piles de trente-cinq *jetons**, préparées par un de ses assistants, vers le bout de table où attendaient les deux jetons placés sur le 31.

La fille ramassa ses gains en continuant à afficher un air d'ennui que démentaient ses mains tremblantes et la maladresse avec laquelle ses doigts prenaient les jetons. Tant et si bien qu'il en tomba deux par terre. Le jeune homme qui se tenait derrière la chaise de la vieille femme plongea et les ramassa, pour se voir gratifier d'un « merci » un peu sec. Il prit les gains de sa compagne et les mit dans son sac à main qu'il venait de récupérer et qu'il garda pendant qu'elle se levait de la table de jeu.

La fille, qui s'apprêtait à prendre la place libre, s'arrêta un instant pour regarder le couple traverser la salle immense en direction de l'arrondi des marches menant au demi-étage où attendaient les tables des dîneurs.

Dégoûtant ! Il était assez jeune pour être le fils de cette vieille femme, voire son petit-fils ! Il n'en avait peut-être pas le genre, mais ce n'était malgré tout qu'un petit gigolo qui fait les trente-six volontés d'une vieille bique peinturlurée. Quand la jeune fille se retourna vers la table, la place était occupée. Par une femme d'un certain âge en manteau vague et coiffée d'une sorte de bol de feutre qui lui tenait lieu de chapeau mais qui avait depuis longtemps perdu toute espèce de forme, si tant est qu'il en eût jamais eu. Crayon et papier en main, elle était absorbée dans des calculs sur les nombres et la fréquence relative du rouge et du noir.

— *Mesdames et messieurs, faites vos jeux*!*

La fille hésita. Fallait-il poursuivre pendant que la chance lui souriait? Non. Ce n'était pas la sienne, de chance. Elle n'avait fait qu'imiter la vieille taupe. Et puis, quand dame Fortune vous sourit, il faut la remercier, sinon elle vous délaisse. Sans attendre le résultat du prochain tirage, elle emboîta lentement le pas de la vieille femme et de son compagnon.

Une fois privée de l'excitation suscitée par la roulette, elle trouva l'ambiance oppressante. Le nom de *Poisson rouge* n'avait allumé qu'une piètre étincelle dans l'imagination du décorateur, qui s'était contenté de répéter impitoyablement le même motif dans tout le casino. Il y avait des poissons inscrits dans un cercle, tissés dans des tons orange et marron dans l'épaisse moquette dorée, ainsi que dans le brocart jaune qui recouvrait les fauteuils et les canapés, tandis que des bancs de poissons ondulaient, timides, entre les plis des rideaux. Des poissons, on en retrouvait au-dessus des portes, au plafond et sur des panneaux aux murs, moulés en plâtre et dûment dorés. On aurait dit les moules en cuivre géants d'une cuisine de Gargantua. Vues de près, les étincelantes pendeloques des lustres et des appliques murales se révélaient être des grappes de poissons, couleur topaze, telle la prise de pêcheurs ignorant la règle selon laquelle il faut rejeter les trop petits. Pour finir, au cas où l'on n'aurait pas saisi l'allusion, il y avait des aquariums encastrés dans les murs, entre les panneaux décoratifs, et dont les parois illuminées par des soleils artificiels révélaient les mouvements langoureux d'espèces marines des tropiques qui pouvaient s'enorgueillir de posséder la couleur adéquate.

La jeune fille arriva en bas des marches menant à l'espace restaurant avec la sensation d'avoir marché sur la plage d'une île des mers du Sud. La voyant

approcher, le jeune homme se leva d'un bond, s'agrippant au dossier de sa chaise pour conserver son équilibre.

— Merci d'avoir ramassé mes deux jetons, dit-elle.

— C'est la moindre des choses, l'assura-t-il. Ils tombent comme un rien, ces trucs-là. Félicitations pour vos gains !

— En fait, je suis venue remercier votre... fit-elle, la lèvre supérieure légèrement retroussée... votre amie.

Le garçon arriva et, avec une absence d'expression plus efficace qu'un air de dédain, il ajouta un verre et versa du champagne aux deux femmes, de la *ginger beer* au jeune homme. Se retournant vers la table roulante derrière lui, il prit les *crêpes de volaille** qui attendaient dans une poêle, sur un réchaud à alcool, versa du kirsch et les fit flamber. Le spectacle de la flamme n'empêcha pas la fille de remarquer que le jeune homme se hâtait de changer de verre avec sa compagne, puis versait ostensiblement du gin dans son champagne. Elle le regarda avec mépris.

— Je ne vais pas rester.

— Oh, mais si, il le faut.

— Il le faut ?

— Oui, bien sûr, insista-t-il. Il faut que vous preniez un verre pour fêter la chance.

— Je serais navrée de vous en priver, répliqua-t-elle. Je suis sûre que vous arriverez à boire ce verre de plus, et puis, vous pouvez toujours y ajouter...

Elle s'interrompit. Sous la frange des faux cils lourds de mascara, les yeux de la vieille femme la jaugeaient. Et malgré la vulgarité, le maquillage invraisemblable, l'éclat obsédant des sequins, l'accumulation de diamants aux oreilles, à la gorge, aux poignets et aux doigts de la vieille chouette, elle se sentit toute bête sous ce regard assuré, telle une petite fille qui s'est offert le caprice de piquer une colère. Elle se ren-

dit compte qu'elle avait frisé l'impolitesse la plus inexcusable, à cause de cet accès d'humeur. Elle leva les mains, ses doigts esquissèrent un geste d'excuse, décrivirent un arc de résignation, puis elle s'assit.

— Bien sûr qu'il le faut, répéta le jeune homme. Il faut toujours fêter ça, quand on a eu de la chance.

— Ce n'est pas moi qui en ai eu, c'est... fit-elle avec un regard vers l'autre femme, à court de mots.

— Excusez-moi, dit-il avec un petit sourire. Je vous présente Mrs. Amos B. Herrington-Casey, et je m'appelle Tom Haley... conclut-il avec un regard d'interrogation vers la jeune fille.

Il s'assit et le garçon commença à servir. La fille ignora la question implicite.

— Je suis désolée, Mrs. Herrington-Casey. Je suis juste venue vous remercier parce que j'ai suivi votre mise et j'ai gagné. Quand on ne montre pas de gratitude pour la chance qu'on a eue, elle vous abandonne, ou du moins c'est ce qu'on dit. C'est idiot, je suppose, mais c'est la première fois que je gagne quoi que ce soit et...

Les paumes de ses mains se tournèrent vers le haut et ses doigts finirent la phrase à sa place. Les lèvres magenta de la vieille dame s'étirèrent en un sourire.

— Cela vient, je crois, d'une vieille superstition selon laquelle les dieux se vengent si l'on considère leurs présents comme un dû. Et ils vous les reprennent. Les cadeaux, j'entends.

La jeune fille la fixa avec étonnement. La voix était si différente de celle à laquelle elle s'attendait, timbre dur et accent américain. Cette voix-là détonnait ici : calme, sérieuse, plutôt du genre de celle d'une maîtresse d'école. Il y avait quelque chose de particulier chez cette petite vieille, un rien de déphasé. Quelque chose aussi chez ce Tom Haley, qui ne cadrait pas avec la première impression.

— Bon, fit-elle, levant son verre à leur santé et buvant une gorgée, merci bien ; et elle amorça le geste de se lever.

— Attendez, ordonna le jeune homme. Vous ne pouvez pas partir sans terminer votre champagne. Je suis sûr que ça ne vous porterait pas bonheur. Mangez donc quelque chose. Nous retournerons jouer quand nous aurons fini, n'est-ce pas, Mrs. H.-C. [1] ?

L'intéressée opina du chef.

— Vous pourrez continuer à profiter de votre bonne chance.

Cette fille a quelque chose de particulier, songea-t-il, quelque chose de déphasé, un rien... Pourquoi avait-elle évité de lui dire son nom ? Tom Haley se flattait d'analyser la situation en professionnel, de considérer la fille avec un parfait détachement. Inconscient qu'il était de la regarder avec des yeux de poisson mort d'amour.

— Haley ? s'enquit le commissaire divisionnaire Delphick en faisant la grimace. Ce n'est pas l'enquêteur qui était de service à Heathrow quand Miss Seeton est partie en Suisse ?

L'inspecteur principal Borden, de la répression des fraudes, partit d'un petit rire amusé :

— Oui, l'Oracle, et c'était encore lui quand elle est revenue armée d'un bras.

Assis à son bureau de l'autre côté de la pièce, l'inspecteur Ranger, l'assistant de Delphick, tiqua. Il eût préféré oublier l'épisode du retour de Miss Seeton de l'étranger, sa déclaration en douane du cadeau qu'elle lui rapportait pour son mariage avec Anne, et la

1. Pour marquer une familiarité amicale en Grande-Bretagne, on emploie souvent les initiales du nom d'une personne pour s'adresser à elle ou en parlant d'elle. *(N.d.T.)*

panique qui s'était ensuivie après la découverte du contenu du plat en acier inoxydable : un bras humain, enveloppé dans du plastique. Et à cette heure tardive, alors qu'il attendait de dîner, que l'Oracle et lui venaient à peine de rentrer de leur expédition à Middlesborough et qu'il lui restait encore les rapports à taper, il aurait autant aimé oublier Miss Seeton — ou Tante Em, comme Anne et lui l'appelaient maintenant. L'oublier pour de bon. Enfin, ils devaient être complètement cinglés, à la répression des fraudes, pour vouloir encore faire appel à elle, après tout le grabuge qu'il y avait eu à l'étranger ! Même l'Oracle, qui la comprenait mieux que personne, il ne pouvait pas toujours en faire façon — à plus forte raison les autres, bon sang de bois ! Bon, c'était peut-être pas sa faute si on lui fourrait des drôles de trucs dans ses bagages, mais n'empêche que c'était le genre de chose qui arrivait quand on la lâchait dans la nature. C'était déjà assez délirant qu'elle fût attachée à la police, mais plus délirant encore qu'on lui fît faire autre chose qu'un dessin par-ci par-là, quand on en avait besoin.

— ... et quelqu'un capable de dessiner un portrait ressemblant, de mémoire, voilà ce qu'il nous faut, dit Borden.

— Vous avez essayé les photos ? s'enquit Delphick.

— Pas moyen. On a envoyé un homme avec un appareil caché, mais il n'y avait rien sur la pellicule. Ils utilisent des rayons du même type que ceux des aéroports. Ce qui n'a rien d'illégal, en fait, et, de toute façon, ils le justifieraient en disant qu'ils vérifient que personne n'introduit de quincaillerie au casino. Mais ils savent pertinemment que ça efface tout ce qu'il y a sur une pellicule. Alors, voilà. La réponse, c'est votre Miss Seeton — notre Miss Esse[1].

1. En signe de familiarité affectueuse, Miss Seeton est désignée par l'initiale de son nom de famille, que certains prononcent « S », et d'autres « Esse ». *(N.d.T.)*

Delphick restait dubitatif.

— Je vois ce que vous voulez dire, mais on n'aurait pas pu l'introduire dans la place comme n'importe quel joueur qui a envie de flamber un peu, plutôt que de la faire passer pour une autre, cette Mrs. Amos B. machin-truc ?

— Trop risqué. Les gars de l'accueil dans ces casinos contrôlent tout le monde, et plutôt deux fois qu'une : passeports et tout le bazar. Et ils ont de la mémoire. La vraie Mrs. Herrington-Casey est une joueuse bien connue à l'étranger, mais c'est rare qu'elle vienne en Angleterre. Prenez Miss Seeton, ajoutez-lui une perruque, une tonne de maquillage, une centaine de livres de vêtements, quelques milliers de livres de diamants, et vous aurez pratiquement le portrait craché de notre joueuse. Nous sommes allés trouver Mrs. H.-C. en France, où elle séjourne actuellement, et nous en avons appelé à son sens patriotique, en tant que veuve anglaise d'un diplomate américain, en évoquant la nécessité d'assainir le milieu des casinos.

« Il se trouve qu'ils ont eu le même genre d'ennuis, là-bas, avec un syndicat, style mafieux, qui prend le contrôle des clubs et des casinos. Alors, elle est d'accord pour jouer le jeu, elle nous a prêté son passeport et elle va disparaître, un jour ou deux. C'est une sacrée nana, dans les quatre-vingt-dix au compteur, mais qui carbure fort, une vraie devanture de bijoutier ambulante, quand elle est complètement équipée.

Delphick fit la grimace. C'était le comble de la cruauté, à ses yeux, de transformer l'ex-maîtresse d'école en bijouterie ambulante, cette petite femme si modeste qui avait enseigné le dessin aux enfants. Sans compter que...

— A propos de syndicat, dit-il lentement, ici, à la Crime, on a eu quelques passages à tabac et deux

meurtres dans lesquels aurait trempé un syndicat. Jusque-là, on n'a rien trouvé sur eux, à part la rumeur qu'il s'agirait d'un syndicat, de type mafieux qui plus est, mais rien de concret. Et pour ce qui est de savoir à quoi ou à qui on avait affaire, on a fait chou blanc. Vous avez autre chose là-dessus ?

— Nous le croyons. Mais aucune preuve, malgré tout. Les soupçons se sont concentrés sur cinq hommes qui seraient à la tête de l'affaire — il se pourrait qu'ils soient plus, bien que j'en doute — et nous pensons, mais il ne s'agit de nouveau que d'une hypothèse, que le patron seul a de l'importance et que si on arrive à le coincer, on cassera l'organisation. Ils sont en voie de contrôler tous les jeux de hasard du pays. Ils ont commencé par les courses de chevaux, après quoi ils ont mis la main sur les salles de machines à sous, et maintenant ils prennent les casinos et s'apprêtent à passer aux organisateurs de fêtes foraines.

Delphick s'étonna :

— Pour ce qui est des casinos et des clubs, est-ce que l'Office de contrôle des jeux ne pourrait pas... ?

— Non, il ne peut pas. Pas sans preuve d'une sorte ou d'une autre. Tous les clubs ont une licence, de même que leurs employés, et tout ce petit monde-là vivait bien, jusqu'à ce que le syndicat leur tombe dessus. Le premier signe de cette mainmise, on l'a eu le jour où des grandes pointures, comme le *Poisson rouge*, ont fait passer la limite supérieure des enjeux de vingt-cinq à cinquante livres. Mais on ne peut pas prouver qu'ils leur ont mis le grappin dessus et l'Office de contrôle des jeux ne peut rien sans preuve, à moins d'une plainte. Même chose pour nous, sauf si quelqu'un moucharde.

— Et pas de plainte ?

— Non, pas de plainte, confirma Borden, à cause des passages à tabac et des meurtres que vous avez mentionnés.

— Mais si les clubs se regroupaient ?

— Ils savent bien que plus de la moitié d'entre eux se retrouveraient à l'hosto ou à la morgue avant que la police ait pu broncher. C'est justement ce que nous craignons : qu'ils se « regroupent ». Qu'on les pousse un peu trop, et ils le feront, ils se battront. Il faut qu'on démantèle le syndicat avant que tout ça tourne à la guerre totale, déclara l'inspecteur principal, se penchant en avant et martelant son bureau pour souligner ses propos. Il nous a fallu près d'un an pour comprendre comment ça se passe. De fait, c'est plutôt simple. Un agent vient voir les propriétaires de casinos et leur suggère un marché : il leur fournit des call-girls et de la drogue pour un pourcentage des bénéfices du club, avec la garantie que le propriétaire s'en trouvera mieux qu'avant, grâce au profit qu'il peut escompter. Si les bénéfices n'augmentent pas, le syndicat ne lui prendra rien. Or, avant l'arrivée des gars du syndicat, ils examinent les comptes pour évaluer la moyenne des bénéfices hebdomadaires. Et après, ils installent un expert-comptable à leur solde pour faire en sorte que les comptes montrent bel et bien une augmentation des bénéfices.

— Et si le propriétaire refuse leur offre ? demanda Delphick.

— Kaput ! Passages à tabac, un cadavre par-ci par-là, mais, surtout, le casino qui part en fumée. Une bombe à retardement, généralement réglée pour se déclencher entre quatre et cinq heures du matin quand tout le monde est chez soi. Ça fait déjà huit clubs qui ont disparu de la sorte, cette année, dont trois au cours des deux derniers mois. Mais ce qu'on n'arrive pas à avoir, précisa Borden en se calant dans son fauteuil, ses mains ouvertes en signe d'impuissance, c'est une photo de l'homme qui dirige tout ça. Bon, c'est vrai qu'on en a une assez bonne idée, mais une idée, ça ne

suffit pas pour dresser un portrait-robot, ça ne se diffuse pas. On a bien quelques gars sous le coude, susceptibles de cracher le morceau une fois qu'il sera clair qu'on est à deux doigts de mettre la main sur le patron mais, sans photo, on est coincés. Notre homme est un méfiant, et chaque fois qu'on a tenté de lui tirer le portrait, on a raté le coup. Notre deuxième option, c'est donc un dessin — ce qui nous ramène à Miss Esse.

Delphick était ennuyé. Comme c'était en grande partie à son instigation que Miss Seeton avait été attachée à Scotland Yard en sa qualité d'artiste, et rétribuée comme telle, il se sentait responsable d'elle. Combien de fois s'était-il retrouvé sur des charbons ardents à cause de cette tendance qu'elle avait à se fourrer dans de beaux draps, au-delà des exigences du devoir, ou plutôt du dessin ! Jusque-là, son ange gardien, qui faisait des heures supplémentaires, était toujours intervenu, mais Delphick se disait que même le mieux intentionné des anges peut se lasser, voire se laisser prendre par surprise. Et que se passerait-il en pareil cas ? Nerveux, il se leva et marcha jusqu'à la fenêtre.

— C'est votre idée, tout ça, ou celle du divisionnaire Conway ?

— La mienne, à vrai dire, mais le patron l'a approuvée.

Delphick rentra le cou dans les épaules, sans se retourner.

— Vous parlez de guerre et, pourtant, vous êtes prêts à envoyer Miss Seeton en première ligne.

— Non, pas du tout ! protesta Borden. Elle est simplement allée au *Poisson rouge* pour observer. Oh, et puis, c'est vrai, concéda-t-il à l'adresse du dos indifférent du divisionnaire, elle y est un peu allée en éclaireur, si vous voulez, mais avec la meilleure couverture qu'on ait pu lui donner...

— Vous êtes sûrs qu'il sera bien au *Poisson rouge* ce soir, ce patron que vous recherchez ?

— Presque sûrs. Il surveille ses investissements de près et il en fait la tournée. Il va passer là-bas dans la soirée. Alors Haley fera un clin d'œil à Miss Esse pour qu'elle mémorise sa tronche et, demain, elle nous la mettra noir sur blanc.

Delphick se détourna de la fenêtre avec un mouvement d'impatience.

— Après tout, souligna Borden, on s'est sacrément décarcassés, bon sang, on s'est donné un mal de chien pour faire approuver les dépenses. Même sans compter les vêtements, je pourrais me payer un mois de vacances en Espagne avec ma femme et les gosses, rien qu'avec l'assurance des bijoux ! On ne voulait pas risquer de lui faire porter du toc, alors on a dû louer de vrais diams.

Le commissaire divisionnaire regagna son bureau et se rassit lourdement.

— Ecoutez, l'Oracle, reprit Borden, tâchant d'égayer un peu l'atmosphère, cessez de vous en faire pour Miss Esse ! Il ne lui arrivera rien. Et puis Haley est là pour veiller sur elle. Après ce qu'il a vu et entendu dire d'elle, c'est une perle rare à ses yeux — c'est pour ça qu'on lui a confié sa garde. Il la considère comme un grand détective, une descendante directe de Nero Wolfe, mâtinée de Sherlock Holmes.

— Détective ! explosa Delphick. Elle serait incapable de détecter de la chair dans une saucisse ! Qu'elle voie une agression dans la rue, et elle déplorera la violence, tout en étant convaincue qu'il y aurait sans doute beaucoup à dire des deux côtés si l'on connaissait les données de la situation. D'ailleurs, c'est exactement ce qu'elle a fait, la première fois que nous avons eu affaire à elle. Un gus avait poignardé sa poule

dans une rue. Ce qu'elle a vu, elle, c'est un monsieur qui frappait une dame, alors elle lui a donné un petit coup de parapluie dans le dos, histoire de le sermonner sur les bonnes manières. Elle a eu de la chance de s'en tirer vivante !

De la chance, elle en avait eu, en effet, songea-t-il, pour sortir indemne de toute une série d'incidents. Mais combien de temps durerait-elle, cette chance ?

— Le DA est au courant de cette extravagante manigance ? s'enquit-il.

— Sir Hubert ? Sûr. Il a bien fallu qu'on ait son feu vert, et celui du responsable des finances. Et c'est le DA qui nous a dit, poursuivit l'inspecteur principal en riant... bon, vous le connaissez, naturellement, il n'a pas dit ça comme ça, tout de go, mais il a déclaré qu'étant donné les circonstances ou, plutôt pour prévenir toute éventualité, il suggérait qu'il serait peut-être bon de... bref, il nous a dit de vous mettre au parfum. Alors, dès que j'ai su que vous étiez rentré, j'ai avalé mon dîner à toute allure et j'ai fait un saut ici pour vous voir.

— Je... fit le commissaire divisionnaire qui s'interrompit aussitôt et se leva vivement.

S'arrêtant de taper à la machine, l'inspecteur Ranger se leva comme un ressort, envoyant valser des rapports en trois exemplaires. L'inspecteur principal Borden se retourna, surpris, et se leva très vite, lui aussi.

— Oh, euh, bonsoir, monsieur.

Resplendissant en tenue de soirée, sir Hubert Everleigh, directeur adjoint (Brigade criminelle), leur fit signe de se rasseoir.

— Je vous en prie, messieurs, je ne veux pas vous déranger. Comme je me rendais à une réception dans une ambassade, j'en ai profité pour venir ou, plutôt, pour faire un petit saut en passant.

— Je partais justement, monsieur, souffla Borden

à la hâte. Je viens de finir de mettre l'Ora... euh, le commissaire divisionnaire au courant, à propos de l'affaire avec Miss Esse... Miss Seeton.

Sir Hubert sourit, opina du bonnet et l'inspecteur principal fila, trop content.

Le DA s'assit sur le siège qui venait de se libérer.

— Asseyez-vous, monsieur le commissaire divisionnaire, et vous, fit-il à l'adresse de l'inspecteur, continuez à courir après vos papiers. Je ne veux pas vous retarder indûment, vous devez être fatigués, tous les deux.

Rouge comme un coq, le jeune inspecteur herculéen marmonna un « merci, monsieur » et s'employa à ramasser son rapport.

— L'affaire de Middlesborough s'est bien terminée, d'après ce que je sais, déclara sir Hubert.

Il a vraiment le doigt sur le pouls de son service, le DA, se dit Delphick.

— Vous êtes déjà au courant, monsieur?

— Oh, oui ! C'est le chef de la police qui m'a prévenu. Il avait l'air très content, et j'ai cru comprendre qu'on avait mis un homme en examen. Il semble aussi qu'on vous ait informé de ce qui se passe ici, ou, plus précisément, de ce qui concerne la dernière mission en date de Miss Seeton.

— Oui, monsieur.

— Et vous n'êtes guère ravi, ajouta-t-il en considérant Delphick d'un air interrogateur.

— En effet, monsieur.

— En effet. Je ne pensais pas que vous le seriez, ou, du moins, pas sans réserve. C'est pourquoi j'ai jugé bon qu'on vous informe. La mission demandée par le service des fraudes semblait raisonnable, de prime abord. Ce qu'elle *est* du reste, bien qu'un peu chère. Cependant, nous avons, vous et moi — et surtout vous

—, plus d'expérience qu'eux quant à cette tendance de Miss Seeton à se retrouver mêlée de près... on pourrait presque dire à devenir malgré elle le centre de toutes les enquêtes auxquelles elle collabore.

Delphick se mordillait la lèvre.

— Ce n'est pas tant ce qui risque de se passer au casino, mais le fait qu'elle quitte les lieux couverte de diamants avec juste un enquêteur pour toute protection : ça revient presque à chercher des ennuis, ça. Verriez-vous un inconvénient, monsieur, à ce que je me rende au *Poisson rouge* ? Sans entrer. Juste rester dehors pour m'assurer qu'elle peut partir sans être inquiétée ?

— Un inconvénient ? répéta sir Hubert en se levant. Non, pas du tout. Il n'y a aucune raison de supposer qu'il y ait des ennuis, mais l'expérience m'a appris que Miss Seeton et les ennuis, ça va de pair. Si ça vous rassurait de veiller d'un œil paternel au bon dénouement de la soirée — et je dois vous avouer que je partage votre préoccupation —, eh bien, je vous dirais « allez-y », en dépit du fait que cela vous oblige à faire des heures supplémentaires.

Parvenu à ses fins sans avoir eu à en formuler explicitement la demande, sir Hubert prit ses gants et se dirigea vers la porte.

— Il faut que j'y aille, sinon je vais être en retard, l'ambassadeur sera vexé et nous nous retrouverons avec un incident diplomatique sur les bras, lança-t-il, s'arrêtant à la porte pour ajouter : La pauvre femme ! Le service des fraudes a bien sûr agi sur la base de ses meilleures informations, mais de l'avoir attifée et couverte de bijoux comme cela, ça fait années vingt et E. Phillips Oppenheim. En oubliant ce que disait ledit Mr. Oppenheim : dans les établissements de jeu du monde entier, on ne juge pas les gens sur ce qu'ils se

mettent sur le dos, mais sur ce qu'ils mettent sur le tapis vert. Pauvre Miss Seeton, conclut-il en hochant la tête, je ne peux pas m'empêcher de penser que la soirée risque d'être déconcertante et embarrassante.

CHAPITRE II

Vraiment, songeait Miss Seeton, quelle soirée ! Déconcertante et embarrassante au plus haut point.

Bien sûr, il fallait faire ce qu'on vous disait, mais tout cet accoutrement, ce déguisement, ça paraissait si excessif ! Il faisait plutôt chaud sous cette perruque d'un mauve invraisemblable et bien que, Dieu merci, elle ne pût se voir, elle était malgré tout consciente de l'épais maquillage qui lui donnait l'impression d'avoir le visage émaillé, sur le point de se fissurer. Les faux cils enduits de rimmel étaient raides et lourds. La robe, si scintillante, avait une jupe longue des plus seyantes, il fallait le reconnaître, mais avec un bustier réduit à sa plus simple expression, pensa-t-elle en baissant les yeux pour les détourner à la hâte. Et puis les diamants. Une telle responsabilité. Naturellement, les femmes qui peuvent s'en offrir les portent, mais en mettent-elles vraiment tant à la fois ?

Miss Seeton réprima un soupir. Ça ne cadrait guère avec le personnage de cette Mrs. Herrington-Casey d'avoir l'air fatiguée ou ennuyée de se trouver là. Mais quant à elle, hélas... elle s'était morfondue. Elle ne savait pas que les amateurs de jeu de hasard prenaient ça tellement au sérieux, sans rire, ni exaltation. On se serait cru dans une fabrique de clinquant, peuplée

d'ouvriers sans joie, s'adonnant à leur tâche routinière. Miss Seeton s'était ennuyée, jusqu'à l'arrivée à leur table de la fille. Qui avait peur. Un détail qui, en lui-même, semblait détonner avec les lieux. Et elle n'était pas accompagnée — autre détail bizarre. Naturellement, Miss Seeton savait que de nos jours les filles peuvent circuler à leur guise et qu'elles ne s'en privent pas. Mais pas toujours. Surtout dans des endroits comme celui-ci. A moins qu'il ne s'agisse de filles d'un certain genre. Ce qui n'était manifestement pas le cas de celle-ci. Pourtant, elle était seule. Et effrayée. Miss Seeton avait une trop longue expérience de l'enseignement pour ne pas reconnaître la peur sous des apparences d'aplomb et de sophistication.

Elle posa son couteau et sa fourchette. La cuisine était bonne, bien qu'un peu riche, et elle aurait tellement aimé de l'eau, songea-t-elle en avalant de petites gorgées de *ginger beer*. Pas désagréable, mais si gazéifiée ! C'était vraiment gentil à ce jeune Mr. Haley — ah non, il fallait se souvenir de l'appeler Tom — de faire comme si c'était elle qui buvait le champagne, mais elle se demandait avec une certaine appréhension si le mélange de champagne et de gin qu'il était forcé de boire ne commençait pas à lui faire de l'effet.

Tom Haley repoussa sa chaise :

— Venez, Mrs. H.-C., c'est le moment de leur faire encore une petite démonstration.

Miss Seeton se leva, docile. Haley se mit sur ses pieds et resta planté là à cligner des yeux. Hum, sacrément chaud, là-dedans.

— Vous aussi, lança-t-il à l'adresse de la fille. Profitez donc du filon. Empochez, pendant que vous le pouvez !

Il lui vint une pensée qui le fit sourire : après tout le foin causé par les frais qu'on avait dû engager pour cette petite partie de plaisir, il semblerait qu'au train où

allait Miss Esse, le Yard allait se garnir les poches. Il espérait seulement qu'une fois qu'ils auraient pris le gros du gâteau, ils laisseraient le reste à Miss Seeton, comme bonus. Il descendit les marches avec précaution et suivit les deux femmes vers les tables de jeu où ils avaient rendez-vous avec la chance. Le même siège était libre, à la table où Miss Seeton avait gagné tout à l'heure.

Miss Seeton avait tenté de protester. L'envoyer, elle, dans un casino, pensez, et pour jouer, qui plus est ! Mais quand, malgré ses protestations, on l'y avait *bel et bien* envoyée, elle s'était dit qu'il était de son devoir d'assimiler les règles et le jargon de la roulette, tant que faire se pourrait. Elle s'était donc rendue à la bibliothèque de Brettenden pour y chercher tout ce qu'il pouvait y avoir là-dessus. Naturellement, elle trouva intéressant d'apprendre que dans l'Antiquité les Grecs faisaient tourner leurs boucliers et les Romains leurs roues de chariot et que, bien plus tard, le cardinal Mazarin avait encouragé un jeu qui s'appelait *loca* — quel drôle de nom ! —, le premier jeu dans lequel on aurait utilisé une bille avec une roue qui tourne. Malheureusement, les règles et le vocabulaire de la roulette s'avérèrent hors de sa portée. Et le tout, tellement français ! Pour commencer, le mot *pair** devait sans doute signifier ce qu'il disait. Ensuite, *impair** : ça devait être *umpire*[1] en français. Mais *douzaine*, carrée*, en plein*, colonne*, manque*, double** — oui, mais double de quoi ? —, *transversale pleine** et *à cheval*...* Pour ça, elle avait *vraiment* essayé, mais elle avait dû finir par s'avouer vaincue.

Miss Seeton ouvrit son sac d'une main hésitante et y prit un jeton bleu marqué *25 pence*.

Le dernier terme — *à cheval** —, ça devait avoir un

1. *Umpire* : arbitre. (*N.d.T.*)

certain rapport avec les arbitres, ou les « croupiers », comme on les appelle maintenant, puisque ce mot-là veut dire quelqu'un qui monte sur la croupe d'un cheval, en tandem avec un cavalier en selle. Elle regarda devant elle, vers le haut de la table. Et sourit à l'idée de ces trois jeunes gens élégants ballottés sur la croupe d'un cheval, telle une médiévale cavalière.

Son sourire mourut quand Haley, qui se tenait derrière sa chaise, se pencha vers elle, lui prit la marque, choisit cinq jetons jaunes de dix livres chacun et les lui mit en main. Miss Seeton réprima un petit cri d'étonnement. Même une piètre mathématicienne comme elle pouvait faire le calcul : cinquante livres ! Ça semblait d'une extravagance diabolique. Mais elle n'avait pas le droit de discuter et elle se consola en pensant que la somme ne représentait qu'une partie de ce qu'elle avait déjà gagné. C'est vrai que la première fois, quand Mr... quand Tom avait joué pour lui montrer comment s'y prendre, il avait perdu. Cependant, les deux fois qu'elle avait misé, elle, on lui avait donné des tas de jetons (comme ceux qu'on utilise pour jouer aux puces, mais en plus gros), bien plus qu'elle n'en avait mis sur la table. Mais maintenant, ayant vu le soulagement de la jeune fille quand elle avait gagné, elle s'était rendu compte que ces jetons colorés représentaient de l'argent, du vrai, et tout ça lui semblait, disons, presque malhonnête. Alors, sans regarder, elle poussa docilement la pile de *jetons** jaunes sur la table.

La jeune fille hésitait. Treize ? Le chiffre porte-malheur ? Et encore noir ? Fallait-il oser ? Une sorte d'audace folle s'empara d'elle. Etait-ce le désespoir, le champagne sur un estomac vide ou quelque chose en rapport avec ce couple étrange ? La vieille dame était si sereine, si naturelle, si... sûre d'elle. Alors, très vite, avant de pouvoir changer d'avis, elle décida de la

suivre dans sa mise. Elle plaça tous ses jetons : elle mit les trois jaunes qu'elle avait gagnés sur le 13 et se servit des bleus à *25 pence*, des roses à *50 pence*, du noir à *1 livre* et de son seul blanc à *5 livres* pour couvrir à noir, impair, chiffres bas et douzaine.

Si les habitués des jeux de hasard peuvent sembler impassibles à ceux qui les regardent, ils sont en réalité très sensibles à l'ambiance de la salle. Les deux précédents exploits de Miss Seeton n'étant pas passés inaperçus, cette troisième mise suscitait un certain intérêt. Quand, après avoir fait une mise minimum avec une indifférence manifeste, elle avait souri, changé d'avis et misé le maximum sur un seul nombre, des gens avaient commencé à s'attrouper autour d'elle. Jusqu'à la femme à l'imperméable et au feutre cabossé qui avait quitté sa table pour venir regarder, le calepin à la main.

Tom Haley prit une profonde inspiration. Que le vieux Borden ait vent de ce qu'il faisait, et il serait fichu à la porte. Mais, bon sang de bois, qui mise un œuf mise un bœuf, alors, autant voir grand ! Il plongea dans le sac de Miss Seeton, en tira une poignée de jetons, prit la mise maximum et poussa sa pile de jetons à côté des deux autres, sur le 13. Et, imitant le plongeon fou de la fille, il répartit le reste de la poignée de jetons autour de la table pour couvrir sa mise de tous les côtés.

Un mouvement parcourut le groupe de spectateurs, certains se précipitant impulsivement pour placer leur mise mais s'arrêtant net. Treize ? Porte-malheur ? Porte-bonheur ? Trois joueurs déjà dessus ? Trois, le chiffre magique. En y ajoutant une autre mise, ils risquaient d'altérer l'équilibre et de contredire une des innombrables lois qui régissent leurs indénombrables superstitions. Le temps qu'ils hésitent ainsi, et il était trop tard pour parier.

Le croupier avait lancé la roulette.

— *Rien ne va plus*!*

Miss Seeton se leva. Elle avait vu juste : Tom avait bu trop de champagne. Et trop de gin. Elle reprit le chemin de la table où ils dînaient. S'il avait décidé de jeter l'argent de la police par les fenêtres — l'argent du contribuable, supposait-elle —, eh bien, elle préférait ne pas voir ça. L'attention des spectateurs vacilla, partagée entre leur concentration sur la roulette et leur étonnement devant cette vieille dame couverte de bijoux, si indifférente — ou tellement sûre d'elle ? — qu'elle ne se donnait pas le mal d'attendre le résultat.

Haley était décontenancé. Le départ de Miss Seeton le ramena momentanément sur terre et fit évaporer son bel aplomb. La roulette ralentissait et la boule, elle aussi, semblait perdre son aplomb : elle s'arrêta dans une case, en ressortit pour se loger dans une autre, atterrit sur une rouge et y resta pendant tout un tour avant de repartir pour un autre tour. Eh bien, il était bon pour refaire de l'îlotage ou la circulation dans un cul-de-sac. Il ferma les yeux, tenta de se remémorer des prières. La fille, à côté de lui, regardait fixement la roulette : elle ne voyait rien, ne savait plus rien, sauf qu'elle avait mal au cœur.

Ils furent tirés de leur stupeur par le murmure qui s'élevait de la foule. La roulette s'était immobilisée et le croupier ratissait déjà la table pour ramasser les jetons. La boule était dans la case... dans la case... oh, mon Dieu, c'est pas vrai ! Elle était dans la case 13.

— Deirdre, ma chère...

Le visage de la jeune fille perdit de ses couleurs et l'animation qu'y avait fait naître son deuxième gain. Sa main gauche, planant au-dessus du canapé au fromage qu'elle s'apprêtait à prendre, se raidit, et la droite renversa du champagne sur la nappe en reposant la flûte sur la table.

Après tout, il avait eu raison... Tom Haley fut tiré de ses heureuses méditations. On lui avait dit de faire en sorte que Miss Esse produisît un certain effet. Eh bien là, pour un effet, c'en était un ! Elle l'avait bien eu, le casino. Elle leur avait fait boire un bouillon de plus de quatre mille livres qu'ils n'avaient pas fini d'avaler. Mais lui, personne ne lui avait dit de tenter le coup. Autant en parler à Miche Eche, se dit-il en s'efforçant de se ressaisir, autant lui demander de faire botus et mouche cousue à che propos. Il prit conscience qu'il était peut-être sur le point d'être légèrement éméché. Mais tout de même, il avait eu raijon.

Si Haley avait le cerveau un rien embrumé, ses réflexes de policier jouaient toujours, malgré tout. En observant la jeune fille au bar, il avait mentalement filmé la séquence. Il s'était repassé le film au ralenti dans sa tête mais ça ne l'avait mené nulle part. Pas plus, du reste, qu'à vitesse normale. C'est en le faisant défiler au double de la vitesse ordinaire qu'il avait eu la réponse. Le mouvement incessant des mains jouant avec la cigarette ou le verre, repoussant les cheveux en arrière ou les caressant, l'activité des doigts tandis qu'elle parlait au barman, tout cela dénotait clairement un état de tension nerveuse. La fille était nerveuse, elle avait peur. Et, à en juger par la réaction qu'elle venait d'avoir, son interlocuteur pouvait en être la cause. Regardant l'homme en question, Haley marcha sur le pied de Miss Seeton.

Ah ! C'était le signal dont ils étaient convenus. Miss Seeton jeta un regard en coulisse à son compagnon et se rendit compte que celui-ci avait l'œil rivé sur le nouveau venu. Tiens, c'était donc celui dont elle devait mémoriser les traits, se dit-elle. Assez beau, si l'on aimait ce genre-là. Il avait appelé la fille « Deirdre ». Quel joli nom ! Et qui lui allait si bien. D'origine celtique et qui, autant qu'elle s'en souvînt, voulait dire

« qui fait rage ». Ce qui lui convenait aussi, dans une certaine mesure, car, sous la peur évidente, on percevait également une colère sous-jacente. Miss Seeton n'aimait pas ce type d'homme, quant à elle. Le genre rapace, tel un faucon prêt à fondre sur sa proie. Ou plutôt — mais se laissait-elle emporter par son imagination ? — un faucon qui aurait déjà planté ses serres, à en juger par la pression de ses doigts sur l'épaule de la jeune fille.

— Quelle agréable surprise ! poursuivit le nouveau venu. Je ne savais pas que vous vous adonniez au jeu.

La fille eut un mouvement d'épaules pour lui faire lâcher prise.

— Je me suis dit qu'il était temps que j'apprenne.

Il rit :

— Dans l'espoir que la roue du temps apporte une revanche ? Méfiez-vous, ma chère. Votre mère a eu beaucoup de soucis ces derniers temps, d'abord à cause du jeune Derrick qui s'est ridiculisé, puis à cause de l'accident de votre père. J'ai été navré de l'apprendre dans les journaux, bien que, heureusement, ce ne soit pas très grave, à ce qu'on dit. Rappelez-moi à son bon souvenir, je vous prie. N'essayez pas de jouer trop gros. Nous ne pouvons pas vous laisser faire des folies, poursuivit-il d'un ton à présent résolument provocateur. Et n'oubliez pas que, pour les ennuis aussi, on dit « jamais deux sans trois », lança-t-il avant de reprendre un ton civil : Mais assez parlé d'ennuis. Vous n'allez pas me présenter vos amis ?

Elle s'exécuta avec une réticence évidente.

— Mrs. Herrington-Casey, puis-je avoir le plaisir, cingla-t-elle avec ironie, de vous présenter Mr. Thatcher. Mr. Thatcher, Mr. Haley.

Thatcher salua Miss Seeton de la tête :

— Nous sommes très honorés, Mrs. Herrington-Casey. Il est rare que vous jouiez en Angleterre,

d'après ce que je sais. Vous ne vous en souviendrez sans doute pas, fit-il avec un regard moqueur, mais nous nous sommes déjà rencontrés. Etait-ce à Monte-Carlo ? dit-il en taquinant sa lèvre inférieure d'un doigt. Ou à Cannes ? souffla-t-il dans un sourire. Mais, voyons, je ne veux pas vous interrompre. Il semble que vous soyez en train de gagner en ce moment et je risquerais de gâcher votre jeu, conclut-il avec un sourire plus large encore.

La ruse était éventée. Haley regarda Thatcher se diriger vers le bar. Bon Dieu, pourquoi le service des recherches n'avait-il pas fait son boulot correctement ? D'après les photos qu'il avait vues de Mrs. Herrington-Casey, Miss Esse lui ressemblait pas mal, mais si Thatcher l'avait réellement déjà vue... Bon, peut-être qu'elle avait réussi à donner le change, mais fallait pas compter là-dechus. Chale bonhomme. Tout ce qu'il avait dit aurait pu avoir un double sens. « Vous ne vous en souviendrez sans doute pas... », « semb' que vous soyez en train de gagner en che moment », « je risquerais de gâcher votre jeu ». Mieux valait penser qu'il l'avait démasquée. Putain ! Ils feraient mieux de mettre les voiles !

La lumière commença à se faire à travers les brumes éthyliques. Pigé ! Deirdre... Il pensait bien avoir reconnu ce vijage-là. Qu'on voyait dans tous les magajines. Le plus beau vijage qu'il eût jamais vu, le plus beau... La jeune fille devenant nerveuse sous son regard fixe, Haley tenta de rassembler ses esprits dispersés. Ch'était bien cha, ch'était la fille du vieux lord Kenharding. Chui qui avait bousillé sa voiture, la semaine dernière. Y avait eu une photo de toute la famille. Ch'était cha, Derrick, un adolescent, le fils et l'héritier. Et la presse avait fait des gorges chaudes sur ce jeune idiot qui avait été ramassé par les flics dans une fête pleine de drogue, et qui s'en était tiré avec une

amende et des réprimandes. Au fait, drôlement grossier de la part de Thatcher de déballer toutes ces histoires de famille devant des étrangers. Ou bien était-ce intentionnel et à double sens, comme tout le reste ?

Les pensées de Haley dérapèrent en essayant de rebrousser chemin. Que lui avait dit Thatcher à propos de l'accident du vieux ? « Rappelez-moi à son bon souvenir. » « N'essayez pas de jouer trop gros » : ça ne voulait rien dire à moins que l'Honorable Deirdre ne mijote quelque chose. Quant à « nous ne pouvons pas vous laisser faire des folies » et « n'oubliez pas que pour les ennuis aussi, on dit "jamais deux sans trois" » : hum, ça pouvait aussi bien être une remarque innocente qu'une menace. Mais d'après les manières de Thatcher et ce qu'il savait de ce salaud-là, ça pourrait vraiment être une menace.

Voilà qui est fort ennuyeux, pensa Miss Seeton en contemplant le dos de Thatcher. S'il avait déjà vu la fameuse Mrs. Herrington-Casey, ne serait-ce que brièvement, il avait dû éventer la ruse. Sûrement, non ? Elle regarda Tom Haley pour savoir que faire, mais il lui parut complètement absorbé dans ses pensées. Quel homme déplaisant, ce Mr. Thatcher ! Non qu'elle eût une raison quelconque de le penser — il s'était montré parfaitement poli — mais il y avait quelque chose de si sardonique, de presque méprisant dans son attitude. Cela dit, l'image qu'elle se faisait de lui était peut-être déformée par ce qu'elle en savait. Ou plutôt ce qu'elle ignorait. Elle savait tout de même que la police s'intéressait à lui, ce qui signifie généralement qu'il y a quelque chose qui cloche, et ça pouvait suffire à influencer son jugement. Quant à la fille, sa bouche s'était figée dans une expression fermée et elle était devenue toute pâle. Plus de rage que de peur, à présent. Certes, ç'avait été de mauvais goût de la part de

Mr. Thatcher de mentionner ses affaires de famille devant des étrangers, bien qu'il ne sût peut-être pas qu'ils l'étaient... étrangers. En tout cas, on ne pouvait rien trouver à redire au fait qu'il eût compati à l'accident du père. C'était plutôt son attitude, une fois de plus. Mais l'allusion à Derrick — sans doute son frère — qui s'était ridiculisé, ça, c'était très gênant et de fort mauvais goût d'en parler devant des tiers, quoi qu'eût fait le gamin.

Brusquement, Deirdre Kenharding se leva.

— Merci pour le champagne et pour tout. Désolée de m'être montrée impolie.

Elle était partie avant que Haley, lent à réagir et qui avait du mal à se lever, pût trouver les mots pour la retenir.

— Vous avez tout ce qu'il vous faut, Miss Esse ? murmura-t-il. Je veux dire, vous avez suffisamment vu ce fameux Thatcher pour pouvoir lui tirer le portrait ? Très bien, fit-il en voyant Miss Seeton opiner du bonnet. Je ne sais pas s'il a subodoré notre petite histoire de Mrs. H.-C., mais je crois qu'on ferait mieux d'oublier le café et de mettre les voiles.

De fait, la métaphore nautique convenait bien pour décrire la suite de ses mouvements : ayant payé l'addition, il descendit l'escalier en chaloupant derrière sa compagne et louvoya dans son sillage jusqu'au bureau de la réception, près de l'entrée principale, où il échangea les jetons de Miss Seeton contre de l'argent. On lui proposa un chèque, vu l'importance de la somme, mais il refusa, insistant pour qu'on lui donnât du liquide. Bon Dieu ! De sa vie, il n'avait jamais eu autant d'oseille entre les mains, et ça ne risquait guère de se reproduire. Plus de quatre mille tickets ! Nom d'un petit bonhomme ! Il fourra les billets dans le sac à main de Miss Seeton jusqu'à ce qu'il fût plein à craquer, bourra le reste dans ses poches et l'escorta vers le hall d'entrée.

Thatcher attendait les nouvelles, dans un bureau à l'étage. La sonnerie aigrelette du téléphone résonna et le propriétaire du casino décrocha.

— Oui ? dit-il.

Il écouta, prit des notes, lâcha un merci dans le combiné, le reposa et se tourna vers Thatcher.

— Il y a un dénommé Thomas E. Haley, un enquêteur attaché au service de la répression des fraudes et... le signalement correspond, conclut-il en vérifiant ses notes d'un coup d'œil.

— Bon, fit Thatcher en taquinant sa lèvre inférieure. Et je devine qui est la vieille femme : une artiste, dont j'ai oublié le nom, à laquelle ils ont souvent recours. Voilà la risposte qu'ils ont inventée, puisqu'ils n'arrivaient pas à prendre de photo, constata-t-il en arpentant la pièce, mains dans les poches. Eh bien, je vais mettre le holà à cette histoire ! Elle est maligne, elle a eu de la chance, ou les deux. Ou encore la presse y trouve matière à gloser. Coup de veine que la petite Kenharding se soit trouvée avec eux, sinon ils auraient peut-être réussi leur coup.

Le propriétaire semblait amer.

— Je me disais plutôt que la veine, c'est qu'ils aient essayé de la faire passer pour quelqu'un que, par hasard, vous connaissiez.

— Je ne la connais pas, je ne l'ai vue qu'une fois, dit-il, plissant le front. Ils ont fait du beau boulot. N'importe qui se serait laissé avoir en n'ayant rencontré Herrington-Casey qu'en passant. Ce que je veux savoir, c'est si Deirdre est dans le coup ou non. Ils ne sont pas venus ensemble, le barman m'a dit que la fille était arrivée seule. Ne les quittez pas des yeux. Je veux savoir quand ils partiront.

— Ecoutez, vous n'allez rien faire ici. Vous avez pris la haute main sur le casino et ça, malheureusement, je ne peux pas le contester...

— Et vos bénéfices ont grimpé. Ça non plus, vous ne pouvez pas le contester.

— En effet. Vous avez introduit des hommes ici, pour des raisons que je préfère ignorer, mais vous avez promis qu'il n'y aurait pas de grabuge. Je suis responsable devant mes directeurs de la bonne marche du casino...

— Et l'un de vos directeurs, interrompit Thatcher d'un ton mielleux, lord Kenharding, a eu un sale accident l'autre jour, quand ses freins ont lâché dans une descente, près de chez lui. Il a eu de la chance de s'en tirer avec des blessures légères, mais j'ai comme l'impression qu'il ne sera guère d'humeur à se quereller avec qui que ce soit, pour un petit moment. La vie est si précaire, de nos jours... Sa femme et sa fille aussi pourraient avoir des accidents.

Songeant à ce que ces propos suggéraient, le propriétaire en conclut :

— Que voulez-vous que je fasse ?

— Rien de plus que ce que je vous ai déjà dit : gardez l'œil sur Haley — je crois qu'il a pas mal bu —, sur la bonne dame et sur Deirdre. Ils ont gagné assez gros. Voyez s'ils encaissent leurs jetons, pour quel montant, et s'ils prennent l'argent en chèque ou en liquide. Et prévenez-moi dès que l'un d'eux manifeste la moindre velléité de partir. Ne vous inquiétez pas, fit-il en riant devant la mine consternée du propriétaire, il ne va rien se passer dans le casino et, quant au reste, moins vous en saurez, mieux ce sera.

Haley reprit son manteau et l'étole de vison qui complétait la tenue de Miss Seeton. Il sourit en pensant que, pour une fois, elle n'avait pas eu la permission de se munir de son fameux parapluie. Les journaux avaient toujours fait toute une sauce là-dessus, la surnommant « le Pébroc Vengeur », et ledit instrument

passait au Yard pour son « arme légère ». Bon, ils allaient repartir avec ce qu'ils étaient venus chercher et même bien plus, d'ailleurs, si l'on comptait tout ce paquet de galette. Et même si Thatcher l'avait démasquée, lui, Haley, n'y pouvait plus grand-chose, maintenant... Dommage que la fille ait pris la poudre d'escampette, il aurait aimé... Oh, et puis tant pis. La fille de ce bon vieux Kenharding... hors de portée, pour lui. Tout de même... Se retournant un peu trop vite pour donner l'étole à Miss Seeton, ses jambes se croisèrent, il trébucha et faillit tomber, ce qui l'empêcha de se rendre compte des difficultés qu'éprouvait sa compagne au même moment.

Celle-ci, angoissée par la responsabilité de détenir une telle somme d'argent, serrait dans ses mains le fermoir ouvragé de son sac qui ne fermait plus, tant il était bourré. Et elle n'était pas prête à prendre la longue fourrure que Haley lui tendait. Encore une chose qui avait trop de prix. Et qui ne lui appartenait pas. Allons bon, comment donc lui avait-on dit qu'il fallait la porter, cette étole ? Elle était assez lourde, avec les plombs cousus dans la doublure pour lester les extrémités. Si elle s'en enveloppait les épaules, la fourrure risquait de glisser, de traîner par terre et de s'abîmer. Le même problème se poserait si elle la drapait sur ses bras et, en tâchant de la garder en place, le sac frotterait sur l'étole et pourrait l'accrocher par le fermoir. Il devait y avoir une façon simple de procéder, si seulement elle pouvait s'en souvenir... Mais bien sûr, qu'elle était sotte ! On la mettait sur les épaules, en la laissant pendre du côté gauche, puis on lançait le pan droit par-dessus l'épaule gauche, et les poids assuraient l'équilibre et maintenaient cette horreur en place. Miss Seeton exécuta alors la manœuvre avec autant de détermination que d'inexpérience, elle laissa pendre trop peu d'étole et en lança une trop longue partie.

Le portier, un employé de fraîche date, alerté par le bureau de la réception que deux des personnes qu'il devait surveiller étaient en train de partir, se précipitait vers l'entrée, où il était censé se moucher, pour avertir les hommes postés dehors. Il s'écarta pour éviter les gesticulations de Tom Haley. Tiens, en voilà un qui n'est pas apte à conduire, songea-t-il. Il eut un petit sourire entendu : ben, de toute façon, le patron faisait le nécessaire pour que ces deux-là ne soient plus aptes à grand-chose pendant quelque temps. C'est alors que les plombs de l'étole volante vinrent atterrir droit dans l'œil du bonhomme. Il proféra un mot qui, dans la plupart des établissements, lui eût valu son renvoi immédiat. Momentanément aveuglé, les mains sur ses yeux larmoyants, l'homme perdit la course aux portes. Haley poussa un des battants de verre et, d'un pas vacillant, suivit Miss Seeton vers les marches qui descendaient sur le trottoir. Le portier, troisième et perdant du tiercé, mais tâchant de rattraper son retard, apparut derrière eux en brandissant un mouchoir dans lequel il se moucha fort bruyamment, comme s'il venait de succomber à une attaque de grippe.

Delphick, bien que prévenu, fut choqué en voyant apparaître Miss Seeton en haut des marches. La voiture était garée en face du casino. Sentant l'intérêt de son supérieur soudain en éveil, l'inspecteur Ranger se pencha par-dessus le volant pour mieux voir.

— Qu'est-ce qu'il y a, monsieur ?

— Ouvrez donc les yeux, Bob ! Là, elle sort juste.

Docile, l'inspecteur ouvrit grands les yeux. Ce... cette espèce de sapin de Noël trop décoré, c'était Tante Em ? Non, impossible. Elle... Il saisit la poignée de la portière.

— Est-ce qu'on... ?

— Non, ce n'est pas de notre ressort. On ne fait que...

Delphick s'interrompit quand le compagnon de Miss Seeton apparut.

— Mais ne dirait-on pas Haley ?

— Si, monsieur.

— Il est soûl !

Bob Ranger observa la silhouette vacillante :

— En effet, monsieur.

Le portier sortit, agitant son mouchoir. Une voiture, en face, démarra brutalement, vint se garer devant l'entrée du casino, et deux hommes bondirent sur le trottoir.

— Dehors ! ordonna Delphick. Il se passe quelque chose.

Les deux hommes qui attendaient le signal du portier n'y comprenaient plus rien. Qu'est-ce qu'il fout, Joe, bon sang, à se ruer dehors au grand galop en agitant son tire-jus comme un putain de drapeau et à se moucher aussi fort qu'une corne de brume ! Est-ce qu'il cherche à nous dire que c'est elle, la vieille taupe qui vient de sortir, et si oui, pourquoi il s'en est pas tenu au signal convenu ? Avec Joe, on peut avoir confiance qu'il fera tout foirer. Bref, les deux hommes venaient de comprendre que leur proie avait déjà descendu la moitié des marches et qu'elle risquait fort de leur échapper.

— L'Escogriffe, souffla le plus petit des deux, tu la chopes et tu la fourres dans la tire. Moi, je m'occupe de Sa Grâce qu'est rond comme une queue de pelle.

— Arrive, toi ! lança le plus grand des types en attrapant le bras de Miss Seeton. Dans la bagnole, et vite, ou je te fais la peau !

— Je crois que vous devez faire erreur, protesta Miss Seeton en se redressant, de sorte qu'elle arrivait presque à la hauteur de l'épaule de son agresseur.

Ça n'allait pas très fort pour Tom Haley non plus. L'air nocturne le frappa comme un coup de fouet,

venant parachever l'ouvrage si bien commencé par le gin et le champagne. Les marches cascadaient à ses pieds, tantôt aussi immenses que l'escalier monumental d'un palais, tantôt si petites que le trottoir, qui ondoyait là-bas devant, n'était plus qu'à un pas. Il foula le sol d'un pied prudent, tel celui qui vérifie la température de son bain. Un petit homme — ou était-ce deux ? — se précipita sur lui. Ses réflexes professionnels jouant, Tom fit un écart pour l'éviter, ce qui les déséquilibra tous les deux. Pour retrouver l'équilibre, Haley exécuta un jeté qui lui aurait valu une place de danseur dans une comédie musicale, retomba à cheval sur la nuque de son assaillant, lui prit le cou en tenaille pour conserver son assiette et lança sa monture réticente à l'attaque, contre l'agresseur de Miss Seeton, qui lui tournait le dos.

L'Escogriffe fut le premier à se remettre sur ses pieds : le Petit avait son compte, apparemment. Il vit Tom Haley, à quatre pattes, qui essayait de se lever. Ah, fastoche, se dit-il : il fit glisser hors de sa manche une matraque retenue par une lanière au poignet et la brandit au-dessus de la nuque qui s'offrait à lui.

— Arrêtez ! s'écria Miss Seeton, comprenant son intention.

Mais que pouvait-elle... ? Elle n'avait rien... Alors, d'instinct, elle envoya un grand coup de sac à la tête du malfrat. Le fermoir doré, en forme de serre d'oiseau de proie, lui déchira la tempe. Il hurla et le sac s'ouvrit, répandant pour plus de trois mille livres de confettis sur les combattants.

Une poigne d'acier s'abattit sur la main droite de l'Escogriffe et lui tordit le bras dans le dos pour l'immobiliser, tandis que Delphick relevait Haley et le soutenait pour l'empêcher de tomber.

— Etant donné votre état, sur lequel vous aurez à vous expliquer, c'est du joli boulot et vite pensé.

— 'rchi, bredouilla Haley.

Bob Ranger, le géant, tenant toujours l'agresseur de Miss Seeton d'une main, ramassa le Petit par le col du vêtement, le remonta à hauteur d'yeux pour examiner l'entaille qu'il avait au front et déclara :

— Celui-là est un peu abîmé, monsieur, il lui faudra quelques points de suture. Je doute qu'il revienne à lui avant un moment.

Un policier en tenue s'approcha du groupe.

— Eh bien, qu'est-ce que c'est donc que... fit-il.

Il s'interrompit lorsqu'il reconnut Delphick.

— Excusez-moi, monsieur. Je ne savais pas que vous étiez sur l'affaire. J'ai prévenu le poste, ils envoient une patrouille.

— Je ne suis pas sur l'affaire, expliqua le commissaire divisionnaire. Nous, euh, il se trouve que nous étions là par hasard quand ça a commencé. Si vous voulez bien passer des menottes à celui-ci, fit-il en indiquant l'Escogriffe, et le garder jusqu'à l'arrivée du fourgon... Ah, le voilà, remarqua-t-il en entendant une sirène dont le bruit se rapprochait. Bon. Maintenant, si vous voulez bien aider à contenir les curieux (des passants s'étaient attroupés, tout excités), on pourrait peut-être ramasser ces machins-là.

Il montra l'argent. Des billets de dix ou vingt livres pour la plupart, il venait de s'en apercevoir.

— Qu'est-ce que vous avez donc trafiqué, demanda-t-il, vous avez fauché la caisse ou quoi ? Allons, ramassez-moi ça, dit-il à Haley en cessant de le soutenir.

A peine lâché, Tom Haley s'effondrait béatement.

— Des paquets et des paquets d'ojeille, lança-t-il avec un petit rire gai.

Il plongea la main dans sa poche pour en sortir une autre liasse qu'il tendit à Delphick :

— Tenez, prenez-en. Y en a encore plein.

Delphick l'ignora. Il venait de se rendre compte que Bob Ranger, soulagé de son premier prisonnier, tenait encore le Petit par le col.

— Inspecteur, ordonna-t-il, déposez donc celui-là avant que vous l'étrangliez. Et si vous avez un mouchoir propre, nouez-le-lui donc autour du front jusqu'à l'arrivée de l'ambulance.

L'inspecteur s'exécuta, puis alla aider Delphick et Miss Seeton à ramasser l'argent. Le commissaire divisionnaire la regarda en souriant :

— Serait-ce trop demander que de vouloir savoir ce qui s'est passé, exactement ?

Il regretta aussitôt le « exactement ». L'exactitude était presque un vice chez Miss Seeton, en particulier dans ses rapports avec la police. Ses pensées partaient dans tous les sens, au petit bonheur la chance, et ses explications étaient souvent incompréhensibles à force de vouloir toujours revenir sur tout, pour être sûre qu'elle n'avait rien oublié et que son récit était bien clair. Mais le fourgon de police arriva avant qu'elle ait eu le temps de répondre et, en vertu de son rang, Delphick dut abandonner la course au trésor et donner ses instructions : emmener le prisonnier et l'interroger, l'inculper d'agression sur la personne d'un officier de police. Faire hospitaliser le Petit qui reprenait peu à peu conscience à coups de gémissement, mais qui avait probablement une commotion cérébrale. Contenir la foule qui grandissait à vue d'œil. Le portier brandisseur de mouchoir était rentré dans le casino, nota-t-il à titre de référence ultérieure, sans prendre part à la suite des réjouissances. Delphick retrouva Miss Seeton et Bob Ranger au moment où ils finissaient de ramasser les derniers billets épars.

— Et alors ? lui demanda-t-il.

— Je pense que c'était une erreur, répondit-elle.

Tu parles, Charles ! Il se retint d'éclater de rire.

— Je serais enclin à être d'accord avec vous, mais qui a commis l'erreur et à quel propos ?

— C'est le plus grand des deux hommes, celui que vous avez envoyé dans le fourgon. Il m'a demandé, ou plutôt il m'a dit de monter dans la voiture. Je lui ai dit que je pensais qu'il devait y avoir erreur, mais il n'a pas eu le temps de me répondre : Mr. Haley et l'autre — bien sûr, je n'ai pas vu ce qui se passait au juste, puisqu'ils étaient derrière moi — sont tombés à côté de nous. Le grand s'apprêtait à frapper Mr. Haley et, comme il ne s'est pas arrêté quand je le lui ai dit, je l'ai frappé. Sur le crâne. Et il a explosé... le sac, je veux dire.

— Il a dit autre chose, à part qu'il voulait que vous montiez dans la voiture ? Il vous a donné une raison ?

— Non. C'est pour ça que je suis sûre que c'était une erreur. Il n'y avait pas de raison, voyez-vous.

Il la considéra. En dehors du sac plein à craquer, Miss Seeton représentait une abondance de raisons, avec tous les diamants qu'elle portait. « Laissons couler, peut-être qu'on arrivera à tirer quelque chose des deux hommes. »

— Et le portier ? D'après ce que nous avons pu voir, Bob et moi, il cherchait apparemment à faire des signaux en agitant son mouchoir et en se mouchant violemment.

Miss Seeton s'empourpra.

— Ah ! non. Ça, c'était de ma faute, je le crains.

— De votre faute ?

— Oui, je l'ai frappé dans l'œil. Avec des plombs de lestage, précisa-t-elle, sentant qu'elle ne se faisait peut-être pas très bien comprendre. Je n'ai pas l'habitude des étoles de fourrure, expliqua-t-elle.

Et nous revoilà partis pour un tour, songea Bob, rembruni. Le service de répression des fraudes l'avait fait intervenir, juste pour une soirée, mais ça ne serait

pas tout, oh non ! loin de là. Pas avec Tante Em. Il n'y avait plus moyen de l'arrêter quand elle était lancée. Elle serait là, en plein cœur de l'action, jusqu'à ce que l'affaire fût bouclée, pendant que, eux, ils tourneraient en bourrique à essayer de ramasser les morceaux.

Bizarrement, Delphick se sentait ragaillardi : il s'était tellement habitué à Miss Seeton et à son parapluie, à la manière dont le fameux pébroc semblait se porter de lui-même au secours de sa propriétaire que lui, Delphick, en était venu à le considérer comme un talisman sans lequel elle serait peut-être vulnérable. A présent, il était clair que n'importe quel objet inanimé pouvait se changer en arme fatale entre ses mains : étoles, sacs à main, toute la panoplie des accessoires féminins.

— Quelles dispositions ont-ils prises pour que vous puissiez vous changer et rentrer chez vous ? s'enquit-il.

— Je ne sais pas, avoua-t-elle, c'est Mr. Haley qui s'est occupé de tout et je...

— Ch'est vrai, interrompit Haley qui se leva en titubant. M'occupe de tout. J'l'emmène... j'l'emmène...

Sa voix mourut. « L'emmener où ? Peux pas m'souvenir, pas pour l'instant. Bah, ça m' reviendra. Mais pas debout. Ça fait tout trembler quand on est debout. Regardez-les donc qui tremblent : les voitures, les gens. Z'ont tous la tremblote. »

Il se rassit avec un petit rire.

— Et des tonnes de galette, fit-il sans s'adresser à un interlocuteur précis.

Delphick était perplexe. Que faire de ce jeune imbécile ? Qui s'était porté au secours de Miss Seeton comme un brave petit soldat, au risque de se casser un bras, une jambe ou même le crâne. S'il le ramenait au Yard dans cet état-là, ce garçon était bon pour les oubliettes. Et puis, était-il vraiment soûl, ou avait-on versé quelque chose dans son verre ?

— Où habitez-vous ?

— Que... quoi...? bredouilla Haley en fixant sur lui son regard embrumé. Ben zut alors, m'sieur le commissaire divise, divise, bredouilla-t-il, incapable d'articuler « divisionnaire ». Ch'est l'Oracle, marmonna-t-il.

Il tenta de se redresser, mais ses jambes le trahirent et il s'agenouilla devant Delphick dans une attitude de prière.

Delphick avait beau se mordre la lèvre, ses épaules se soulevaient.

— Bob, dit-il, enfreignant pour la première fois sa règle de ne jamais s'adresser à ses subordonnés en public autrement que par leur grade, emmenez-moi ce moine novice dans la voiture, asseyez-le à l'avant sur le siège passager, et laissez-le dormir jusqu'à ce qu'il soit dégrisé. Peut-être qu'on pourra en tirer quelque chose quand il reviendra à lui : je ne serais pas fâché d'apprendre ce qui s'est passé. Venez, nous allons vous raccompagner chez vous, maintenant, proposa-t-il à Miss Seeton. Demain, je m'occuperai de vous faire renvoyer vos vêtements.

— Mais, monsieur le divisionnaire, protesta-t-elle, c'est bien trop loin. Je peux facilement prendre le train.

— Non, pas dans cette tenue, rétorqua Delphick. Sans compter que votre dernier train est sans doute déjà parti. Et comment vous imaginez-vous que vous rentreriez chez vous, depuis la gare, hein? A pied?

— Ah non! Voyez-vous, j'ai laissé ma bicyclette à la gare ce matin et il y a à peine plus de trois kilomètres.

Une bicyclette? Encore du nouveau. L'idée de Miss Seeton, toute pomponnée et couverte de bimbeloterie, haletant dans la nuit sur une petite route de campagne, non, c'en était trop pour lui.

— Pas de discussion. Nous sommes responsables de ces babioles que vous portez, sans parler de tout cet argent que vous avez apparemment fauché et dont

j'attends encore que vous me parliez. Suivez donc Bob jusqu'à la voiture et installez-vous derrière. J'ai une ou deux choses à régler et je vous rejoins dans quelques minutes. Vous êtes venus en voiture ou en taxi ?

— En taxi. Mr. Haley a dit que ça serait moins...

— Parfait. Allez-y.

Les principaux acteurs ayant quitté la scène, la foule commençait à se disperser : l'ambulance était arrivée et repartie, il ne restait plus que la police et, vraisemblablement, le spectacle était fini.

Delphick donna des ordres pour qu'on vérifie l'immatriculation de l'auto des agresseurs, que la voiture soit enlevée et examinée, bien qu'elle fût presque sûrement volée, comme en témoignait le fait que le conducteur avait profité de la panique pour filer. Tout ça ne servirait sans doute pas à grand-chose. Restait à espérer que les types qu'ils avaient arrêtés se déboutonneraient. Il envoya un message à l'inspecteur principal Borden, au Yard, expliquant qu'il ramenait Miss Seeton chez elle, dans le Kent, que Haley les accompagnait, qu'il prenait lui-même la responsabilité du brillant plumage d'emprunt de Miss Seeton et qu'il le rapporterait à Londres.

Fallait-il aussi questionner le portier ou non ? Ça vaudrait peut-être mieux, pour l'enquête, mais il était sûr qu'il n'arriverait à rien. En quoi il avait raison : Joe Flackman affirma qu'il n'avait rien vu, rien entendu. Cette imbécile de vieille taupe lui avait flanqué sa putain de fourrure dans le pif et, vu qu'il avait l'œil qui pleurait et le nez qui coulait, il aurait été incapable de dire si on était un vendredi soir ou le jour de Noël. Alors, il était rentré et les avait laissés se dépatouiller seuls : qu'ils se le trouvent eux-mêmes, leur putain de taxi, et mauvaise chance ! Et par-dessus le marché, pas même un pourliche, alors que c'était quand même la moindre des choses, vu les circonstances !

Delphick ne fit rien pour remédier à cet oubli et

rejoignit sa voiture. Le cas de Joe Flackman pouvait attendre. Du menu fretin, mais il communiquerait son nom à Borden car ça corroborait la thèse de l'inspecteur principal selon laquelle ce syndicat introduisait ses propres hommes dans les établissements de jeu. Le *Poisson rouge* avait toujours joui d'une bonne réputation, le fin du fin, mais... Enfin, tout ça n'était pas de son ressort, quoiqu'il eût le désagréable pressentiment que ça pourrait bien le devenir, maintenant que Miss Seeton était dans le coup. Son intuition ne l'avait pas trompé en l'incitant à venir ici ce soir et il doutait que les choses en restent là. En attendant, il s'agissait de la ramener chez elle. Il sourit à l'idée de la réaction des gens de son village en la voyant arriver dans ses atours actuels. Les langues iraient bon train, après ça. Un coup d'œil à sa montre : près de dix heures du soir. Plummergen n'était qu'à une petite dizaine de kilomètres de Brettenden, ce qui faisait dans les cent dix kilomètres, en tout. Oui, il leur faudrait bien deux heures. Parfait, le village dormirait à poings fermés, et elle pourrait se glisser dans son cottage sans que nul ne fût au courant.

CHAPITRE III

Le Bal de la Moisson qui se tenait à la salle des fêtes du village de Plummergen connaissait son habituel succès. Il y avait même plus d'affluence que d'habitude et la prolongation de la licence du pub, le *George and Dragon*, jusqu'à minuit avait largement contribué à la gaieté de l'ambiance. La foule qui sortait de la salle des fêtes et de l'auberge se répandait dans l'unique rue du village et l'on n'en finissait plus de se dire bonsoir et de papoter avant de rentrer chacun chez soi.

Une voiture qui descendait la Rue attira l'attention. Ah ! c'était point des gens du coin. Des étrangers, voire. Mais où c' qui z'iraient donc à une heure pareille ? Quelqu'un reconnut Bob Ranger au volant. Ah, çui qu'avait marié la fille au Dr Knight ! Ben, y se trompait de chemin, alors. Peut-être qu'il allait voir c'te Miss Seeton. Comment, à c't' heure-ci ? De toute façon, elle était point là. L'était partie ce matin prend' du bon temps à Londres et l'était point encore rentrée. Suffisait d'un brin de jugeote pour le savoir, vu que son vélo, il était toujours à la gare.

Au lieu de continuer à traverser le village, là où la Rue rétrécit tout d'un coup entre le mur d'enceinte du jardin de Miss Seeton et la maison voisine, avant de s'élargir à nouveau pour devenir la route principale qui

mène à la côte, la voiture vira à droite vers Marsh Road, la seule autre sortie du village, à l'extrémité sud de Plummergen, décrivit un cercle et vint s'arrêter devant le cottage de Miss Seeton. Une manœuvre qui offrait une vue de premier choix aux villageois. La voiture était maintenant face au *George and Dragon* qui se trouvait de l'autre côté de la Rue, de sorte que le groupe qui se tenait devant l'auberge et la foule qui sortait de la salle des fêtes voyaient parfaitement ce qui se passait. Tout le monde se rapprochait, mine de rien, apparemment en pleine conversation mais attendant bouche bée d'assister au prochain épisode de la saga de Miss Seeton. Et ils en eurent pour leur argent : de la voiture descendit une vieille dame extraordinairement attifée, couverte de diamants et de fourrure, et coiffée de boucles d'un blanc-mauve invraisemblable. Elle était suivie d'un homme de haute taille, aux cheveux grisonnants. Mais ce serait-y pas c'te policier de Londres qu'était d'jà venu, même qu'il avait logé au *George* avec son enquêteur? Mais pourquoi qu'ils amenaient c'te vieille chouette avec ses bouchons de carafe?

Bob Ranger aida Delphick à sortir Haley de la voiture tandis que Miss Seeton les précédait sur le petit chemin qui menait à *Sweetbriars*, sa maison, souriant au passage à une ou deux personnes qu'elle connaissait et les saluant de la tête. Des sourires et des saluts qui firent de l'effet.

— Mais c'est elle!

— Mais non!

— Mais si, j'en suis sûr. C'est elle, et déguisée, pardessus le marché!

Pendant que Miss Seeton cherchait sa clé dans son sac, devant sa porte, quelques billets tombèrent. Elle se baissa aussitôt pour les ramasser. Mais la rumeur faisait déjà son chemin.

— Vous avez vu ces billets, hein?

— Son sac en est bourré!

— Sûr qu'elle a dévalisé une banque et qu'elle vient ici pour l' partage, en douce.

— Moi, j'ai toujours dit qu' la police, elle vaut pas mieux qu' les aut' gens.

Un sentiment de réprobation morale envahit les spectateurs — qui n'auraient pas droit à une part de butin —, s'amplifia et trouva son expression en la personne de deux dames du groupe sorti de la salle des fêtes, une petite rondelette et une grande mince, qui dévoraient la scène des yeux : quelle formidable matière première pour les cancans qui leur donnaient une si belle santé!

— Ah là, c'en est trop, susurra la rondelette Mrs. Blaine. C'est trop affreux. Comment ose-t-elle se montrer ici habillée de la sorte? C'est trop...

— ... répugnant, termina l'anguleuse Miss Nuttel.

— Et regarde, fit Mrs. Blaine en prenant le bras de sa compagne. Regarde-moi un peu ça! C'est trop... c'est trop...

C'était bien la première fois depuis des années que les mots leur faisaient défaut, tandis que Delphick et Bob aidaient le malheureux Haley, à moitié endormi et virtuellement privé de l'usage de ses jambes, à entrer dans le cottage.

— Pauvre garçon, il est malade! s'exclama une âme maternelle.

— Pensez voir! contredit un ouvrier agricole d'un certain âge, son teint rubicond colorant ses propos d'une certaine autorité. L'est bourré!

— Blessé, p't-être ben?

— Bourré, répéta la voix de l'autorité conférée par les ans.

— Poignardé, que j' dirais, moi.

— Drogué, plutôt, j' dirais.

— Noon, réaffirma la voix de l'autorité. C'est comme j' vous dis : l'est soûl comme une bourrique.

Et la porte de *Sweetbriars* se referma sur un village où l'on se délectait de discuter à perte de vue et d'échafauder les hypothèses les plus folles.

Le bar du *George and Dragon* était bondé, le lendemain, à l'heure du déjeuner, et Miss Seeton, bien qu'absente, tenait la vedette. Des discussions animées opposaient ses détracteurs à ses partisans, ces derniers se trouvant cependant dans la désagréable position de n'avoir guère d'arguments. Car c'était indiscutable : elle était bel et bien attifée de manière inconvenante, un de ses compagnons était soûl, ou éventuellement blessé, elle était arrivée sous escorte policière, et avec beaucoup trop d'argent en sa possession. Les faits étaient indéniables et ses plus fervents admirateurs même ne trouvaient pas d'explication convaincante, tandis que leurs opposants, qui ne se souciaient pas d'être plausibles, interprétaient les choses à leur guise.

La nouvelle de l'incident survenu devant le *Poisson rouge* avait fait l'objet d'un petit paragraphe dans les journaux du matin, sous un titre discret, mais on n'y mentionnait pas grand-chose, en dehors du nom de Miss Seeton — la police ignorait d'où provenait cette fuite — et du fait que deux hommes avaient été appréhendés, l'un d'eux se trouvant à l'hôpital. Les journalistes de la presse locale étaient là à écouter et à questionner les gens du village, leurs tentatives d'interviewer Miss Seeton ayant été déjouées par sa femme de ménage.

Il y avait parmi la foule deux personnes qui ne parlaient guère mais qui se pénétraient de l'ambiance et buvaient les propos qui s'échangeaient.

Mel Forby, du *Daily Negative*, était déjà venue à Plummergen ; elle avait réussi à pénétrer les arcanes d'une des précédentes aventures de Miss Seeton. Ini-

tialement reporter de mode, connue pour être une coriace, pour sa langue acerbe et son accent américain, elle avait maintenant sa page hebdomadaire et écrivait les scénarios et les « bulles » d'une bande dessinée sur la vie rurale, basée en gros sur le personnage de Miss Seeton et sur Plummergen. Influencée par l'admiration que l'ancienne professeur de dessin portait à l'intéressante ossature de son visage et à ses beaux yeux, Mel avait renoncé à se maquiller les yeux de manière outrancière, mis la pédale douce sur son agressivité, et l'accent s'était envolé du même coup.

Thrudd Banner était un correspondant étranger qui travaillait en free-lance. Il avait rencontré Miss Seeton en Suisse, avait suivi la dame et son histoire jusqu'à Paris, mais malheureusement raté le dénouement qui s'était joué à la douane, à l'arrivée en Angleterre. Il n'avait jamais réussi à trancher : Miss Seeton était-elle l'innocente victime d'un concours de circonstances, ou la plus grande menteuse qu'il eût jamais connue ? Il s'était souvent mordu les doigts d'avoir pu être assez bête et crédule pour l'avoir crue, pour avoir essayé de l'aider et de la protéger, jusqu'à ce que les événements ou les actes de la Miss semblent prouver qu'il avait eu tort. C'est ainsi qu'en Suisse il avait été amené, pour la première fois de sa vie, à tirer un coup de pistolet pour la défendre (il avait du reste raté sa cible). Le pistolet de Miss Seeton, dont le coup était parti tout seul, par accident, avait également raté la cible mais, son adversaire ayant trébuché et étant mort de sa chute, Thrudd avait eu l'impression qu'elle était un tireur d'élite. Présentement de retour au pays pour les vacances, il avait flairé la bonne histoire en lisant l'entrefilet sur l'affaire de la veille au soir et il repartait sur la trace de Miss Seeton. Remarquant la femme au bar, il redressa le dos, les épaules, et regarda encore une fois, les yeux écarquillés :

— Mon Dieu, mais c'est Mel Forby !

Mel se retourna lentement.

— Même ma mère n'a jamais manifesté pareil enthousiasme ! releva-t-elle avec un sourire désarmant. Mais c'est Thrudd ! De retour au pays ? Qu'a donc fait l'Angleterre pour mériter pareil déshonneur ? Se pourrait-il qu'à ton goût ça chauffe trop sur le continent ?

Thrudd, un instant désarçonné par le changement de physique, de manières et d'accent de Mel, se ressaisit vite :

— Non, Mel. Je suis juste venu te prodiguer les bienfaits de mon expérience et guider tes pas hésitants sur la voie de la communication authentique avec ton public — tes deux publics — et je serais même prêt à corriger tes fautes d'orthographe, si tu le désires.

Mel haussa les sourcils, prit son verre et poursuivit sa conversation avec un reporter du Kent. Thrudd continua à s'adresser à son dos :

— Je suis le premier à admettre que les femmes ont leur place dans le journalisme et le dernier à nier qu'elles ne savent pas laquelle.

Comme elle ne répondait pas, il poursuivit, le taquin :

— La meilleure réponse au silence, c'est pas de réponse. Et se retirer de la bataille, c'est vivre pour combattre un moindre adversaire la prochaine fois, dit-il avant de hausser le ton. Chère madame Dédain, vous m'entendez ? (Toujours pas de réaction.) C'est du gaspillage de munitions, constata-t-il à haute voix. Mais, évidemment, on ne peut guère s'attendre à ce qu'on apprécie le Barde, dans la rubrique féminine...

Mel se retourna en feignant une douce surprise.

— Je m'étonne que vous continuiez à parler, Signor Bannerdick, personne ne fait attention à vous.

Thrudd rit :

— Ça, ça mérite que je t'offre un verre et comme,

de toute évidence, nous sommes là pour la même raison, je pourrais même — éventuellement — te présenter à Miss Esse.

— Je prendrai un whisky et, en échange, il se pourrait — éventuellement — que je ne mette pas Miss S en garde contre toi.

— Tu la connais ?

— Mmm.

— Eh bien, installons-nous à une table tranquille, dans un coin, déposons les armes et dressons notre plan de campagne.

Martha Bloomer claqua la porte d'entrée de *Sweetbriars* et entra dans le séjour. Martha se voyait, avec quelque raison, dans le rôle privilégié de la domestique qui est depuis toujours dans la famille : elle avait fait le ménage de l'ancienne propriétaire de *Sweetbriars*, la vieille Mrs. Bannet, jusqu'à son décès, et continuait à le faire pour sa filleule et héritière, Miss Seeton.

— Voilà, annonça-t-elle. Espérons que c'est le dernier de c'te sale engeance de curieux ! Mais faut dire que c'est vot' faute, aussi : pensez, filer à Londres comme ça, jouer au casino et revenir habillée de la sorte, vous imaginez tout de même pas qu' les gens remarquent rien et cherchent pas à savoir...

— Je vous ai expliqué, Martha...

Miss Seeton l'avait fait plusieurs fois, en effet, mais Martha ne s'arrêterait pas en si bon chemin.

— Oui, je sais et j'ai rien contre la police, d'ordinaire. Quoique, avec ce qu'ils ont râlé rapport au phare de bicyclette de Stan, alors que le seul problème, c'est que la batterie, elle était à plat... Et si ça vous facilite la vie de pouvoir vous payer des machines à laver la vaisselle, des vélos et le reste, ben, j'ai rien à y redire mais, ce que je dis, c'est qu'elle devrait faire plus attention, la police, et vous aussi, sinon vous vous ferez tuer et, là, qu'est-ce que vous deviendrez, je vous le demande ?

Miss Seeton, qui n'avait aucune envie de faire des hypothèses sur son état futur, était lasse de la discussion.

— C'est juste de la malchance que ce soit arrivé le soir du Bal de la Moisson, autrement personne ne l'aurait su. De toute façon, ils auront vite oublié. C'est fini, classé. La police avait simplement besoin que je leur dessine le portrait d'un homme. Le commissaire divisionnaire n'a pas voulu que je le fasse hier soir, il a dit que nous étions tous fatigués et que nous avions bien besoin d'un petit café — noir, bien sûr, pour Mr. Haley. Alors il va falloir que je m'y mette bientôt parce que quelqu'un va venir chercher le dessin. Mais, vous ne devriez pas déjà être partie, Martha ? fit-elle en jetant un coup d'œil sur la pendule. Et le déjeuner de Stan ?

— J'y ai laissé un repas froid et j'y ai dit que je rentrerais pas avant l'heure du dîner. Il va aller chercher votre bicyclette à la gare en rentrant à la maison et il vous la ramènera après dîner, quand il viendra tondre la pelouse. Je vais pas vous laisser toute seule, sans personne pour ouvrir la porte et dire non à tous ces gens qu'arrêtent pas de passer. Et puis, ajouta Martha sur un ton redevenu indulgent puisqu'elle avait réduit les protestations de Miss Seeton à néant, je vous ai préparé un bon plat de viande hachée et de légumes, donc vot' déjeuner est prêt. Et vous pouvez le prendre ici, avec du *Welsh rabbit*[1] pour finir.

Son déjeuner expédié, Miss Seeton se mit au travail. Le visage aux allures de faucon, si clair dans sa mémoire, refusait de se laisser coucher sur papier sous la forme classique d'un portrait. Elle déchira plusieurs

1. Le *Welsh rabbit* ou *rarebit* est une sorte de toast tartiné au fromage fondu ou grillé. (*N.d.T.*)

esquisses et resta un moment songeuse. Puis sa main prit la tangente et se mit à tracer des lignes, libres et fortes, qui devinrent un oiseau perché au bord d'une falaise, une patte en l'air. La serre de cette patte lâchait des immeubles en feu d'où tombaient des gens. De son autre serre, l'oiseau de proie écrasait quatre personnages sur le rocher, deux hommes et deux femmes. Il y en avait trois étendus à plat, les bras en croix, mais le quatrième, une femme, juste retenue par la cheville, se débattait pour se dégager. Son visage, tourné vers le haut, présentait une ressemblance avec celui de Deirdre Kenharding. Derrière l'oiseau se trouvait un nid avec des œufs, et un petit bec commençait à émerger de l'un d'eux.

Miss Seeton contempla tristement sa caricature. Totalement imaginaire. Et, bien sûr, parfaitement inutile. Certes, l'oiseau ressemblait bien à Mr. Thatcher, elle le concédait volontiers, mais c'était à mille lieues de ce qu'il leur fallait. Ne pouvant malgré tout se résoudre à déchirer ce dessin, elle le mit de côté et fit une nouvelle tentative. Elle finit par réussir un portrait laborieux de Thatcher : correct, détaillé, mais sans aucune vie. Voilà. Eh bien, celui-là conviendrait. C'était le genre de chose qu'il leur fallait. Soulagée, elle rangea son matériel, glissa la caricature dans un carton à dessin qu'elle fourra dans un tiroir de son bureau. Puis elle mit le portrait sous une grande enveloppe, en prévision de l'arrivée de celui qui viendrait chercher le dessin.

Un coup frappé à la porte annonça une autre visite. Elle était déjà presque debout quand elle se souvint que Martha était restée et qu'elle s'occuperait d'éconduire les intrus.

La silhouette de Martha s'inscrivit dans l'encadrement de la porte :

— C'est une jeune dame, qui veut pas donner son

nom. Comme quoi que ça vous dirait rien, mais paraît que vous la connaissez. J'y ai dit non, mais elle s'obstine, elle dit qu'il faut absolument qu'elle vous voie.

C'est alors que Deirdre Kenharding fit son entrée, écartant Martha sur son chemin.

— Je vous en prie, Miss Seeton, j'ignorais qui vous étiez, hier soir, mais c'est important, vraiment. Il faut que je vous parle, s'il vous plaît !

Elle n'avait plus l'arrogance de la femme sophistiquée dont elle avait joué le rôle, la veille. C'était juste une très jolie fille, superbe quand elle souriait, visiblement dans l'ennui et suppliante.

— Ça va, Martha, dit Miss Seeton.

Elle se tourna alors vers sa visiteuse.

— Avez-vous déjà déjeuné, voulez-vous du café ?

— Non, rien, merci. C'est juste à propos d'hier soir. Il faut que je vous parle.

— Asseyez-vous, je vous en prie. Je...

Elle s'interrompit brusquement au son d'un autre coup frappé à la porte.

On entendit une vive discussion, puis Martha reparut :

— Une dame et un monsieur, qui disent que vous les connaissez. Même que c'est le cas pour elle, vu que c'est cette Miss Forby du journal, qui est déjà venue. Et lui, il dit qu'il vous connaît de l'étranger, guère probable à ce qui m' paraît, rapport à ce qu'il cause pas comme un étranger, plutôt Anglais, j' dirais, mais il dit qu'il est sûr qu' vous voulez les voir.

— Mais bien sûr, qu'elle veut bien, n'est-ce pas, Miss S ? lança gaiement Mel en entrant, suivie de Thrudd Banner. Votre dragon, fit-elle avec un petit sourire à l'adresse de Martha, était bien décidée à...

Elle s'interrompit en voyant la jeune fille.

— Oh ! je suis navrée, nous ne savions pas que vous aviez déjà de la visite.

Et l'Honorable Deirdre, par-dessus le marché, pensa Mel. Décidément, Miss S connaissait beaucoup de monde !

— Eh bien, ajouta-t-elle en se baissant pour déposer un petit baiser sur la joue de Miss Seeton, qu'êtes-vous donc allée inventer, cette fois-ci ? Ah, ça fait plaisir de vous revoir ! Il y a trop longtemps, mais vous habitez si loin ! remarqua-t-elle, consciente d'une certaine tension dans la pièce, et tentant d'alléger l'atmosphère. Et si j'allais nous faire un peu de café, non ? Le breuvage qui passe pour du café au *George* est dégoûtant, et je saurai m'y retrouver à la cuisine.

— Je m'en occupe, déclara Martha qui repartit.

Miss Seeton s'était levée. Mon Dieu... C'était plutôt gênant. Si seulement... Et puis, elle ne savait pas trop comment s'y prendre pour les présentations. Bien sûr, on présente d'abord les plus jeunes aux plus âgés, sauf avec les hommes où là, naturellement, c'est le contraire. A cause du sexe. De la différence de sexe. Mais elle ne savait même pas le nom de famille de la jeune fille et ce serait très incorrect de l'appeler Deirdre alors qu'elle la connaissait si peu. Non, ça ne se fait pas, conclut-elle.

— Deirdre, dit-elle, puis-je vous présenter Miss Forby et Mr. Banner ?

Tout le monde s'assit et il y eut un silence gêné. Histoire de briser la glace, Thrudd demanda à Miss Seeton d'un ton enjoué :

— Vous avez beaucoup tiré au pistolet, ces derniers temps ?

Seul le silence fut brisé. Mel et Thrudd refirent une tentative :

— Miss S...

— Miss Esse...

Ils s'interrompirent.

— Tu sais, releva Thrudd, à entendre comme tu

prononces ça, je dirais que tu ne l'écris pas de la même façon que moi.

— Tu sais, rétorqua Mel, à entendre ta prononciation, je dirais que tu répètes une erreur de l'ordinateur du Yard. Au moins, ma prononciation, elle est d'origine, la tienne n'est qu'une copie.

Pour la troisième fois, la conversation retomba, si bien que ce fut presque un plaisir d'entendre une voiture se garer devant la maison et un nouveau coup frappé à la porte.

— Mr. Delphick, annonça Martha.

Miss Seeton se leva, soulagée. Mel et Thrudd eurent la même expression radieuse qui voulait dire : « Là, on est tombés sur un sacré coup ! », tandis que Deirdre Kenharding se faisait toute petite dans son fauteuil. Deirdre commençait à se rendre compte qu'elle avait été complètement idiote. Ayant conclu à la lecture des journaux du matin que c'était Miss Seeton qu'elle avait dû rencontrer la veille, elle avait impulsivement décidé de venir la voir pour lui demander de l'aide. Elle avait eu beau essayer de soutirer des informations au barman, elle avait échoué et, ne sachant plus à quel saint se vouer, sa rencontre avec la vieille dame lui était apparue comme une invitation du Destin qu'il ne fallait pas ignorer. Le *Daily Negative* avait étoffé son article avec un bref résumé des exploits de Miss Seeton, mentionnant le nom du village qu'elle habitait. Ayant trouvé Plummergen sur la carte, la jeune fille était partie en voiture, avait déjeuné tôt, en route, et n'avait plus eu en arrivant au village qu'à demander le chemin de *Sweetbriars* à la poste qui faisait aussi office d'épicerie.

Depuis qu'elle avait lu que Miss Seeton était appointée comme artiste par Scotland Yard, bien que n'étant pas membre de la police, et même si les journaux avaient tendance à en rajouter sur ses talents de

détective, Deirdre avait le sentiment que Miss Seeton pourrait peut-être l'aider à titre privé, agir de manière confidentielle tout en bénéficiant de l'aval d'une autorité à laquelle on pourrait faire appel, au besoin. Absorbée par ses ennuis, elle n'avait pas pensé que la police serait encore très présente, après l'incident survenu devant le casino, et qu'inévitablement la presse serait là aussi. Voilà comment elle se retrouvait en compagnie des gens qu'elle fuyait le plus. Cependant, maintenant que les dégâts étaient faits, la seule voie qui s'offrait à elle, c'était d'exprimer un intérêt naturel pour le bien-être de Miss Seeton (quoique, cent vingt kilomètres, c'est plutôt long, comme distance, pour venir s'enquérir de la santé de quelqu'un !), et d'essayer de rester après le départ des autres visiteurs.

Delphick sentit la tension qui régnait dans la pièce. Il avait espéré voir Miss Seeton seul à seule, et c'était inhabituel qu'elle reçût ainsi. Elle avait l'air complètement dépassée par les événements, ce qui n'avait rien d'anormal chez elle. Mais voir Mel Forby désemparée, voilà qui n'était pas banal. Quant aux deux autres, il ne les connaissait pas.

Martha arriva avec un plateau.

— J'ai aussi apporté des biscuits, vu que ça tourne carrément à la réception, dit-elle, et elle posa le plateau sur une table basse, près du feu, poussa un siège vers Delphick, jeta un regard désapprobateur sur les autres visiteurs, renifla et sortit.

Voyant que Miss Seeton ne savait que faire, ce fut Mel qui se chargea des présentations. Thrudd ne retint pas l'attention de Delphick : ce n'était guère qu'un journaleux de plus, il fallait s'y attendre. Mais Kenharding... Ainsi, c'était la fille que Haley avait mentionnée dans son rapport, une fois dessoûlé. Difficile de croire que sa présence ici aujourd'hui fût une simple coïncidence, ce serait prêter un formidable don

d'ubiquité au hasard. Delphick décida de faire comme si les autres n'étaient pas là : ça ne pouvait pas causer de tort en l'état actuel de la situation, il en sortirait peut-être même quelque chose. Il regarda l'hôtesse avec un sourire encourageant.

— Vous avez fait votre petit travail ?

— Mais oui, monsieur le divisionnaire.

Elle alla à son bureau, y prit l'enveloppe, qu'elle lui tendit.

— Prendrez-vous du café ?

— Non merci. J'ai déjeuné avant de venir.

Il sortit le dessin de l'enveloppe et l'examina : c'était ce que Borden avait demandé, mais... Il était déçu. S'il était venu à Plummergen en personne, c'est parce qu'il s'était vaguement attendu à autre chose, à quelque chose de plus... disons, de plus révélateur. Il la regarda calmement.

— C'est le seul que vous ayez fait ?

La rougeur révélatrice qui lui empourpra le visage la trahit.

— Oh, non ! Je m'y suis reprise à plusieurs fois, mais celui-ci était le meilleur.

— Et les autres ? fit-il, tendant la main.

— Je... je les ai déchirés. Voyez-vous, ils n'étaient pas bons.

— Tous ?

La rougeur du visage de Miss Seeton s'accentua et le sourire de Delphick s'élargit :

— Allons !

A contrecœur, Miss Seeton alla au tiroir, en tira le carton à dessin, y prit la caricature et la lui donna. Delphick jubilait : il avait eu raison. Raison aussi de venir en personne. Sinon, jamais elle n'aurait osé avouer qu'elle avait fait ce croquis, et au grand jamais elle ne l'aurait montré. Il l'examina soigneusement : le dessin en disait long, pour qui était un peu au courant de

l'affaire. Et le visage de la fille, releva-t-il en lançant un bref regard vers Deirdre Kenharding... Ce n'était pas vraiment un portrait, mais il y avait de la ressemblance. Un groupe de deux hommes et deux femmes : tiens, il faudrait vérifier du côté de la famille Kenharding. L'étrange mélange d'intuition et d'observation qui sortait inconsciemment du crayon de Miss Seeton lorsque sa main prenait le pas sur sa tête avait, semble-t-il, de nouveau fonctionné. Le bâtiment en flammes avec les gens qui tombaient devait correspondre à ceux qui avaient tenté de résister au syndicat. Le nid plein d'œufs, dont un éclosait, ça pouvait représenter l'extension de l'opération. Tout cela, ils le savaient au Yard, mais Miss Seeton n'en avait pas la moindre notion. Ce qui l'intéressait, lui, c'était les quatre personnes prises sous les serres de l'aigle... ou du faucon ? L'ornithologie n'était pas son fort. Il y avait là une piste, il le sentait. Pas la peine d'interroger Miss Seeton, il doutait qu'elle en eût la moindre idée. Elle dirait sûrement que ça lui était venu comme ça, ou qu'elle l'avait senti de la sorte, elle ne savait pourquoi. Borden pourrait se servir de l'autre dessin à des fins d'identification ou, mieux encore, de cette tête d'oiseau, s'il avait pour trois sous de jugeote. Mais Delphick, quant à lui, pressentait que c'était la caricature qui pourrait peut-être l'aider. La fille, la seule du groupe dont on vît le visage, semblait tenter de fuir. Il posa un regard songeur sur Deirdre Kenharding qui l'évita. Kenharding... Il en parlerait à Borden.

Mel Forby le ramena au présent :

— Eh bien, l'Oracle, y aurait-il quelque chose dans cette esquisse pour de pauvres plumitifs comme nous ?

Delphick mit la caricature dans l'enveloppe avec l'autre dessin.

— Je crains que non, Mel. De toute façon, j'imagine que vous en savez aussi long que nous. Un offi-

cier de police a subi une attaque devant le *Poisson rouge*, hier soir, et Miss Seeton, qui est venue à son secours, s'est ainsi trouvée mêlée par hasard à cette histoire. Nous avons donc jugé bon de la ramener à la maison car elle aurait difficilement pu attraper le dernier train. Les deux malfrats concernés sont incarcérés et nous espérons que l'affaire s'arrêtera là.

— Vous espérez? lança Thrudd, provocateur. Eh bien, en tant qu'ancien compagnon d'armes de Miss Esse, moi qui me suis battu à ses côtés dans la vieille ville de Genève, je dirais que c'est généralement là où elle se trouve que ça risque de barder. Alors, moi, je reste dans le coin.

D'après son expérience, les commissaires divisionnaires du Yard n'avaient pas pour habitude d'écumer la campagne sans bonne raison. Il se tramait quelque chose, et ça ne tarderait pas à chauffer.

Même aux yeux de Mel, qui possédait l'avantage de savoir que Delphick se sentait affectueusement responsable de l'ex-professeur de dessin, c'était un rien extravagant qu'il fît lui-même ses commissions. Et puis il y avait l'Honorable Deirdre... qui n'avait pipé mot, en dehors des inévitables « comment allez-vous ? », mais qui semblait bien décidée à attendre que tout le monde fût parti. Elle n'était pas du coin et, en tant que journaliste chargée du carnet mondain, Mel savait que le vieux Kenharding siégeait au conseil d'administration du *Poisson rouge* et que Derrick, le petit frère, qui s'employait activement à se faire une mauvaise réputation, avait rué dans les brancards et courait manifestement droit au déraillage complet. Oui, c'était l'angle Kenharding de l'histoire qui l'intéressait.

Delphick mit fin à la petite réunion en remerciant Miss Seeton : il fallait qu'il reparte, on lui ferait savoir ultérieurement si l'on avait besoin de son témoignage, au cas où les malfrats décideraient de plaider non coupables, et l'inspecteur principal Borden l'appellerait,

ou enverrait Haley, s'il y avait du nouveau ou des questions concernant les dessins.

— Vous ne voulez pas que je jette un œil semi-professionnel sur ces dessins, non? proposa Mel.

— Non merci, fit Delphick en riant. Ils sont strictement réservés aux professionnels, pas de demi-mesure quant à ça! Je suggérerais cependant, reprit-il en désignant discrètement Deirdre du regard, que si vous tenez vraiment à aider, vous deux, vous pourriez profiter de vos notes de frais pour revenir ce soir inviter Miss Seeton à dîner et lui éviter de faire la cuisine.

Miss Seeton ne pouvait rien révéler aux journalistes que ceux-ci ne sachent déjà ou ne puissent déduire, songea-t-il, sauf le nom « Herrington-Casey ». Mais là, elle ne risquait pas de se faire piéger à le leur dire, sachant que c'était confidentiel. Sans compter qu'un interviewer habile pourrait aussi bien l'obtenir en tirant les vers du nez d'un employé du casino, et le *Poisson rouge* même pourrait décider d'une fuite. Fuite...? Tiens, mais la fuite du nom de Miss Seeton serait-elle venue de là? Cela signifierait qu'ils l'auraient déjà démasquée au cours de la soirée, ce qui le confirmait dans sa conviction que l'agression avait été organisée de l'intérieur. S'attaqueraient-ils de nouveau à elle? Si Thatcher avait subodoré la ruse du portrait, il devait savoir qu'il avait échoué, que c'était trop tard. Delphick se souvint de la fois où le cottage de Miss Seeton avait été mis à sac alors que la police avait décidé que tout danger était écarté. Et puis, il restait l'angle Kenharding de l'histoire...

— Vous n'avez pas de système de sécurité, ici, non? s'enquit-il, précisant devant l'air d'incompréhension de Miss Seeton : Un système d'alarme contre les voleurs.

— Juste ciel, non! Il n'y a rien à voler, ici.

— Grave erreur de votre part, protesta-t-il. Vous devriez savoir que le chef de la police du Kent a lancé une campagne pour encourager les propriétaires à en installer chez eux, de façon à alléger la charge de travail des pauvres policiers que nous sommes. Je vais m'en occuper.

— Mais c'est très coûteux, non ?

— Ne vous inquiétez pas, on vous l'offre, pour notre propre tranquillité d'esprit.

Avec tout ce qu'elle avait ramassé la veille, on n'aurait pas de mal à couvrir les frais de l'installation, même si on partageait la somme avec elle — ce qu'il espérait. Mel et Thrudd échangèrent un regard. Ainsi, l'Oracle s'attendait à d'autres ennuis... Delphick salua Deirdre de la tête, adressa un petit signe d'adieu aux autres et partit satisfait. Il n'avait pas fait ce long trajet en vain.

Mel et Thrudd partis, en ignorant les protestations de Miss Seeton qui ne voulait pas entendre parler d'une invitation à dîner, la maîtresse de céans se tourna vers sa dernière visiteuse. Elle se rendait compte que Deirdre n'était guère plus qu'une gamine, en dépit de ses vêtements et de ses manières. Elle lui demanda vivement :

— Voyons, vous feriez mieux de me dire ce qui vous amène à vouloir me parler.

Deirdre ouvrit les mains et ses doigts se mirent à gigoter, prélude à la parole.

— Je... Vous pourriez m'aider. Mais, ajouta-t-elle aussitôt, vous devez me promettre de n'en parler à personne.

— Ma chère, je ne peux absolument pas vous le promettre sans savoir de quoi il s'agit. Si c'est quelque chose en rapport avec hier soir et que la police devrait savoir, naturellement, je devrai leur en parler. Ce serait mal et stupide de ne pas le faire. Vous verrez, si besoin

est, que le commissaire divisionnaire est un homme très gentil et compréhensif. Et discret, en plus.

Les doigts, un instant restés tranquilles, décidèrent de plonger.

— Je ne sais pas si vous connaissez ma famille ?

Miss Seeton parut étonnée :

— Non, je crains que non.

Mel l'avait appelée « l'Honorable Deirdre Kenharding », son père devait donc être un lord. N'est-ce pas les filles de ducs qu'on appelle « lady », et celles des comtes et vicomtes qu'on qualifie d'« Honorable » ? Ou bien est-ce l'inverse ? Elle n'était guère versée en la matière mais, de toute façon, elle ne savait rien des Kenharding.

— Père a eu un accident la semaine dernière... fit Deirdre, qui, une fois lancée, prit confiance, soulagée de parler. Ses freins ont lâché dans une descente, près de chez nous. Heureusement, ça n'a pas été trop grave, à part un bras cassé et des contusions. Mais, ajouta-t-elle en regardant Miss Seeton dans les yeux, ce n'était pas un accident.

Pas un...

— Comment le savez-vous ?

— Le câble de freinage avait été sectionné par en dessous. C'est le garagiste qui me l'a dit.

— Pourquoi ? demanda Miss Seeton de but en blanc.

— Pourquoi ? Parce que je le lui ai demandé.

— Pourquoi ?

— Je...

Deirdre était désarçonnée. Elle n'avait vu Miss Seeton qu'hors de son élément et n'était guère préparée à subir un interrogatoire en règle, mené par une maîtresse d'école expérimentée.

— Bien, je... euh, je savais qu'il y avait quelque chose de louche là-dessous.

— Je comprends bien ça, ma chère, mais pourquoi ?

Deirdre eut un petit rire bref.

— Si vous aviez été chez nous le week-end dernier, vous comprendriez. Père n'était pas à prendre avec des pincettes et, quand j'ai parlé de la voiture et de l'accident et que j'ai dit que j'allais jeter un coup d'œil chez le garagiste, il a explosé, en me disant de m'occuper de mes oignons et de ne pas me mêler de ça.

— Mais vous y êtes allée quand même, constata Miss Seeton.

La fille esquissa un demi-sourire.

— Eh bien, évidemment. Vous ne l'auriez pas fait, vous ? J'ai essayé de parler à maman, mais c'était sans espoir. Elle a noyé le poisson, en disant que Père savait ce qui était pour le mieux.

Elle se pencha vers Miss Seeton pour lui confier :

— Ils ont... ils ont peur. Il faut bien que quelqu'un fasse quelque chose.

« Ça, c'est bien les jeunes ! songea Miss Seeton. Ils se sentent responsables, prêts à endosser les problèmes de leurs aînés, sans même savoir s'ils sont graves. Quoique... ce n'est pas ça qui les arrêterait, de toute façon. »

— Vous ne croyez pas, suggéra-t-elle, que l'attitude de votre père était peut-être simplement due à ce qu'il a pris pour une critique voilée de ses talents de conducteur ? Les hommes sont très chatouilleux là-dessus, vous savez. Du reste, je ne dis pas que ça avait le moindre rapport avec sa conduite, se hâta-t-elle d'ajouter en voyant l'expression de la jeune fille. Si le garagiste dit que ce truc a été coupé, c'est évidemment le cas. Mais votre père le sait-il ?

— Oui, on le lui avait dit et le garagiste lui a conseillé de porter plainte, mais, apparemment, Père a

sauté en l'air en décrétant que ça ne tenait pas debout et que si le câble avait vraiment été sectionné, c'est lui qui devait l'avoir fait par erreur en bricolant la voiture. Sauf que, reprit Deirdre d'un ton dépité, il ne bricole pas les voitures, il n'est pas assez fou pour s'y risquer. Il ne connaît rien aux autos, à part conduire, et à la moindre petite chose qui cloche, la sienne va directement chez le garagiste.

Mais qu'est-ce que tout cela avait à voir avec la veille ? s'interrogeait Miss Seeton. Elle ne voulait pas poser la question de but en blanc, craignant de paraître ne pas éprouver de commisération pour la jeune fille.

— Mais qu'est-ce que tout cela a à voir avec la nuit dernière ? s'enquit-elle malgré tout.

La jeune fille était décontenancée.

— Ah ! je croyais que vous étiez au courant. Père est l'un des membres fondateurs du conseil d'administration du *Poisson rouge*.

Voilà qui expliquait tout...

— Je me souviens en effet que Mr. Thatcher a demandé des nouvelles de votre père et lui a adressé son bon souvenir.

— Des menaces, vous voulez dire, rétorqua Deirdre.

Pas vraiment. C'était trop mélodramatique, exprimé de la sorte, se dit Miss Seeton. C'est vrai qu'elle n'avait guère apprécié les manières de Mr. Thatcher. Mais de là à parler de menaces ? Le souvenir de la caricature qu'elle avait faite lui revint, contredisant cette pensée. Mais ce dessin, c'était le pur fruit de son imagination, ça n'avait pas de rapport avec la réalité. Quoique, il fallait bien reconnaître qu'il montrait... Oh, Seigneur ! Que tout ça était compliqué ! Si seulement Deirdre était allée trouver la police ! Bien que, là aussi, cela posât des problèmes. Si son père insistait pour se

dire responsable, on voyait mal ce que pourrait faire la police, quoi qu'en disent le garagiste ou Deirdre. On ne pouvait pas non plus conseiller à la jeune fille d'agir contre le désir de ses parents, non ? En tout cas, pas sans en savoir bien plus long sur les circonstances. Il était difficile de croire que Mr. Thatcher, un homme qu'elle avait vu de ses propres yeux, eût pu faire pareille chose... Mais, d'un autre côté, il était clair que la police, elle, le croyait — quelle que fût la « chose » en question. Miss Seeton soupira : elle se retrouvait une fois de plus hors de son élément et ses pensées tournaient en rond comme un écureuil en cage. Ah, si le commissaire divisionnaire était là ! Tout cela finissait par vous embrouiller complètement.

— Tout cela finit par vous embrouiller complètement, constata Miss Seeton en écho à ses pensées.

Deirdre réprima un sourire. Elle avait observé Miss Seeton la veille au soir, couverte de ces horribles peintures de guerre, jouant de fortes sommes avec une souveraine indifférence et ne cillant même pas quand Thatcher lui avait pratiquement dit, la jeune fille le comprenait maintenant, qu'il savait que son personnage était bidon. Le fait que Haley et elle aient subi une attaque peu après ne semblait pas l'inquiéter et elle n'avait pas eu l'intention de donner le deuxième dessin au commissaire divisionnaire qui avait, lui, deviné et insisté. Sans doute y avait-elle couché quelques notes personnelles. Elle devait être un fameux détective, à en croire la presse ; les deux journalistes qui l'emmenaient dîner ce soir le pensaient manifestement et espéraient bien tirer quelque chose d'elle — compte là-dessus et bois de l'eau fraîche ! Et maintenant, pour couronner le tout, la voilà qui faisait semblant d'être tout embrouillée...

— On ne croirait jamais que vous êtes détective, remarqua Deirdre.

— Et on aurait raison, répliqua sèchement Miss

Seeton. En dehors des sortes de portraits-robots que je dessine quand on ne peut pas prendre de photos pour une raison ou pour une autre, je ne connais rien au travail de police. Ce serait tout à fait hors de propos.

On pouvait difficilement blâmer Deirdre Kenharding de son erreur. Il y en avait même au sein de la police, dont Haley, qui tenaient absolument à voir en Miss Seeton un fin limier, peut-être parce que ce fantasme nourrissait un désir de romanesque que leur vie ne satisfaisait pas. Quant aux journalistes, on pouvait excuser leurs panégyriques dans la mesure où ils gagnent leur vie à satisfaire le désir de romanesque de leurs lecteurs.

La jeune fille tripotait le fermoir de son sac.

— Je ne connais pas les honoraires en vigueur pour une enquête, mais j'ai gagné suffisamment d'argent hier soir... fit-elle en tendant une main pleine de billets.

Indifférente à l'argent, la dame de céans prit ombrage.

— Voilà qui est tout à fait déplacé. Si je pouvais vous être utile en quoi que ce soit, naturellement, je le ferais, ajouta-t-elle, s'amadouant. Je comprends votre réticence à aller trouver la police. Ils agissent principalement sur la base de ce que les gens leur disent, à ce que je sais, et bien sûr ils ne peuvent rien faire quand on ne leur dit rien. Mais que vous alliez vous figurer que moi... s'exclama-t-elle, le front plissé par la perplexité... ça, je n'arrive pas à me l'imaginer !

Peut-être est-ce là l'explication du paradoxe qui caractérise la vie de Miss Seeton : elle prend les choses au premier degré, personne ne le conteste, mais nul ne sait où commencent et où finissent les bornes de son imagination. Les avis diffèrent à son sujet : la directrice de la petite école de Hampstead où Miss Seeton a enseigné pendant de nombreuses années estime qu'une seule bonne intention de la professeur de dessin suffisait à engendrer plus de chaos que les enfants ne pou-

vaient inventer d'espiègleries en un an. Aux yeux de sir Hubert Everleigh, en revanche, Miss Seeton serait plus victime que cause d'ennuis. Et c'est pour cela que, conscient du risque qu'elle court dans chaque affaire pour laquelle on lui demande de faire un dessin, il a voulu régulariser sa situation en lui payant des émoluments annuels, en échange de la possibilité de recourir à ses services. Quant à Miss Seeton, elle n'a que faire des arguments spécieux. Elle a, au fil des ans, et en dépit des apparences du contraire, acquis la faculté de voir sa vie telle qu'elle préférerait qu'elle fût : tranquille et sans histoires.

Deirdre était bien décidée à bousculer cette tranquillité chimérique. Mais son intuition lui dicta une autre stratégie : d'instinct, ses mains se tendirent, paumes ouvertes et doigts écartés, en signe de supplication impuissante.

— Je ne sais pas quoi faire.

— Vous ne pourriez pas... ?

Pas quoi ?... Miss Seeton était tout aussi désemparée.

Deirdre profita de l'avantage qu'elle venait de prendre :

— Voyez-vous, j'ai besoin d'être conseillée par une personne indépendante. Je risquerais d'imaginer des choses — je sais que ce n'est pas le cas, mais il y a un risque. Père est très nerveux depuis que Thatcher a pris le contrôle du *Poisson rouge*. Sauf que, fit-elle en se levant avec un mouvement d'impatience pour remettre sa tasse à café sur le plateau, on n'a pas parlé de prise de contrôle, bien entendu, mais « d'apport d'argent frais et d'idées neuves ». N'empêche que ça avait quelque chose de louche, je le sais. Thatcher est venu voir Père et ils se sont disputés dans le bureau, après dîner. Je n'ai pas pu entendre de quoi ils parlaient. Maman m'a reproché d'écouter aux portes mais, cela dit, ajouta-t-elle avec un petit rire amusé, que faisait-elle

dans le hall, elle ? Enfin, tout ça s'est calmé jusqu'à l'histoire de Derrick.

— Derrick ? s'enquit Miss Seeton, fatiguée mais qui tentait vaillamment de suivre le fil du récit.

— Excusez-moi. J'oublie toujours que vous ne connaissez pas la famille. Tout le monde s'est montré si incroyablement... gentil, lança-t-elle d'un ton cinglant, les gens appelant pour dire qu'ils étaient navrés, en fait pour montrer qu'ils savaient, qu'ils avaient lu toute l'histoire dans les journaux. Si bien qu'on finit par avoir la sensation que le monde entier est au courant. Derrick — mon frère — se trouvait à une soirée quand il y a eu une descente de police, et il s'est retrouvé au tribunal de Bow Street pour avoir pris de la drogue. J'estime qu'il a eu de la chance de s'en tirer avec juste une amende, releva-t-elle en retournant se percher sur l'accoudoir de son fauteuil. Je savais qu'il était allé à Londres voir Thatcher quelques semaines plus tôt, dans l'espoir de se trouver du travail dans un des clubs, parce qu'il n'avait pu s'empêcher de s'en vanter. Père a explosé, il a exigé que Derrick lui rende sa clé, disant que s'il voulait habiter sous son toit, il faudrait qu'il soit rentré avant onze heures du soir, heure à laquelle on boucle tout, et qu'il ne tolérerait pas que sa maison serve de crèche commode à un petit dégénéré — bref, il l'a gratifié de toutes sortes de noms d'oiseaux.

— Et votre frère habite toujours chez vous ?

— Plus ou moins, je suppose, quand il n'est pas chez ses soi-disant amis, à Londres, dit-elle en haussant les épaules. Mais il s'arrange toujours pour rentrer en douce à n'importe quelle heure et se pointe pour le petit déjeuner en jurant qu'il est rentré tôt, la veille au soir, mais qu'il est monté directement dans sa chambre pour ne déranger personne. Un jour, je l'ai traité de menteur et il m'a avoué qu'il escalade le mur et qu'il passe par une fenêtre.

Tout cela était fort regrettable, certes, mais n'avait rien de si inhabituel.

— Après tout, fit Miss Seeton, les jeunes gens...

— Allons bon, ne vous y mettez pas, vous aussi ! s'exclama Deirdre en riant. Maman a essayé de le défendre en disant qu'un jeune homme doit jeter sa gourme, c'est normal, à quoi Père a répliqué que les gamins de dix-sept ans ne sont pas des hommes et qu'ils n'ont rien à jeter. Oh, je suis d'accord que ça pourrait n'être que ça, des frasques et des bêtises — s'il n'y avait pas Thatcher, déplora-t-elle avec une grimace. Pour rien au monde je ne lui ferais confiance. Il est venu à la maison le dimanche suivant l'histoire de la drogue, et Père et lui ont eu une véritable prise de bec. Cette fois-là, avoua Deirdre, j'ai réussi à entendre une partie de la discussion parce que Père criait si fort : Thatcher était responsable du fait que Derrick se droguait et il était en train de faire du *Poisson rouge* une boîte à mi-chemin entre le bordel et la fumerie d'opium. Je n'ai pas pu entendre ce que répondait Thatcher mais, dit-elle en plissant le front pour se souvenir, Père n'a fait aucune allusion à leur conversation. Ensuite, ça a été l'accident et maintenant, comme je vous ai dit, je suis sûre que mon père a peur. Je suis allée au *Poisson rouge* pour voir si je pouvais glaner des renseignements mais le barman ne m'a été d'aucun secours et... eh bien, c'est tout, conclut-elle. Sauf que, ajouta-t-elle avec satisfaction, Thatcher n'était vraiment pas content de me voir là.

Une chose n'était pas claire aux yeux de Miss Seeton :

— Mr. Thatcher est-il un ami de la famille ?

— Seigneur, non ! On n'avait jamais entendu parler de lui avant les ennuis du *Poisson rouge*.

— Vous ne croyez pas que votre frère va peut-être s'assagir, maintenant qu'il a eu sa leçon ? suggéra Miss

Seeton. Il y a tant de jeunes qui font des bêtises par goût de l'expérimentation, et qui laissent ça derrière eux, ensuite.

— On peut toujours espérer ! Mais vous ne connaissez pas Derrick, répliqua Deirdre, sentant que c'était le moment de jouer son va-tout. C'est ça, le problème. Si vous pouviez venir à la maison, le week-end prochain... Derrick sera là, c'est sûr. Vous pourriez voir la famille et vous faire votre idée. Si vous concluez que tout va bien et que j'ai tort, alors je suis d'accord pour aller voir un psychiatre, conclut-elle en prenant son sac et en se levant.

Passer un week-end dans une maison étrangère, avec de parfaits inconnus ? C'était tout à fait hors de question. Mais comment le dire avec tact ?

— Je crains que ce ne soit tout à fait hors de question, déclara Miss Seeton.

— Pourquoi ? demanda Deirdre — c'était son tour de poser les questions.

Pourquoi ? Parce que... Bon, ça se passait d'explication, non ? Parce que... Soudain, elle trouva une parfaite excuse :

— Parce que c'est parfaitement impossible de m'imposer ainsi à vos parents, et tout aussi impossible de le justifier.

Elle était déçue de constater que son excuse était loin d'être parfaite, elle paraissait même plutôt faible, une fois dite à haute voix.

— Facile ! s'écria Deirdre, balayant l'objection. Vous avez été mon professeur de dessin à l'école.

— Mais non !

— Mais bien sûr que si, insista Deirdre, s'enflammant. Vous ne vous souvenez pas ? Vous êtes venue comme remplaçante de la vieille Rattles qui était toujours malade. Voyons, comment avez-vous pu l'oublier ! lança-t-elle, le regard vif et le sourire aussi

étincelant qu'un soleil qui illumine un beau paysage. Bon, voilà qui est réglé.

— Non...

— Si. Je viendrai vous chercher samedi après-midi. Oh, au fait, dit-elle en s'efforçant de prendre un ton superbement détaché, si vous voyez Tom Haley, faites-lui mes excuses, s'il vous plaît. Je crains d'avoir été bien impolie, hier soir, parce que je n'avais pas compris qu'il jouait un rôle, lui aussi.

On vint chercher Tom Haley quand Delphick arriva au Yard pour montrer les dessins de Miss Seeton à Borden.

— C'est lui, monsieur, confirma Haley en désignant la caricature. C'est son portrait craché.

L'inspecteur principal Borden était sceptique :

— Je ne me vois pas faisant faire des copies d'un bon Dieu d'oiseau et demandant qu'on en tire un portrait-robot. Si jamais ça vient jusqu'au tribunal, on en ressortira sous les rires et les quolibets. Et cet autre, là ?

— Euh, oui, monsieur, commenta Haley sans grand enthousiasme. Ça lui ressemble, c'est vrai, mais pas comme celui-ci, dit-il en hochant la tête. Le premier, c'est vraiment lui.

— Pourquoi ne pas mettre un cache sur le reste du dessin, suggéra Delphick, et ne reproduire que la tête ?

— Eventuellement, oui, l'Oracle. Bon, on va faire comme ça, conclut Borden en remettant le second dessin dans l'enveloppe. Et on l'essayera sur le personnel de Kenharding Abbey et dans le village. Pour voir s'ils reconnaissent Thatcher.

Remarquant que Haley se penchait en avant, l'air intéressé, il ajouta :

— Bon, c'est un boulot pour vous. Ce sera mieux qu'un gars de la police du coin qui ne l'a peut-être

jamais vu. Mais, avertit-il, pas question de vous pinter, là-bas ! Pas d'histoire de gin et de roteux, en essayant de me faire gober ensuite que c'était pour mieux cuisiner les femmes de chambre ou tirer les vers du nez aux gens du cru. Prenez ça, dit-il en tendant la caricature à Haley, faites mettre un cache, faites faire des copies, prenez-en deux et partez demain.

— Demain, je ne peux pas, monsieur. Je dois être au tribunal demain matin et après-demain.

— Zut alors !

L'inspecteur principal consulta le calendrier posé sur son bureau.

— Eh bien, allez-y vendredi, ou non, mieux encore, samedi. Plus naturel. Un jeune homme seul qui passe un week-end à la campagne. Mais qui ne *dépasse* pas les limites de son budget, attention ! lança-t-il alors que Haley arrivait à la porte.

— Bien, monsieur.

— Et contentez-vous de boire de la bière, dit-il en guise de mot de la fin.

Eh bien, ç'avait été une journée fort bien remplie, songeait Delphick en se félicitant. Il avait réussi à se faire donner la caricature par Miss Seeton, Borden avait vu quel dessin convenait le mieux, savait maintenant que Kenharding était membre du conseil d'administration du *Poisson rouge* et poursuivait cette piste. De plus, le DA, que Delphick avait appelé avant de quitter le Kent, avait autorisé le système d'alarme, et consenti à recommander un arrangement ou un partage raisonnable des gains de Miss Seeton, après retenue des frais, du coût de l'alarme et de son installation. Si bien que, sur le chemin du retour, Delphick s'était rendu au centre divisionnaire d'Ashford où son vieil ami, le commissaire Brinton, avait remarqué d'un ton amer qu'au train où Miss Seeton produisait les ennuis, autant transformer tout de suite son cottage en poste de

police plutôt que de le brancher sur alarme. Après quoi, Brinton avait appelé l'inspecteur responsable de la sécurité, Delphick avait décrit les charmes de *Sweet-briars* et s'était fait promettre que ses collègues contacteraient l'une des maisons qu'ils recommandaient et feraient installer d'urgence un système d'alarme. Décidément, ç'avait été une excellente journée.

CHAPITRE IV

Miss Seeton tourna la clé qui avait une série d'encoches sur le côté. Voyons, l'avait-elle fait comme il faut ? Elle relut les instructions : « Fermer le boîtier principal situé sur l'escalier, après vous être assuré que tout est en place en appuyant sur le bouton marqué "TET" quand la lumière verte s'allume. » Oui, elle s'était bien allumée. Donc, cette partie-là de l'opération était réglée, et ça voulait dire que les pièces à l'étage et au rez-de-chaussée étaient protégées. Ensuite, debout sur le paillasson de la porte d'entrée, il fallait tourner cette drôle de clé dentelée dans la serrure installée sur le chambranle. Bon, c'était fait, alors il ne restait plus qu'à fermer la porte d'entrée en la bouclant derrière soi. Ce qu'elle fit.

Deirdre lui sourit :

— Tout est en ordre ? Je vais prendre votre valise.

— Je crois.

Elle consulta encore une fois la notice en bas de laquelle il était précisé que l'accès à la cuisine était libre en permanence mais qu'il ne fallait pas tenter de pénétrer dans le reste de la maison par la porte de la cuisine avant de désactiver le verrou d'alarme situé sur le chambranle de la porte d'entrée, qui était couplé avec celui de la serrure de la porte d'entrée. C'était

conçu de façon que l'alarme restât branchée quand elle était au jardin, mais qu'elle puisse entrer et sortir librement de sa cuisine ou s'y abriter s'il pleuvait, et ce, sans avoir à débrancher l'alarme à chaque fois. Elle soupira. Elle savait qu'ils avaient d'excellentes intentions en lui installant ça, mais c'était tellement plus simple quand elle n'avait qu'à verrouiller la porte de sa cuisine et à donner un tour de clé à la porte d'entrée...

La porte de la cuisine... Au fait, avait-elle tiré le verrou ? Oui, bien sûr. Oui ou non ? Elle ferait mieux de vérifier, Martha serait si fâchée... Elle rouvrit la porte d'entrée et se précipita dans le couloir : une cacophonie de sonneries et une sirène stridente troublèrent la quiétude du village. Oh, quelle saleté de bazar ! Vite, elle se dépêcha d'introduire la clé dans la serrure du chambranle et de la faire tourner. Les sonneries s'entêtaient à sonner, la sirène à hurler. Pourtant, elle avait bien... Pourquoi est-ce que... Ah, bien sûr ! Seule la commande centrale, dans l'escalier, pouvait tout arrêter. Elle se précipita dans l'escalier. La sonnerie intérieure, placée au-dessus du boîtier, lui braillait dans les oreilles. Abasourdie, elle n'arrivait plus à mettre la clé dans la serrure. Non, non, c'est l'autre. Ah ! voilà, la clé plate avec les rainures. C'est ça. Elle l'introduisit, donna le demi-tour requis pour mettre en position « Arrêt », et un silence béni reprit possession des lieux.

Miss Seeton s'appuya contre le mur, ébranlée et hors d'haleine. Quelle idiote ! Comment avait-elle été assez bête pour oublier de se rappeler de commencer par le verrou d'alarme de la porte d'entrée ! Bon, maintenant, il fallait recommencer. D'abord, fermer le verrou de la porte de derrière. Elle descendit, prit le couloir jusqu'à la cuisine : la porte de derrière était déjà verrouillée. Flûte alors ! Elle n'aurait pas eu besoin de... D'autant que, en y repensant, elle aurait très bien pu aller vérifier la porte de derrière depuis le dehors.

Elle relut les instructions, fit jouer les clés, referma et boucla la porte d'entrée. Elle tomba sur l'agent Potter qui patrouillait justement dans le village avec la voiture qui avait remplacé son scooter, suivi de Mrs. Wyght, la boulangère, et trois de ses clientes, la sœur du pasteur, Miss Treeves, le forgeron, plus un ou deux curieux qui s'agglutinaient autour de la barrière, tandis que, derrière eux, Deirdre se tordait de rire, appuyée contre sa voiture.

— C'est indiscutablement très efficace, constata Miss Treeves.

— Ça m'a fichu un coup, déclara Mrs. Wyght.

— Au moins, vous ne pouvez pas vous plaindre que ça ne marche pas, hoqueta Deirdre. Quel raffut !

L'agent remontait l'allée.

— Alors, on s'exerce, Miss ?

— Oh ! non, Mr. Potter, répondit-elle sur un ton d'excuse. C'est juste que je ne suis pas très douée, côté technique, et je me suis bien embrouillée, je le crains : d'abord je ne savais plus quelle clé utiliser en premier, ensuite j'ai mélangé les clés... Ah, je suis vraiment navrée !

— C'est toujours comme ça, au début, Miss. C'est la seule façon d'apprendre, la consola-t-il. Vous partez ?

— Oui, juste pour le week-end. Mais Martha a un trousseau de clés et elle ira voir, s'il arrive quelque chose.

— Et elle a votre adresse, Miss ?

— Euh, non. Je ne pars que jusqu'à lundi, ça ne servirait à rien de faire suivre le courrier.

Potter, connaissant Miss Seeton, se dit qu'il valait mieux que la police sût où elle se trouvait.

— Peut-être pourriez-vous me la donner, Miss, juste au cas où.

Miss Seeton regarda Deirdre qui cessa de rire et se redressa.

— Kenharding Abbey, Little Sweepings, Suffolk, dit-elle à contrecœur.

Elle fourra la valise de Miss Seeton dans le coffre, installa sa propriétaire sur le siège avant, fit le tour de la voiture au pas de course, adressa un vague sourire à Potter et aux autres, enclencha la première et lança la voiture à toute allure dans la Rue.

Les gens du village les regardèrent partir avec intérêt, l'agent plutôt songeur. Ça ne lui ressemblait guère, à Miss Seeton, d'aller crapahuter à droite et à gauche pendant le week-end. Plutôt du genre tranquille, en règle générale, sauf quand elle était sur un boulot, et là, pour sûr que ça risquait de barder ! Alors, ce serait-y qu'elle serait sur un nouveau coup ? Peut-être ben que oui, d'après ce qu'il avait lu dans les journaux sur ses exploits de l'autre nuit. Bon, en tout cas, il ferait un rapport pour signaler que son système d'alarme s'était déclenché, que ç'avait été une erreur et qu'elle partait pour cette abbaye Trucmuche, dans le Suffolk. Après ça, c'était à eux de jouer.

Telle une douairière défraîchie survolant le paysage d'un œil critique, Kenharding Abbey se dressait au-dessus du village de Little Sweepings, propret, repeint de neuf et peuplé de petits jardins pimpants. L'abbaye était un gouffre financier imposant qu'on ne pouvait faire passer pour une demeure historique auprès du public, faute de passé intéressant et de fonds suffisants.

Le domestique assez âgé qui prit la valise en synthétique de Miss Seeton semblait trop faible pour la porter et elle fut soulagée quand, après qu'il eut gravi l'escalier au ralenti, ils tournèrent à droite sur la galerie qui courait au-dessus du grand hall du rez-de-chaussée, sur trois côtés. Il pénétra dans une grande chambre à coucher lambrissée de bois sombre et réussit à déposer respectueusement son fardeau sur un tabouret, au pied du lit à baldaquin.

— Le dîner sera servi à huit heures. A quelle heure Madame désire-t-elle prendre son bain ?

— Disons sept heures, conseilla Deirdre, avant que les autres aient piqué toute l'eau chaude, et ça vous donnera le temps de faire connaissance avec mes parents avant le dîner.

— Très bien, Miss Deirdre, j'enverrai Helen aider Madame, conclut-il avec un salut avant de ressortir d'un pas mal assuré.

— J'espère que les fantômes ne vous gênent pas, reprit Deirdre. Il y en a un qui sort des lambris, près de la cheminée, quand il n'a rien de mieux à faire. Moi, je ne l'ai jamais vu, mais il y a des tas de gens qui jurent que c'est vrai. De toute façon, il ne fait pas de mal, il ne jette rien, il ne crie pas « ouh-ouh », il ne traîne pas de chaînes.

Miss Seeton n'avait pas d'idée préconçue sur la question et la notion d'esprit errant cadrait avec l'aspect assez rébarbatif de la pièce, avec ses fenêtres à meneaux de plomb qui mangeaient la lumière, sans parvenir à dissimuler l'absence de cire et les fissures des meubles en chêne massif, l'état des rideaux du lit usés jusqu'à la corde et les reprises soignées sur le couvre-pieds en soie brodée.

Deirdre Kenharding devina les pensées de son invitée.

— Je vous avais prévenue en cours de route, c'est un peu délabré, ici, dit-elle, et, d'un geste impulsif, elle prit les mains de Miss Seeton et les serra. Je vous suis si reconnaissante d'être venue ! Et n'oubliez pas que vous êtes professeur suppléante à Highfold School, à Merriden, dans le Sussex.

Miss Seeton aurait bien préféré qu'on n'eût pas à mentir à lord et lady Kenharding à propos de sa visite, aurait même de beaucoup préféré ne pas venir du tout. Mais la jeune fille s'était montrée si persuasive ! Cela dit, si la famille avait de gros ennuis que la police pût

aider à résoudre, pourquoi ne pas faire appel à elle? Ah, si seulement...

On frappa un petit coup à la porte et, quand Deirdre dit « Entrez ! », apparut une petite femme rondelette aux cheveux blancs tirés en chignon sur la nuque, aux vifs yeux noirs, aux joues comme des reinettes desséchées. La jeune fille partit s'habiller et Helen — ou plutôt Hélène — insista pour défaire la valise de Miss Seeton, très gênée, et se répandit en louanges sur la robe d'apparat que l'invitée avait apportée « juste au cas où ». C'était une robe de confection de demi-soir ou de cocktail et, tandis qu'Hélène lissait les plis de l'étoffe grise, admirant les broderies pourpre, perle et noires, elle s'exclamait avec enthousiasme : cette toilette-là parlait de Paris, ça ne faisait pas de doute, pas l'ombre d'un doute. La robe venait bel et bien de là, un cadeau offert à l'artiste à son départ de cette ville par des amis reconnaissants.

La femme de chambre conduisit Miss Seeton au bout du corridor, tourna à droite et, quelques portes plus loin, la fit entrer dans une pièce convertie en salle de bains qui avait dû faire l'orgueil de ses propriétaires dans les années 1870 ou 1880. Elle tira les rideaux de velours pâlis par le soleil qui glissèrent bruyamment sur leur tringle de bois pour voiler les portes-fenêtres pendant que Miss Seeton, impressionnée, contemplait la plus vaste baignoire qu'elle eût vue de sa vie. Trônant sur une estrade, les deux mètres cinquante de la baignoire étaient encastrés dans un coffrage d'acajou de trois mètres de long qui dominait la pièce et les minuscules êtres humains assez téméraires pour pénétrer dans les lieux. Hélène monta les marches menant à l'estrade et tourna le robinet qui hoqueta, se tut un instant, éructa un petit nuage de vapeur, hoqueta encore, après quoi, ayant purgé son circuit, il se mit à déverser un torrent d'eau brûlante. Le lourd cylindre de métal qui servait de bonde à l'époque victorienne se ferma de

lui-même avec un claquement sonore et l'autre robinet, ouvert par les soins d'Hélène, grogna, lâcha un filet douteux avant de cracher un flot d'eau froide, tâchant de concurrencer son compagnon. Hélène redescendit les marches, étendit un drap de bain sur l'unique chaise de la pièce, posa une serviette sur le siège, repartit vérifier la température du bain, ferma les robinets, versa des sels de bain contenus dans un flacon de verre taillé, redescendit, tapota les serviettes, ajusta les rideaux. Miss Seeton attendait patiemment, reconnaissant à ces symptômes que la Française, comme les robinets, purgeait son système avant de se lancer... dans la parole, quant à elle. Miss Seeton espérait que l'entrée en matière et les propos ne dureraient pas assez longtemps pour que l'eau refroidît car, dans la plus pure tradition du confort anglais, la salle de bains n'était pas chauffée. Fidèle, elle aussi, aux traditions humaines, Hélène parvint à la porte avant de se décider à parler et se retourna en tripotant son tablier pour se donner du cœur au ventre :

— Madame pardonnera-t-elle si on lui dit ce qu'on pense ?

Miss Seeton lui fit signe que Madame pardonnerait.

— Eh bien, Madame doit comprendre, confia-t-elle sur un ton d'excuse, qu'on lit les journaux, qu'on connaît Miss Deirdre depuis qu'elle est petite fille et qu'on est devenu en quelque sorte... *comment dire* ?*... sa gouvernante et sa confidente. Et que, par conséquent, on sait fort bien qu'aucune dame du nom de *Mamselle** Seeton n'a enseigné à l'école Highfold. Donc, il est évident que la visite de Madame représente une... vous m'excuserez, non ?... une petite supercherie. Naturellement, se hâta-t-elle d'ajouter, on ne dira rien, ni mon mari, ni moi, et nous ne pouvons que souhaiter que Madame réussisse, et si Madame a besoin d'aide, dit-elle d'un ton pressant, Madame n'aura qu'un mot à dire et on fera son possible et, ça va sans

dire, mon mari aussi. Même si ça signifie, soufflat-elle, la bouche tombante et torturant son tablier, que *Monsieur** Derrick... *Oh, là là**, s'écria-t-elle en lâchant le pauvre tablier martyrisé pour lever les bras au ciel, pour un problème, là, c'en est un fameux ! Un mauvais sujet, celui-là, déjà quand il était petit. *Oh, là là**, les histoires qu'on pourrait raconter, *oh, là là, là là, là là*!*

Sur cette triste sortie sur fond de « là là, là là », elle referma la porte.

En descendant l'escalier, Miss Seeton se réconforta à l'idée que quelqu'un d'autre que Deirdre, sous ce toit, était au courant de l'imposture de la maîtresse d'école. Deux autres personnes, en fait, en comptant le mari d'Hélène. Non seulement ils savaient, mais ils approuvaient, bien que leurs raisons fussent moins claires aux yeux de Miss Seeton. Elle savait que, malheureusement, son nom avait figuré dans un article relatant l'incident survenu devant le casino, la semaine dernière, mais cela pouvait difficilement passer pour une recommandation. De toute façon, elle ne voyait guère quelle aide attendre de ce cher vieux couple, ni quelles circonstances pourraient la rendre nécessaire. Malgré tout, c'était réconfortant de savoir qu'ils lui prêteraient main-forte, au cas où.

Le comte de Kenharding était légèrement plus âgé que Miss Seeton ne s'y attendait. Il vint à sa rencontre pour la saluer, espérant qu'elle avait fait bon voyage, que Deirdre n'avait pas conduit trop vite, que sa chambre était confortable et qu'elle avait tout ce qu'il lui fallait. Sinon, il suffisait qu'elle le dît. C'était un homme réservé, au visage fatigué, aux traits tirés, peut-être parce qu'il souffrait, songea Miss Seeton en répondant à ses politesses, vu qu'il avait le bras gauche dans le plâtre et en écharpe. Sa fille regarda la robe de

Miss Seeton avec un air d'appréciation, alla lui chercher le jus de tomate qu'elle souhaitait boire et installa sa mère et son invitée sur le divan, au coin du feu. Lady Kenharding, une jolie femme qui commençait à se faner, mais visiblement bien plus jeune que son mari, considéra le verre de Miss Seeton :

— Vraiment, vous êtes sûre que vous ne préférez pas boire autre chose ? Cela paraît si...

La phrase mourut, comme presque toujours, donnant l'impression qu'elle avait l'esprit ailleurs et que l'effort requis par la conversation était trop fatigant pour qu'elle pût finir ses phrases. Elle essaya une autre ouverture :

— Highfold, une bonne école, j'estime, et je suis si contente de penser que Deirdre a gardé le contact. Naturellement, je me souviens de vous y avoir vue, fit-elle, mentant poliment, mais il y avait toujours une telle foule, le jour de la fête de l'école, quand tous les parents venaient. Je pensais d'ailleurs...

Les pensées de milady ne seraient pas divulguées. Son esprit s'était de nouveau retiré dans son for intérieur et n'en ressortirait pas avant que les batteries ne fussent rechargées.

A table, pour dîner, il y avait une place inoccupée à côté de Miss Seeton, qui crevait les yeux. Lord Kenharding l'avait remarquée avant même qu'on servît à manger et il avait adressé un regard interrogateur à son épouse. Ne recevant d'autre réponse qu'un hochement de tête négatif, il s'était tourné vers sa fille mais Deirdre, évitant son regard, s'était lancée dans l'évocation de toute une série de souvenirs d'école. Après quoi la conversation s'était tarie et Miss Seeton s'était mise à se faire du souci en voyant le vieux Timson passer les lourds plats d'argent autour de la table. Hélène n'était pas visible, à moins que l'excellente cuisine fût une manifestation de sa présence. « Les

Timson sont-ils les seuls domestiques ? » se demanda-t-elle.

L'ambiance se détendit un peu après le dîner quand ils se retrouvèrent au salon pour prendre le café autour d'un bon feu de bois pétillant. La seule concession à la modernité était une machine à café électrique, constata Miss Seeton.

Lord Kenharding, dont le silence à table aurait pu être attribué à la difficulté de manger d'une seule main, fit un effort :

— Vous venez à la réunion, bien sûr ?

La réunion ? Une sorte de service religieux comme il y en a le dimanche, supposa-t-elle. Mais pourquoi dire « réunion » ? Peut-être étaient-ils quakers, dans la famille. « Ce sont bien des "réunions" qu'ils tiennent, eux, non ? » Un invité doit toujours faire comme ses hôtes, Miss Seeton le savait. A moins d'avoir des idées arrêtées. Ce qui n'était pas son cas.

— Eh bien... commença-t-elle.

Deirdre vint à la rescousse :

— Mais bien sûr que oui, elle va venir, c'était prévu. Et puis, ajouta-t-elle très vite pour étouffer toute velléité de protestation de la part de l'intéressée, Miss Seeton est très forte au jeu, je compte sur elle pour me donner des tuyaux.

— Oh, Deirdre, dit la comtesse qui semblait ennuyée, j'aimerais autant que tu ne paries pas. Tu n'en as pas les moyens et c'est un tel gaspillage d'argent ! C'est déjà assez regrettable que Derrick... lâcha-t-elle avant de s'abîmer de nouveau dans ses pensées.

— Mais où est donc Derrick ? s'étonna Deirdre. Je ne l'ai encore jamais vu rater les courses.

— Je sais, ma chérie, c'est pourquoi j'imaginais...

Et comme d'habitude, les fruits de l'imagination de lady Kenharding restèrent matière à conjecture.

— Sans compter, reprit Deirdre, que les réunions

sont pour lui d'excellentes occasions de faire un esclandre. Et je ne l'ai jamais vu manquer ça, non plus.

— Ça suffit ! s'indigna son père, mettant le holà. Je t'ai déjà dit que je ne voulais pas qu'on discute de ça.

— Et pourquoi pas ? poursuivit Deirdre, bien décidée à sortir le linge sale des placards et même à le laver devant Miss Seeton, pour qu'elle sache. Tout le monde en parle et tous ceux qui lisent les journaux sont au courant...

— J'ai dit assez ! Dites-moi, fit-il en s'adressant à Miss Seeton, avez-vous trouvé gratifiant d'enseigner aux enfants ? D'après le souvenir que m'ont laissé les tentatives artistiques de ma fille, confia-t-il avec un sourire qui fit apparaître la ressemblance avec Deirdre, je crois qu'à la place de son professeur je me serais pendu à la cimaise la plus proche...

Miss Seeton rit.

— Je pense que ce qui compte, c'est d'apprendre à se représenter des choses dans sa tête et à se les rappeler. Plus encore que de savoir coucher ces images sur le papier.

Le mot « images » s'insinua jusque dans l'esprit absorbé de la comtesse.

— Voulez-vous regarder la télévision ? suggéra-t-elle. Nous le faisons parfois, le soir, et puis il y a toujours les nouvelles. A vrai dire, Timson et Hélène la regardent plus que nous — c'est souvent le cas des domestiques, je pense. En fait, on a toujours l'impression qu'ils savent le pire avant...

Sa voix mourut, mais Miss Seeton, plaidant la fatigue, fit ses excuses et se retira dans sa chambre, attristée de voir que cette famille de gens charmants était si bouleversée par les agissements d'un seul renégat, ce Derrick qui semblait ne valoir guère mieux que — son esprit, habituellement charitable, conçut l'ultime opprobre —, pas mieux qu'un jeune voyou !

CHAPITRE V

Derrick Kenharding se prélassait dans un fauteuil. Ses pensées oscillaient entre la peur et un sentiment d'importance. La main dans la poche, il jouait avec une pince à ressort dont le cliquetis métallique pénétrant le rassurait.

Le bruit irritait Thatcher.

— Arrête ça ! Tu n'es pas avec ta bande, ici. Ces signaux et ces mots de passe puérils n'impressionnent personne, en dehors des gamins de ton âge.

Le garçon rougit, à la satisfaction de l'homme. Il avait besoin d'être remis à sa place, ce jeune vaurien. Donnez un boulot à un de ces mômes, et il se voit déjà sur un trône alors qu'il est encore sur le pot !

— Tu es bien sûr que tu pourras introduire un homme dans la maison sans que personne le sache ?

— Vous l'ai déjà dit, marmonna Derrick. Fastoche.

— Et qu'il pourra ressortir sans laisser de trace ?

Le gamin eut un rire ironique :

— A lui de voir ! Tant qu'il fait pas tomber son mouchoir ou qu'il laisse pas de petit mot derrière lui. Il entre, il sort, et fini.

Thatcher n'était pas d'humeur à apprécier l'humour des autres. Miss Seeton était sortie indemne du *Poisson rouge*, alors qu'elle aurait dû se retrouver avec le

bras ou le poignet cassé : un « accident » survenu pendant qu'on lui volait ses bijoux et ses gains. Une agression perpétrée par des malfrats qui se trouvaient là par hasard, et à laquelle le casino n'aurait pas été mêlé. Ça l'énervait encore plus de savoir qu'il était peut-être en partie responsable de cette débâcle, n'ayant pu résister à la tentation de l'informer qu'il avait rencontré la vraie Mrs. Herrington-Casey, et de proférer des menaces voilées, sous couvert de politesses. Elle avait riposté en retardant délibérément le portier, et Haley, qui avait feint l'ivresse, avait envoyé les deux agresseurs au tapis. Seul Morden, le chauffeur, avait pu filer. En plus de quoi, la présence de l'Oracle du Yard sur les lieux devait signifier que la visite de la bonne femme était un double bluff, un piège dans lequel il était tombé. Thatcher eût-il été plus cultivé qu'il aurait peut-être pu éviter l'écueil suivant. La fréquentation des œuvres de Ouida l'aurait en effet mis en garde : « Aux yeux du vice, l'innocence fait toujours figure de supercherie élaborée. » De plus, d'après ce qu'il avait entendu dire de Miss Seeton et lu sur son compte, Thatcher se figurait que la police se servait de la malheureuse comme d'un furet qu'on lâche dans les terriers de lapin pour qu'il débusque la proie. De fait, elle avait bel et bien débusqué deux de ses lapins, qui avaient été mis en cage grâce à elle, et il y avait de fortes chances pour qu'ils crachent le morceau. Non, ils ne pourraient pas le mouiller, lui, mais le *Poisson rouge* et son personnel, si. Il prit conscience qu'il était sans doute déjà trop tard pour l'empêcher de faire son portrait, si toutefois il avait vu juste en pensant que c'était une des raisons de sa visite au casino. Mais, maintenant, ce nouveau coup qu'elle tramait... Il grimaça en songeant à la vitesse à laquelle cette femme opérait. Pas étonnant qu'elle eût une telle réputation ! Cette soudaine intimité avec Deirdre, au point de se

débrouiller pour se faire inviter à l'abbaye, ça pouvait être dangereux. Là où des tentatives plus officielles eussent échoué, elle réussirait peut-être, elle, à persuader lord Kenharding de parler. Sinon, elle cuisinerait sa femme, à coups de tasse de thé et de commisération. Ça pouvait aussi vouloir dire — d'ailleurs, mieux valait l'admettre, par mesure de sécurité — qu'elle avait eu vent du coup de lundi à Kempton et qu'elle s'apprêtait à leur mettre des bâtons dans les roues. Mais surtout, elle avait commis cette faute impardonnable : elle l'avait fait passer pour un imbécile. Il avait surpris le regard amusé du propriétaire du casino en apprenant le résultat de l'agression manquée, senti comme l'autre espérait que ça signifiait que la poigne du syndicat s'était desserrée. Le seul moyen de contrôler une opération, c'est d'éliminer l'opposition. Les gars rentreraient dans le rang, après l'élimination de Miss Seeton.

— Tu sais dans quelle chambre elle risque de se trouver ?

— Ouais, répondit Derrick avec un petit sourire. Dans la chambre hantée. C'est toujours là qu'on met les invités. C'est une des rares chambres avec le chauffage central.

— Des difficultés pour faire entrer mon homme dans la chambre ?

Le sourire de Derrick s'élargit.

— Aucune.

Il ne voyait pas pourquoi il expliquerait à Thatcher à quel point ce serait facile. Ni pourquoi il ne le laisserait pas croire qu'il gagnait bien son argent.

— Et qu'est-ce que je dis, moi, le lendemain matin, si elle est un peu amochée ?

— Rien. Tu fais entrer l'homme dans la maison, tu lui montres comment ressortir, et puis tu vas te coucher

et tu ne t'en mêles plus. Le lendemain matin, elle ne sera plus là, et tu n'auras pas de raison de dire quoi que ce soit, puisque tu n'étais pas censé savoir qu'elle était là, conclut-il en se levant du bureau directorial du casino, signifiant la fin de l'entretien. Trouve-toi ici devant la porte de la cuisine à dix heures du soir. Tu peux montrer le chemin en moto, mon homme suivra en voiture. Mais vas-y mollo, ajouta-t-il. Je ne veux pas qu'on vous arrête pour excès de vitesse, ni toi ni lui.

Petit crétin, pensa Thatcher en voyant partir Derrick. Même pas assez de jugeote pour se rendre compte que, quand on s'apercevrait, le matin, que la bonne femme avait disparu de l'abbaye, c'est toute la famille Kenharding — et Derrick en particulier — que la police soupçonnerait, une fois qu'elle aurait vérifié si Miss Seeton était partie de son plein gré ou non. Il laisserait à Morden le soin de se débarrasser du cadavre dans un endroit où on ne le retrouverait pas facilement — voire pas du tout — et l'absence du corps brouillerait les pistes et retarderait l'enquête. « En attendant, songea-t-il avec un rictus, bonne nuit, Miss Seeton ! J'espère qu'aucun esprit frappeur ne viendra vous déranger avant que votre propre fantôme ne soit prêt à la riposte. »

Miss Seeton allait se mettre au lit, dans lequel elle était réconfortée de voir la bosse d'une bouillotte, quand on frappa à la porte. C'était Deirdre, venue s'excuser d'avoir rusé afin que son invitée restât pour les courses à Kempton Park, lundi, et qui voulait expliquer pourquoi elle l'avait fait.

— Mais je ne connais rien aux courses ! objecta Miss Seeton.

— Ne vous inquiétez pas ! Je m'occuperai de vous. Ce qu'il y a, c'est que je suis certaine que Derrick sera

là — jamais il ne rate les courses — et il faut absolument que vous voyiez la famille au complet. Je vous promets de vous raccompagner chez vous le soir même, si vous ne pouvez pas rester jusqu'à mardi.

Une autre objection vint à l'esprit de Miss Seeton.

— Mais j'avais cru comprendre que vous travailliez à Londres. Vous ne devez pas y retourner ?

— A la boutique ? s'exclama Deirdre en riant. Ma principale utilité est de me faire photographier à droite et à gauche, vêtue de leurs tenues. J'ai un peu trop tendance à dire la vérité quand des clientes me demandent si le vêtement pour lequel elles ont eu un coup de cœur leur va bien, alors que la « Fille du comte, présente à une réunion hippique régionale », c'est du tout cuit d'avance pour la plupart des magazines.

— Mais, hasarda Miss Seeton, se retranchant derrière une nouvelle ligne de défense, j'ai dit que je serais de retour dimanche et Martha va m'attendre.

— Vous pourriez téléphoner ?

— Elle n'a pas le téléphone.

— Bon, il y a sûrement quelqu'un que vous pouvez appeler et qui pourrait la prévenir.

Lady Colveden ? Non, décida Miss Seeton. Miss Treeves, ce serait le mieux. Elle habitait bien plus près et elle n'aurait pas de mal à prévenir Martha. Et c'est ainsi que, sans trop bien savoir pourquoi, Miss Seeton se surprit finalement à accepter de rester jusqu'à lundi, après dîner. Et Deirdre, ayant balayé toutes ses objections, démoli toutes ses défenses, la serra dans ses bras et lui souhaita une bonne nuit.

Dûment notés par les forces qui nous dépassent, les souhaits de bonne nuit formulés par Thatcher et Deirdre se réalisèrent : en tout cas, la lettre en fut respectée, sinon l'esprit, puisque nul n'avait mentionné les petites heures du matin. Un courant d'air froid tra-

versa la pièce juste un peu après une heure et demie, et Miss Seeton remua dans son sommeil. Si les contours exacts des choses demeuraient incertains, un œil habitué à la pénombre pouvait discerner les objets — des formes plus ou moins claires ou foncées — et juger de leur position et de leur distance.

Une masse gris blanchâtre se matérialisa près de la cheminée, flotta dans la chambre, alla jusqu'au pied du lit, repartit et s'évanouit. Mais le courant d'air froid demeura.

Miss Seeton ouvrit les yeux. Juste ciel, comme il faisait froid, tout d'un coup ! Peut-être fallait-il fermer la fenêtre ? Elle hésita : elle était bien au chaud sous ses couvertures, mais il y avait ce vent froid qui lui soufflait au visage. Le vent. Naturellement. Il avait dû se lever depuis qu'elle s'était couchée, et il charriait une odeur désagréable. D'humidité, de moisi. Le genre d'odeur, eh bien, disons-le carrément, qu'on associe avec les cimetières. Quel dommage qu'on ait laissé les jardins tomber ainsi à l'abandon ! Finalement, Miss Seeton prit le parti d'aller fermer la fenêtre, ce qui fit cependant surgir un autre dilemme : fallait-il allumer la lampe de chevet ou non ? Elle y verrait plus clair, bien sûr, mais, d'un autre côté, ça la réveillerait complètement — c'était inévitable. Après tout, il ne faisait pas si noir que ça. Ou plutôt si, mais il y avait des nuances dans ce noir. Assez pour trouver son chemin. Miss Seeton se glissa hors du lit, endossa sa robe de chambre en laine et avança précautionneusement vers la fenêtre. Passant la main entre les rideaux, elle chercha la poignée, la trouva mais, chose étrange, la fenêtre était fermée. Hélène avait dû la fermer et, comme Deirdre était venue la voir, elle avait oublié de vérifier et de la rouvrir. Mais alors, dans ce cas, d'où venait-il, ce courant d'air ? Et l'odeur ? Invisible, vêtue de laine grise contre le fond gris des rideaux, elle

scruta l'obscurité. Une forme plus claire — euh, non, ça n'avait pas vraiment de forme, à vrai dire —, quelque chose de clair ondulait près de la cheminée. Ah, oui, elle se souvenait, à présent : Deirdre avait parlé d'un fantôme. Le quelque chose glissa vers la porte, Miss Seeton entendit tourner la poignée, il y eut un appel d'air, le quelque chose disparut, accompagné par le bruit de la clenche qui se remettait en place. « Bizarre, bizarre. Moi qui croyais que les fantômes pouvaient passer à travers les portes sans avoir à se donner la peine de les ouvrir et de les refermer ! Eh bien, c'est donc ainsi que le frère de Deirdre rentre le soir — quel garnement ! Vraiment, pas la moindre considération. Ça pourrait facilement effrayer quelqu'un. » Elle allait revenir sur ses pas quand elle se figea, sentant plutôt qu'elle ne voyait quelque chose se déplacer dans la chambre. Une ombre épaisse — ou étaient-ce deux ? — se dirigea de la cheminée vers le lit, tandis que se répandait une nouvelle odeur : ça lui rappelait un hôpital.

— Que faites-vous donc là ? demanda Miss Seeton.

Un cri d'effroi vite étouffé, le faisceau de lumière d'une torche qui cloue un homme penché sur les oreillers, à moitié de dos, bouche bée sous l'effet de la frayeur, tenant un morceau de coton dans sa main gantée. L'homme va pour se jeter sur la source lumineuse mais quelque chose arrive par-derrière et s'abat sur lui avec un bruit sourd. Il tombe dans le rayon de lumière et disparaît sous le volant qui orne le tour du sommier. A côté de la torche, une main se tend et allume la lampe de chevet.

— J'aurais dû savoir que vous aviez déjà déjoué toute la manœuvre, constata Haley.

Cette fois-ci, au moins, se dit-il, c'était lui qui s'était coltiné l'agresseur, et pas elle. Très malin de sa part, Miss Esse, de décontenancer l'adversaire en ne se trou-

vant pas là où il l'attendait, pour ensuite lui coller une frousse bleue en lui demandant ce qu'il faisait, sur le ton de la conversation. Comment comptait-elle s'y prendre, toute seule, avec le type allongé par terre? Elle avait sûrement un pistolet caché dans sa manche, derrière les rideaux ou Dieu sait où. Cela dit, il ne voyait pas comment elle avait pu savoir que, lui, il le suivait, et qu'il tomberait à point nommé pour se coltiner le lascar. Mais tout était possible avec elle. Pas de doute, elle savait y faire !

— Qu'est-ce que vous voulez que j'en fasse? s'enquit-il.

— Que vous en fassiez? répéta Miss Seeton, désemparée : il s'était passé tant de choses, et si vite. Qui est-ce?

— Pas la moindre idée, répondit Haley en faisant rouler l'homme sur le dos. Ah si ! Un dénommé Morden — il faisait trop noir dans le jardin pour le reconnaître. S'est fait coffrer pour vol à main armée et a écopé de deux ans — c'était avant que les tribunaux commencent vraiment à s'inquiéter. Encore étonnant qu'ils l'aient pas renvoyé dans ses foyers avec une pension, fit-il, amer. On ferait mieux...

On frappa légèrement. Haley bondit pour se poster derrière la porte, matraque en main. Il n'eut pas le temps d'arrêter Miss Seeton qui disait :

— Entrez !

La porte s'ouvrit et Haley brandit sa matraque : il eut vite fait de la laisser retomber et de la fourrer dans sa poche en voyant un lourd tisonnier pointer dans l'ouverture de la porte, au bout de la main tremblante d'un petit bonhomme en pyjama de pilou rayé sous une robe de chambre en tissu côtelé. Il était suivi d'une petite femme dodue, presque aussi antique que lui, coiffée d'un bonnet de nuit bordé de dentelle, et qui tenait un vieux fer à repasser du temps jadis. Le jeune

Haley les fixait, impressionné. Quel camp étaient-ils censés aider ?

— Pardon, madame, dit le vieil homme à Miss Seeton. Nous avons cru entendre un bruit et des voix, Hélène et moi — nous dormons au-dessus —, et on se demandait si par hasard vous auriez besoin d'aide.

En se tournant pour refermer la porte, les deux vieux domestiques aperçurent Haley et brandirent leur quincaillerie. L'enquêteur ne savait pas s'il fallait en rire ou en pleurer, mais il brûlait d'envie de leur enlever leurs armes avant qu'ils fassent tous les deux une crise cardiaque.

— Comme c'est gentil de votre part, s'écria Miss Seeton, mais Mr. Haley qui est de la police m'a prêté main-forte.

Timson et sa femme échangèrent un regard entendu. De la tête, Hélène désigna Morden, par terre, sans connaissance :

— Et celui-là, il est mort ? demanda-t-elle avec intérêt.

— Non, il est juste en train de faire un petit somme pour digérer le coup qu'il a reçu sur la tête, expliqua Haley. Mais si vous pouviez dégoter un morceau de corde, quelque part, ce serait une bonne idée de le ligoter avant qu'il revienne à lui.

— Comme vous voudrez, monsieur, fit Timson qui s'arrêta un instant à la porte pour ajouter : Mais oserais-je suggérer que du fil électrique serait plus efficace ?

— Du fil électrique ? répéta Miss Seeton.

Timson s'inclina légèrement.

— Avec tout le respect qui vous est dû, madame, il me semble que nous sommes dans un cas où la sécurité doit prendre le pas sur le confort.

Haley éclata de rire : ça, c'était un homme comme il les aimait !

— Eh bien, apportez votre fil, dit-il à Timson, et nous allons joliment le ficeler, il n'y aura plus qu'à l'enfourner.

Timson partit. Hélène alla examiner l'ouverture qui se trouvait d'un côté de la cheminée, normalement dissimulée par un panneau coulissant. Ça donnait sur un réduit, guère plus grand qu'un placard, au fond duquel s'ouvrait un trou de près d'un mètre carré, le panneau qui le recouvrait ayant été enlevé. Il soufflait par là un courant d'air froid et une odeur de terre moisie.

— Alors, c'est par là qu'il est entré, dit Hélène, qui se tourna vers Miss Seeton : Ainsi que *Monsieur** Derrick ?

Miss Seeton fit oui de la tête.

— Je pense que oui. Quelqu'un couvert d'un drap blanc est sorti de la chambre par la porte.

Hélène hocha du chef à son tour :

— Ça explique tout. Il y a un drap qui manque, quand je compte le linge. Je l'ai dit à milady : ce drap, il a disparu. On aurait dû se douter de ce stratagème. *Monsieur** Derrick croit qu'on le prendra pour le fantôme, si on le voit. Mais vous n'avez pas été dupe, vous.

— Euh, non, reconnut Miss Seeton. Les fantômes passent à travers les portes, d'après ce que j'ai lu. Mais celui-là, non. Il a tourné la poignée, preuve qu'il n'en était pas un.

« Ça, c'est bien du Miss Esse, pensa Haley. Si moi, on me faisait coucher dans une chambre hantée et qu'une forme drapée de blanc se mette à flotter négligemment de-ci de-là, je hurlerais comme un veau. Mais pas elle, oh non ! Si la chose passe à travers la porte, c'est que c'est un fantôme, affaire réglée. Sinon, ce n'en est pas un, et, de nouveau, affaire réglée. Aussi simple que ça. Pas étonnant qu'elle ait sauté hors du lit et pris position derrière les rideaux. »

— Est-ce que Derrick est un jeune mons... un jeune gars en moto ? demanda-t-il.

— En effet.

Haley fit volte-face et resta interdit, contemplant l'apparition, à la porte. C'était Deirdre, ses longs cheveux blond cendré tombant sur ses épaules en vagues étincelantes qui semblaient trouver un écho dans les fronces de son négligé cerise et or. Elle avait l'avantage : ayant eu le temps de masquer son étonnement de le voir là, elle pouvait savourer le chamboulement que sa présence produisait visiblement chez lui.

Juliette, pensa-t-il. Juliette... Pas étonnant que Roméo... Pourtant, il s'était senti tellement bête quand il avait dû jouer le rôle à l'école : pensez, se suicider, simplement parce qu'une fille était morte ! Mais maintenant, il commençait à comprendre : « Car jamais je ne vis pareille beauté jusqu'à cette nuit », « et Juliette est le soleil », « Que la mort dévoreuse fasse son œuvre, il me suffit de pouvoir l'appeler mienne. » Ces paroles enflammées lui revenaient en foule, ne demandant qu'à sortir de sa bouche. Des mots ailés parlant de la passion, de la joie de la rencontre, de la mort qui suit la séparation.

Tom Haley mourait d'envie de lui dire ce qu'il ressentait pour elle :

— La dernière fois que je vous ai vue, vous étiez en pantalon.

— Et vous, vous aviez des chaussures, releva Deirdre.

Il regarda ses pieds et, ô honte, ses chaussettes déchirées et poussiéreuses. Il rougit.

— Je...

— Et j'ai dit que je regrettais d'avoir été impolie, Miss Seeton vous a-t-elle transmis ?

— Miss... ? fit Haley, brusquement ramené à la réalité.

Deirdre aussi revint sur terre.

— Hélène, mais que faites-vous ici ? Et que fabrique Timson avec ce tisonnier ? J'ai entendu bouger et je suis venue en pensant attraper Derrick, en fait j'ai trouvé Timson sur le palier, avec un énorme tisonnier — vous n'auriez pas dû le laisser faire, Hélène, c'est bien trop lourd ! — mais il n'a pas voulu s'arrêter et il a vaguement parlé de « fil électrique ». Alors, j'ai vu de la lumière sous la porte et...

Elle s'arrêta pour reprendre son souffle en découvrant un corps allongé dans le coin sombre, à côté du lit.

— Mais qui est-ce donc ?

— Un type du nom de Morden, expliqua Haley.

Il n'eut pas le temps d'en dire plus qu'un coup discret fut frappé à la porte. Deirdre ouvrit et Timson entra avec un rouleau de fil électrique et une pince coupante. Haley esquissa le geste de les lui prendre mais le vieil homme ne voulait pas s'en séparer.

— Si vous voulez bien m'excuser, monsieur, je peux parfaitement me débrouiller seul. J'ai l'habitude de bricoler dans la maison.

Haley laissa faire. Pourquoi pas, si c'était ce que souhaitait le cher vieux bonhomme. Mais s'il trouvait que ça rentrait dans le cadre normal du bricolage que de ligoter un type, il ne devait pas y avoir de limites à l'exercice de ses talents de bricoleur dans la maison. Le vieux Timson s'agenouilla, tenta de retourner le corps de Morden mais en vain. Haley se pencha et le retourna, face contre terre. Morden gémit.

— On dirait qu'il ne va pas tarder à se retrouver parmi nous. Ça vous va, comme ça ?

— Parfaitement, merci, monsieur.

— Attendez, dit Haley, tournant la tête de Morden sur le côté. On voudrait pas qu'il suffoque, non ?

— Non, monsieur ? dit Timson, dubitatif, qui coupa un morceau de fil, prit les mains de Morden, les lui

ramena derrière le dos, et entreprit de lui ligoter les poignets.

— Eh bien, fit Deirdre, tâchant d'accepter la situation avec le même sang-froid que les autres, maintenant que Timson et vous avez neutralisé Morden — puisque Morden il y a —, peut-être pourriez-vous m'expliquer un peu ce qui s'est passé ?

— Je, euh... hésita Haley, gêné de devoir évoquer le frère de la jeune fille. Je ne sais pas par où commencer. C'est un peu long.

— Peu importe, dit-elle gentiment. Nous avons des heures devant nous, avant le petit déjeuner. D'abord : comment êtes-vous arrivé ici ? Et... Mais qu'est-ce que c'est que cette horrible odeur ?

— De l'éther, je pense. Morden en avait sur un morceau de coton qu'il voulait appliquer sur le visage de Miss Seeton. Je l'ai fourré dans sa poche, mais ça pue toujours.

Deirdre se tourna vers Miss Seeton, inquiète :

— Vous allez bien ? Il ne vous a pas... ?

— Non, ma chère, la rassura Miss Seeton. Je n'étais pas là, voyez-vous.

Elle avait allumé une lampe et s'était installée dans un fauteuil, près de la cheminée, contente de laisser Tom Haley prendre les choses en main.

— Hélène ! lança la jeune fille, exaspérée. Pour l'amour du ciel, posez donc cet engin avant qu'il vous échappe !

— *Bien, mamselle**, dit la femme de chambre qui posa le fer dans l'âtre. Si Monsieur veut bien me donner le morceau de coton auquel il a fait allusion, je le glisserai sous le charbon et ça nous fera une petite flambée et plus d'odeur. Ce sera plus gai, non ?

Sans déranger Timson qui attachait maintenant les chevilles de Morden, Haley récupéra le morceau de coton dans la poche du type. Ah, mais n'était-ce pas

une pièce à conviction ? Il trouva aussi un petit flacon qu'il déboucha : la même odeur. Bon, ça devrait suffire. Il porta le bout de coton à Hélène qui le poussa sous le feu préparé d'avance et qui n'attendait plus qu'une allumette. Elle en frotta une et des flammes jaillirent.

— *Voilà*!* déclara-t-elle avec satisfaction.

Deirdre se tourna vers Haley :

— Allez, insista-t-elle, continuez à me raconter comment vous êtes arrivé ici.

— J'ai suivi Morden, dit-il pour gagner du temps.

— Je commence à en avoir marre de ce Morden, fit-elle en guise d'avertissement. Très bien, alors, comment est-il entré ici, lui ?

— Par là, répondit-il avec un geste pour désigner l'endroit.

Elle s'approcha du côté de la cheminée et scruta le réduit qui se trouvait derrière l'ouverture.

— Un passage secret ! Et je ne savais même pas qu'on en avait un. Il donne sur le jardin ? Brr... fit-elle, frissonnant. Pas étonnant qu'il fasse froid ici !

— *Voyons, mamselle*!* intervint Hélène en se hâtant vers la porte. Je vais aller faire du chocolat chaud, ça ne sera pas long.

— Désolé pour le courant d'air, s'excusa Haley, mais je n'ai pas eu le temps de voir comment les panneaux fonctionnaient. Je voulais être sûr de pouvoir ressortir.

Deirdre passa les doigts sur le pourtour de l'ouverture :

— Dire que Derrick a toujours su ça et n'a rien dit. Le fumier !

Haley était soulagé : elle avait compris, pour Derrick. Ça allait au moins lui faciliter la tâche.

— Bon, reprit Deirdre d'un ton décidé. Que faisiez-vous donc dans le jardin ? lança-t-elle bien que, romantique, elle crût connaître la réponse.

Or la réponse était des plus prosaïques :

— Le Yard m'avait envoyé enquêter ici quand on m'a appelé pour me communiquer un tuyau de l'agent de Plummergen, selon lequel Miss Seeton se trouvait ici. J'ai interrogé les gens, un peu partout dans le village, mais personne ne semblait savoir quoi que ce soit sur Thatcher, alors j'ai décidé de piquer un petit roupillon juste après dîner et de passer le reste de la nuit ici, à ouvrir l'œil.

L'imagination romantique de la jeune fille était déçue et cela transparaissait dans sa voix :

— Enfin quelque chose de concret. Que s'est-il passé pendant que vous patrouilliez comme un bon chien de garde ?

— Eh bien, Derrick, votre frère, est arrivé en moto, suivi par notre ami Morden, qui était en voiture. Ils ont laissé la voiture devant les grilles de la propriété et poussé la moto le long de l'allée. Ils l'ont garée dans une remise, derrière la maison, avant de couper sur la droite, à travers une série de buissons, de pelouses et je ne sais trop quoi. Quoi qu'il en soit, je suis tombé cul par-dessus tête — euh, je veux dire de tout mon long — dans un bazar piquant du genre rosier, et on s'est retrouvés devant des ruines qui ressemblaient à une église qui ne serait jamais vraiment sortie de terre.

— L'ancienne chapelle, expliqua Deirdre. Elle s'est effondrée.

— Ça, c'est bien vrai, confirma Haley avec conviction, et elle n'est pas la seule, vu que j'ai pris un autre gadin sur des gravats quelconques. Pas de problèmes pour les deux autres, ils avaient une lampe de poche, mais moi, je n'osais pas sortir la mienne. Bon, alors...

Au diable le frère, pas moyen de camoufler ça, autant donner dans l'humour et le récit enlevé, et advienne que pourra !

— Bon, alors, reprit-il, votre... euh... votre frère

a disparu, laissant notre ami tout seul, et j'ai réussi à ramper pour venir me poster assez près de lui. Cinq minutes plus tard, le... euh... le numéro un est revenu pour dire à notre ami que tout allait bien, qu'« elle » était là et qu'elle dormait à poings fermés, qu'il n'avait qu'à le suivre, lui donner une minute pour filer, et opérer.

Haley regarda Miss Seeton en fronçant les sourcils.

— Ça ne m'a pas plu, cet « opérer », et je me suis dit que je ferais mieux d'aller un peu « opérer » moi-même. Je les ai suivis derrière des buissons — dont personne ne m'avait prévenu que c'était des mûriers —, j'ai risqué un petit coup de torche rapide et j'ai découvert un de ces énormes cercueils de pierre, avec un homme en armure couché par-dessus et, à voir ses mains jointes, je dirais qu'il priait pour trouver un lit plus confortable.

— Notre cher ancêtre, le comte, premier du nom, commenta Deirdre.

— Eh bien, expliqua-t-il, ils ont fait pivoter la pierre qui ferme le cercueil — le mécanisme se trouve sous la tête de votre noble ascendant — et j'ai vu un escalier. Alors j'ai enlevé mes chaussures, je suis descendu à tâtons et on s'est retrouvés tous les trois là-dedans. Derrick marchait en tête avec la torche, suivi de Morden, et moi, par-derrière, j'avançais à pas de loup. Il y a juste assez de place pour se tenir debout, si on n'a pas peur d'attraper un lumbago.

Il prit une profonde inspiration. Ça n'allait pas être facile de lui apprendre la suite.

— Eh bien, euh, on a tous trotté dans le boyau et puis, à un moment donné, le passage se termine par des marches raides et étroites. On est montés, fit-il, ajoutant avec un petit sourire, heureusement qu'on était tous minces, et, arrivés en haut, les deux autres ont fait des messes basses que j'ai pas pu entendre, et puis

Derrick a disparu à travers une ouverture latérale — là, dit-il en indiquant le petit réduit, derrière les panneaux lambrissés. Morden a attendu une minute avant de le suivre, et moi j'ai suivi Morden. Alors qu'il faisait noir comme dans un four dans ce trou à rats, on y voyait un peu en arrivant à la chambre. Morden s'est dirigé vers le lit, moi aussi, et alors, dit-il en partant d'un éclat de rire soudain au souvenir de la scène, Miss Seeton est sortie tout d'un coup de derrière les rideaux, a dit « holà ! » ou quelque chose dans ce goût-là et Morden a eu si peur qu'il est pratiquement tombé dans les pommes. Alors, je l'ai aidé à s'effondrer en agitant ma baguette magique sur sa tête et... euh... eh bien, c'est tout.

Deirdre le considéra en silence, réfléchissant au récit et à ce qu'il signifiait.

Le jeune policier sentit une vague de dépression le submerger. Il avait fait de son mieux pour minimiser le rôle de son frère — il avait tu l'histoire du fantôme — mais pas moyen d'y couper : elle devait savoir que Derrick serait mouillé jusqu'au cou quand la police déférerait Morden devant la justice. Et lui-même, Haley, serait le principal témoin. Zut alors ! Fallait-il toujours qu'il soit soûl ou dépenaillé quand il rencontrait cette fille-là ? De toute façon, il n'avait pas le moindre espoir mais, en plus, maintenant, ils se retrouvaient chacun d'un côté de la barrière et... Et zut ! Il finit par relever les yeux après un minutieux examen du tapis. Pelotonnée sur la petite banquette placée devant la grille de l'âtre, Deirdre souriait — un sourire chaleureux et intime, enveloppant, éblouissant. Qui lui était adressé ! Son moral se trouva instantanément projeté vers des sommets. Il eut la sensation de mesurer près de trois mètres de haut. Arrivé au septième ciel et toujours en ascension, il lui sourit à son tour, l'air tout enamouré.

Miss Seeton les regardait. Si jeunes... Et tellement bien assortis. Elle s'en était déjà fait la remarque au fameux *Poisson rouge*. C'était devenu une certitude plus tard, quand Deirdre lui avait demandé de transmettre ses excuses. Et maintenant, regardez-les un peu !

Hélène arriva dans un cliquetis de vaisselle avec un plateau, et un délicieux arôme de chocolat chaud envahit la pièce. Mais aucun bruit, aucune odeur ne vint perturber la prairie élyséenne où Deirdre et son Tom marchaient déjà main dans la main. Ce fut à Timson que revint la dure tâche de rompre le charme.

— Excusez-moi, monsieur : il est prêt.

Tom amorça une descente en chute libre :

— Il ?... Prêt ?

— Le fil. J'ai fini, et je pense que vous serez satisfait, monsieur. Aussi, le... euh... l'homme est réveillé.

Dans le vocabulaire de Timson, un « monsieur » était quelqu'un qui se conduisait en gentleman, le mot « homme » s'appliquant à ceux qui fréquentaient l'entrée de service.

Le policier alla examiner le travail du vieil homme.

— Vous ne pensez pas que c'est peut-être un peu serré, non ?

— Oh ! non, monsieur. D'après ce que j'ai lu et ce que je vois à la télévision, c'est extrêmement simple de se libérer de ses liens à l'aide des dents ou d'un éclat de verre. Et comme vous voyez, monsieur, j'ai laissé un peu de mou entre les chevilles pour qu'il puisse marcher. Je me suis dit que ça éviterait des complications s'il pouvait avancer de son propre chef.

— Magnifique ! Merci, Timson.

Morden le fusilla d'un regard noir de son œil visible :

— T'auras de mes nouvelles !

— Parfait, déclara Tom. Garde-les jusqu'à ce qu'on arrive au poste où ils voudront tout savoir, et encore plus. Merci, dit-il à Hélène qui lui avait tendu une tasse de chocolat fumant, couronné de crème, et une assiette de petits gâteaux et de biscuits.

— Où allez-vous emmener ce Morden? demanda Deirdre.

— A Guildford.

— Comment?

— Comment quoi?

— Je veux dire, vous avez une voiture?

— Non, je vais les prévenir et ils en enverront une.

— Est-ce vraiment indispensable? Ça va faire sonner le téléphone qui est dans la chambre de Père.

— Ah, je comprends, fit-il, entrevoyant toutes sortes de complications. Je suppose que je pourrais prendre la voiture de Morden mais, théoriquement, il vaudrait mieux que je la laisse où elle est, pour qu'on l'inspecte.

— Je pourrais vous conduire.

— Vous?

— Et pourquoi pas?

Pourquoi pas? Il pouvait penser à une douzaine d'excellentes raisons de ne pas le faire, en vertu du bon sens, et à une seule raison de le faire, en vertu des grands sentiments.

Deirdre se mit à sourire en le voyant plongé dans ce débat intérieur. Tom hésita, pour finir par capituler quand le sourire se fut pleinement épanoui. Deirdre vida sa tasse et se leva.

— Regardez donc comment fonctionnent les panneaux pendant que je m'habille.

Elle s'arrêta brusquement à la porte, ses mains se levèrent et ses doigts commencèrent à chercher les mots, car elle venait de comprendre :

— Et Derrick? Faut-il qu'on...?

Morden, par terre, émit un son qui tenait du grognement de fauve et du ricanement.

— Non, fit Tom très vite. C'est-à-dire, pas ce soir. Je serai obligé de faire un rapport, bien sûr, et là, ça dépendra de celui qui est chargé de l'affaire. Ils voudront sans doute l'entendre demain. Mais il n'y a pas de raison que ça nous affecte, ajouta-t-il avec un regard implorant.

Elle ouvrit les mains :

— J'espère bien que non, dit-elle, et elle disparut.

Miss Seeton hocha la tête. Elle espérait que ces deux-là n'allaient pas faire de bêtises. Ce serait si facile de laisser cette histoire de Derrick s'immiscer entre eux, à ce stade de leurs rapports où ils prenaient juste conscience de leurs sentiments l'un pour l'autre.

Le mécanisme des panneaux s'avéra simple. Avec l'aide d'Hélène et de Timson, postés du côté extérieur d'un des panneaux escamotables et appuyant sur les boutons qui faisaient jouer les clenches, Tom Haley parvint rapidement à trouver les parties correspondantes des moulures d'où l'on pouvait déclencher les ressorts depuis l'intérieur. Il marqua les deux emplacements au crayon, pour les retrouver plus facilement par la suite. Puis il vit Deirdre, en pantalon et en chandail, qui l'attendait dans la chambre.

— Si vous m'aidez à pousser la voiture hors du garage, on pourra la faire avancer en roue libre dans l'allée et je n'aurai pas besoin de démarrer le moteur avant qu'on soit loin de la maison, ce qui évitera de réveiller les parents.

— Bien, convint-il.

Il mit Morden sur ses pieds.

— Tu y arriveras ? demanda-t-il.

Refusant de répondre, l'homme traversa la chambre à tout petits pas, les jambes entravées par le fil. Tom souhaita bonne nuit à Miss Seeton, rectifiant après un

bref coup d'œil sur sa montre : « Il vaudrait peut-être mieux dire bonjour. » Ils se reverraient sans doute plus tard dans la journée. Il remercia les Timson et suivit Morden, éclairant les marches avec sa torche.

— Restez derrière, conseilla-t-il à Deirdre, je passe devant, au cas où il tomberait. Mais comment allez-vous rentrer ?

— Timson peut déverrouiller la porte d'entrée, j'ouvrirai avec ma clé et je me glisserai sans bruit à l'intérieur. Je ne tiens pas à m'aventurer seule dans les passages secrets.

Ils descendirent et Timson referma les deux panneaux avant d'aller aider sa femme à débarrasser les tasses. Il demanda à Miss Seeton s'il y avait encore quelque chose pour son service. Rien, merci, répondit l'intéressée, mais Hélène tenait absolument à s'occuper d'elle :

— Il faut que Madame se recouche, elle a besoin de sommeil, et si elle veut bien sonner à son réveil, je lui apporterai son petit déjeuner au lit.

Mais Miss Seeton resta ferme dans son refus — ces chères vieilles bonnes âmes avaient déjà assez à faire comme ça — et elle assura Hélène qu'elle descendrait à l'heure pour le petit déjeuner.

De nouveau allongée dans son lit, elle éteignit la lampe de chevet. Quel couple extraordinaire ! Vraiment remarquable. A leur âge, on aurait pu s'attendre à ce qu'ils soient complètement bouleversés par les événements de la nuit, Mais pas du tout. Et ils étaient si courageux, si... si capables. Elle hocha la tête, fatiguée. Remarquable, à cet âge-là, vraiment remarquable.

Timson descendit ouvrir les verrous et Hélène posa le plateau sur la console, près de l'escalier, avant de précéder son mari au lit. C'était vraiment une femme

remarquable, cette *Mamselle** Seeton. On aurait pu imaginer qu'elle serait bouleversée par les événements de la nuit, à son âge. Mais pas du tout. Si courageuse, et si capable. Hélène hocha la tête, fatiguée. Remarquable, à son âge. Vraiment remarquable.

CHAPITRE VI

Miss Seeton était en retard pour le petit déjeuner, malgré ses bonnes résolutions. Elle s'était égarée en allant à la salle de bains et s'était inquiétée en s'habillant, à l'idée de bientôt voir le jeune Derrick. Et tout cela l'avait retardée.

Pourquoi avait-il introduit ce Morden dans la maison? Apparemment dans le but de l'agresser, elle. Mais pourquoi? Ils n'étaient tout de même pas assez stupides pour s'imaginer que ses rapports, si limités, avec la police constituaient une menace pour leurs éventuels projets. C'est vrai qu'elle avait gagné une somme d'argent considérable, la semaine passée, mais même s'ils la croyaient toujours en sa possession, ce qui n'était pas le cas, ils ne pouvaient pas raisonnablement supposer qu'elle l'avait sur elle, non? La semaine dernière... Tous ces bijoux de location qu'elle portait... Ah, c'était peut-être ça. La rumeur avait dû circuler. Ils les croyaient à elle et pensaient qu'elle les avait sûrement apportés à l'occasion de cette visite. Après tout, l'éther ne vous fait perdre conscience qu'un moment et ils... ou plutôt Morden était manifestement venu dans l'intention de voler ses affaires. Quelle idiotie de leur part! Vraiment, quelle idiotie!

Idiot ou pas, ça ne changeait rien à la perspective si

gênante d'une confrontation avec Derrick. Le fait d'être déjà assise à table avant l'arrivée de l'autre, de pouvoir le saluer de la tête, sourire et dire « comment allez-vous ? » tout en mangeant, voilà qui lui donnerait l'avantage.

De fait, ce fut Derrick qui eut cet avantage mais il ne put en tirer parti, ignorant la situation.

Sa chambre étant située assez loin de celle de Miss Seeton, il ne pouvait pas se douter de ce qui s'était passé pendant la nuit et ignorait donc qu'elle se trouvât encore dans la maison. Assez inquiet, il avait attendu quelque remarque sur le lever tardif de l'invitée, suivie de la découverte de son absence. Quand la porte s'ouvrit, il supposa que c'était Timson ou Hélène, et quelle ne fut pas sa surprise d'entendre la famille saluer Miss Seeton ! Au point que le couteau et la fourchette lui en tombèrent des mains et qu'il faillit s'étrangler avec un morceau de bacon frit. Sa mère fit les présentations et Derrick, le visage cramoisi et les yeux larmoyants, marmonna des excuses : il s'était étranglé.

Occupée à servir le petit déjeuner préparé sur le bahut, Deirdre se retourna :

— Tu t'es étranglé avec une miette de conscience ?

Un regard d'avertissemment de son père mit fin à toute provocation.

Le reste de la matinée ne fut qu'un long supplice. Une voiture de police arriva à dix heures et un inspecteur principal de Guildford interrogea Miss Seeton qui, malgré Tom Haley qui essayait de l'en dissuader par signes, exposa sa théorie selon laquelle les alertes et tribulations de la nuit auraient été une tentative pour lui dérober des bijoux inexistants. L'inspecteur principal questionna ensuite les Timson et invita Derrick à l'accompagner au poste pour faire une déposition.

On demanda à Miss Seeton si elle voulait se rendre à

l'église et, si oui, préférait-elle y aller à pied ou en voiture ? Elle décida d'y aller à pied, s'inscrivant dans la tradition victorienne selon laquelle on ne sortait la calèche le dimanche que pour les malades ou les vieillards. Autant qu'elle s'en souvînt, la tradition expliquait aussi qu'à l'aller la marche vous mettait dans l'état d'esprit requis pour l'office, et qu'au retour elle vous ouvrait l'appétit pour le déjeuner. Mais les circonstances ne se prêtaient guère à la vérification de ces deux axiomes. A part les remarques de Miss Seeton sur les charmes de la campagne et les commentaires, pour la plupart inachevés, de lady Kenharding, il n'y eut pas de conversation pendant le trajet jusqu'au village : pas un mot de l'absence de Derrick, pas une allusion à la visite de la police.

La nouvelle de la visite d'une voiture de police à l'abbaye avait circulé et la présence de Derrick à bord n'était pas passée inaperçue, si bien que l'arrivée de la famille à l'église fut saluée par des réactions diverses, allant de la curiosité pénible à la discrétion chaleureuse. Une question brûlait toutes les lèvres : Derrick avait-il été arrêté ou rentrerait-il à la maison ? Quel que fût le texte que le pasteur eût décidé de commenter dans son sermon, on aurait pu — vu la situation — lui prêter un sens s'appliquant à l'occasion. Or, le hasard fit que l'ecclésiastique était particulièrement mal tombé. Il avait choisi un texte du Livre de Job : « Il ne reviendra plus à la maison, et sa maison ne le connaîtra plus. » Les langues se mirent à aller bon train, emplissant l'église de murmures, et l'attention de toute la communauté se concentra sur le banc familial des Kenharding.

Ce banc de famille, placé juste au bout du chœur, en angle droit avec la nef, s'enorgueillissait du privilège d'une entrée séparée, et c'est par là que le comte fit aussitôt sortir les siens dès la fin de l'office. Il se mit à

marcher d'un bon pas, bien décidé à éviter de s'exposer une seconde fois à la curiosité avide que les paroissiens portaient aux affaires de l'abbaye. Ce qu'il avait glané des incidents de la nuit, puis l'enquête de la police au cours de la matinée, et, maintenant, le sentiment que sa situation familiale n'avait plus de secret pour personne, tout cela lui avait forcé la main et avait modifié son état d'esprit.

Le trajet du retour s'accomplit dans un silence quasi total. Deirdre semblait flotter sur un délicieux petit nuage. Miss Seeton n'arrivait pas à penser à quelque chose d'utile à dire. Elle songeait que la famille serait plus à l'aise sans une étrangère en son sein et se sentait aussi légèrement coupable : dans un sens, sa présence ici n'avait-elle pas aggravé les choses ? Lady Kenharding fut la seule à tenter de converser :

— Mark, tu ne crois pas que... ? commença-t-elle, laissant le reste de la phrase en plan.

Son mari ne l'avait peut-être pas entendue ? Quelques instants plus tard, cependant, il la regarda tendrement et répondit :

— Si, Penny, je le crois, en effet.

Aux yeux de l'invitée, cette bribe de conversation donnait une idée de la nature d'une relation où l'âge n'était pas une barrière à la compréhension mutuelle ; elle expliquait aussi le flou apparent des propos de la comtesse. Habituée à communiquer avec un esprit en harmonie avec le sien, celle-ci avait rarement besoin du soutien des mots pour exprimer ses pensées.

De retour à l'abbaye, Deirdre, qui désirait dire deux mots en privé à son invitée, proposa de lui faire visiter la propriété, mais son père y mit son veto :

— En tant que chef de famille, je réclame le privilège de montrer à Miss Seeton notre collection inégalée de mauvaises herbes et de ruines, déclara-t-il, ajou-

tant devant les protestations de sa fille : Tu peux aller aider ta mère.

— A quoi faire ?

— Je n'en sais rien, mais sinon, tu peux toujours aller aider Hélène à faire cuire un œuf ou autre chose pour le déjeuner.

— J'ai cru comprendre, dit lord Kenharding quand Miss Seeton et lui ne pouvaient plus être entendus, que vous n'aviez pas beaucoup dormi.

Ah ! La question posait un problème épineux. Avouer qu'on avait mal dormi dans une maison inconnue, ça revenait pratiquement à critiquer les dispositions qu'on avait prises pour votre confort. D'un autre côté, dire qu'on avait bien dormi serait un mensonge, même si cela avait été vrai pour les heures où l'on en avait eu le loisir. Peut-être pourrait-elle éviter de répondre si elle arrivait à détourner la conversation.

— Je peux vous assurer que le lit est des plus confortables. Et la bouillotte qu'Hélène y avait mise — quelle gentille attention de sa part ! — était délicieusement chaude. Un couple remarquable, elle et son mari, si gentils et... euh... si serviables !

— Je suis ravi que vous le pensiez. Hélène était à l'origine la femme de chambre de ma mère et elle a épousé Tom, qui était alors valet de pied. Il y a des années qu'ils auraient dû prendre leur retraite mais ils refusent d'y songer, et je dois bien avouer que la maigre pension que je pourrais leur assurer ne serait pas en rapport avec ce qu'ils méritent. Et puis, nous serions perdus, sans eux.

Miss Seeton se détendit : la manœuvre de diversion avait marché.

— J'ai vu Timson, enchaîna lord Kenharding, qui sortait de votre chambre avec un tisonnier. Je vous en prie, fit-il pour arrêter Miss Seeton qui voulait l'interrompre. Il ne m'est pas venu à l'idée un seul instant

qu'il pouvait s'agir d'un rendez-vous, j'ai simplement supposé qu'il était... euh... serviable.

Oh ! Miss Seeton comprit que, quelle que soit l'issue qu'elle choisît, lord Kenharding l'attendrait au tournant, planté en travers du chemin, telle une porte qu'il faudrait ouvrir. Elle tenta de trouver de l'inspiration en contemplant une bordure de plantes vivaces montées en graines et envahies par les mauvaises herbes, mais n'en tira rien d'autre que l'envie de s'y attaquer, bêche en main. Elle accrocha la poignée de son parapluie sur son bras, tira sur un de ses gants : non, pas plus d'inspiration de ce côté-là. Elle finit par lever les yeux sur le visage grave de son compagnon : une expression amusée flottait sur ses lèvres, ses yeux étaient tout plissés par un rire contenu. Elle lui sourit.

— Et si nous commencions par le commencement ? suggéra son hôte. Vous n'avez jamais eu Deirdre comme élève, sinon je suis sûr qu'elle en aurait appris assez pour ne pas se borner à dessiner des petits bonshommes anodins, dans le style allumettes.

Elle lui raconta sa visite au *Poisson rouge* et tout ce qui était arrivé depuis. Il ne l'interrompit que lorsqu'elle arriva à l'épisode de l'intrusion du « fantôme ».

— Derrick ?

— En effet.

— Que je suis bête ! Je le connaissais, ce passage secret, naturellement. Nous l'avons caché aux enfants quand ils étaient petits — ça peut être si irréfléchi, un enfant, et on aurait toujours couru le risque qu'il arrive un accident, que quelqu'un ait une frousse bleue quand ils jouaient à cache-cache avec leurs amis. Et puis, à vrai dire, j'avais complètement oublié. Je me demande comment Derrick a découvert ça et depuis quand, ajouta-t-il, se rembrunissant. Ça explique beaucoup de choses. Mais je n'avais pas la moindre idée qu'il y eût

une autre sortie. On trouvait parfois des cachettes de ce genre dans les vieilles maisons comme la nôtre, là où l'épaisseur des murs le permettait, mais c'était relativement rare.

— Vous n'en voudrez pas à Deirdre de s'être confiée à moi et de m'avoir parlé de votre accident de voiture ? Elle voulait vraiment agir pour le mieux, elle se fait beaucoup de souci pour vous et pour lady Kenharding. Elle est aussi très inquiète pour son frère, je crois, bien qu'elle le dissimule sous son petit air détaché.

— Non, je ne lui en voudrai pas, je ne lui en veux pas. Bien au contraire. La jeunesse est douée d'une impatience — un courage, pourrait-on dire — que l'âge et l'expérience peuvent émousser. L'histoire de la voiture m'a fait une peur terrible. Non pas tant à cause de moi, du moins c'est ce que je préfère penser — de fait, j'en suis sûr, car ma première réaction a été de la colère —, mais à cause de mon épouse et de ma fille. Thatcher m'a téléphoné, ajouta-t-il, un pli amer au coin des lèvres, tout dégoulinant de sympathie après « l'accident », ravi a-t-il prétendu que je m'en sois si bien tiré, mais soulignant que Penny et Deirdre étaient plus vulnérables et qu'elles n'auraient peut-être pas autant de chance que moi, si je continuais à m'opposer à ce qu'il dirige le casino. On a beau savoir, en théorie, que c'est pure folie de céder au chantage, fût-il d'un groupe ou d'un individu, il est malgré tout difficile d'appliquer la théorie quand on se retrouve au pied du mur et que les émotions viennent balayer les principes ! Le gouvernement qui se laisse prendre en otage pour raisons politiques, la compagnie aérienne qui paie à cause d'une alerte à la bombe, l'homme qui donne de l'argent ou qui se tait sous la menace, tous ne font que tenter de s'acheter un sursis, trop court et à un prix exorbitant, hypothéquant la sûreté d'une multitude

d'autres gens puisque, quand une tentative de ce genre réussit, elle se répète et ça devient une affaire juteuse. Ah, je suis désolé, fit-il en ouvrant les mains dans un geste qui rappelait sa fille, voilà qu'en voulant m'excuser je vous fais un sermon. Impardonnable !

Pauvre lord Kenharding ! Il était de toute évidence dans une situation très délicate. Et bien sûr qu'en théorie il avait sans doute parfaitement raison. Mais, pratiquement, si on se retrouvait face au même dilemme que lui... L'imagination de Miss Seeton lui faisait défaut. Elle avait beau essayer, elle n'arrivait pas à se mettre dans la peau de la victime d'un chantage et n'était donc pas en mesure de suggérer quoi que ce fût.

— Je crois vraiment que ce serait mieux si vous pouviez vous décider à parler à la police.

— Je l'ai fait, répondit-il sur le ton de la plaisanterie, et c'est justement l'objet de notre conversation.

Ne voyant pas ce qu'il voulait dire, elle continua sur sa lancée :

— Et puis, ne pourriez-vous pas rester complètement à l'écart du casino ?

— Démissionner du conseil d'administration, vous voulez dire ?

Euh, non. Elle n'avait pas voulu dire ça, pour la bonne raison qu'elle ignorait... Bien que, à la réflexion... Elle se rappelait que Deirdre en avait parlé, mais elle avait totalement oublié — oublié qu'elle le savait. Peut-être avait-il besoin de l'argent que ça lui rapportait ; oui, c'était peut-être ça.

Il avait en partie lu sa pensée :

— Les jetons de présence des membres du conseil d'administration représentent des sommes purement nominales, ce n'est pas pour ça que j'ai accepté d'y siéger. J'espérais que si quelques personnes au nom respecté apportaient leur caution au jeu légal, nous serions en mesure d'influer sur la manière dont ces éta-

blissements sont gérés et d'éviter l'intrusion de racketteurs, dit-il avec un rire bref, proche d'un aboiement. Espoir vain. Celui d'éviter précisément ce qui se passe en ce moment. Et quant au respect du nom, ils ont réussi à démolir ça aussi, en subornant mon fils, en le faisant goûter à la drogue et en s'arrangeant pour que son nom figure à la une des journaux par le biais d'un procès.

Sensible aux accents douloureux qui transparaissaient dans sa voix, Miss Seeton cherchait des paroles de réconfort :

— Mais votre fils est jeune. Les jeunes veulent toujours expérimenter, souvent de manière un peu folle et irréfléchie. Et ils se laissent facilement entraîner. Parfois, croyant mettre le petit doigt dans une entreprise douteuse, ils se retrouvent avec tout le bras dedans. Ne pensez-vous pas que ça puisse quelquefois leur servir de leçon salutaire et les rendre plus forts que s'ils n'avaient pas fait de bêtise ?

Lord Kenharding la considéra pendant de longs instants :

— Bien chère Miss Seeton, vous êtes une artiste et je ne vous ai pas montré notre galerie de portraits. Quelle négligence de ma part ! Venez donc.

Faisant brusquement volte-face, il partit à grandes enjambées vers la maison, talonné par Miss Seeton qui était presque obligée de courir pour le suivre. Il ouvrit une porte sur le côté de la maison, la fit entrer et ils montèrent par un escalier de service des plus étroits.

Arrivés au premier palier, ils s'arrêtèrent devant une porte close. Lord Kenharding fit tinter un trousseau de clés attaché à sa poche par une chaîne, y prit un petit tube de métal qu'il inséra dans un trou, à côté du chambranle, et qu'il fit tourner.

— Le seul système d'alarme que nous ayons ici, remarqua-t-il.

Prenant une autre clé, il ouvrit la porte, passa la main pour appuyer sur un interrupteur et s'effaça pour laisser entrer Miss Seeton.

La galerie, courant sur presque toute la largeur de l'abbaye, s'étendait devant elle, infiniment longue, infiniment morne, éclairée par six lustres en enfilade, au cœur desquels luisait chichement une ampoule de faible intensité. Tout ici sentait la poussière et le déclin : les silhouettes de fauteuils et de divans recouverts de draps, les rideaux tirés sur les hautes fenêtres de la salle, d'un côté ; les rectangles sombres de tableaux à n'en plus finir, en face ; çà et là, le long des murs, un piédestal supportant une tête ou un buste sculptés. C'est alors que son guide fit jouer un autre interrupteur et, magie instantanée, l'Histoire reprit vie, superbement. Miss Seeton regardait, impressionnée : elle s'approcha, mue par le respect que lui inspirait l'œuvre.

Elle s'arrêta net : non, impossible ! Et pourtant, par certains côtés, ça ressemblait tant, vraiment, aux *Epoux Arnolfini.* Bien que, sur ce tableau-là, le jeune homme ne portât pas de chapeau noir, si peu seyant, et fût tourné vers la jeune fille dont il tenait la main. Mais Van Eyck avait-il jamais peint en Angleterre ? Non, autant qu'elle s'en souvînt, et elle n'avait jamais rien lu là-dessus non plus. Lord Kenharding mit fin à ses interrogations.

— Un de mes ancêtres a eu le bon sens de faire un mariage d'argent aux Pays-Bas. Le tableau a été peint à Bruges, chez la mariée, en 1436.

Voilà qui expliquait comment l'orthographe du nom de Derrick était venue dans la famille.

Miss Seeton laissa son regard courir jusqu'au fond de la galerie : il devait y en avoir pour une fortune, là-dedans.

— Tout est inaliénable, en vertu d'une disposition

testamentaire, confia-t-il, de même que la maison et les terres. Bah, reprit-il, haussant les épaules, on pourrait faire modifier cette clause d'inaliénabilité mais, une fois qu'on se met à vendre, tout y passe, et que vous reste-t-il à la place ? Mon père y avait songé et nous en avions parlé, mais je crois qu'il était très conscient du fait que l'héritage lui était échu à lui, le cadet de la famille. Après tout, une disposition testamentaire est là pour être respectée et on a toujours le sentiment que la génération suivante risque d'être encore plus à court de moyens qu'on ne l'est soi-même. Venez, dit-il en l'entraînant, lui faisant manquer un tableau et deux dessins de Holbein le Jeune. Je ne vous ai pas amenée là pour regarder, vous pourrez le faire quand vous voudrez et autant qu'il vous plaira. Tenez, voilà, dit-il en s'arrêtant devant une miniature d'assez grande taille.

Miss Seeton l'examina. Ah, comme John Donne[1] avait raison !

> *... Et, une main ou un œil*
> *Dessinés par Hilliard, valent une histoire*
> *Peinte par un moindre artiste...*

Et tout d'un coup, ça lui revint : on aurait dit Derrick, le jeune homme qu'elle avait vu au petit déjeuner, déguisé en habits d'époque.

— Décapité à Tower Hill pour trahison en 1684, commenta lord Kenharding qui se remit en marche, suivi à regret par Miss Seeton.

Elle s'attarda involontairement devant un... mais oui, pas de doute !... un Rubens. Il paraissait minuscule mais non moins superbe à côté du tableau voisin, une énorme toile due à l'élève du grand maître, qui avait aussi été son assistant, à une époque : nul autre que Van Dyck. C'était le portrait en pied d'une jeune

1. Poète et prédicateur anglais (1573-1631). *(N.d.T.)*

femme : le visage de Deirdre lui souriait, encadré de longues boucles. A voir la tournure de la jeune fille en robe à corselet au décolleté plongeant, bordé de dentelle, et à l'ample mouvement de la jupe, on avait l'impression qu'elle ne faisait que passer avant de sortir du tableau. Miss Seeton se dépêcha de rejoindre lord Kenharding devant un autre grand tableau : un jeune homme peint par Gainsborough et, comme elle s'y attendait, c'était de nouveau Derrick. Un Derrick en perruque poudrée, jabot de dentelle et culotte, adossé avec une grâce étudiée à une colonne de pierre qui s'élevait, contre toute vraisemblance, entre les racines de l'arbre au-dessous duquel il se tenait. Et, bien sûr, il ne se trouvait pas le moindre rameau ou la plus petite feuille qui osât jeter une ombre sur son visage.

— Pendu pour cause de meurtre à Tyburn en 1782, commenta lord Kenharding, qui continua vers l'extrémité de la galerie.

Miss Seeton s'efforçait de suivre le sillage de Sa Grâce, bien obligée de négliger le reste du spectacle, au point de devoir ignorer l'attrait de Reynolds, d'une miniature de Cosway et... non, non, elle n'avait pas le temps de bien voir, mais si, elle en était pratiquement sûre... une tête de Rodin.

Elle se retrouva une fois de plus face à Derrick, à ce visage plutôt joli que beau : l'innocence des yeux trop espacés, trahie par un rien de rusé dans l'expression. La bouche vivante, sensuelle. La faiblesse marquée de la mâchoire. Sans doute un Sargent ? Quelque chose dans la manière dont la gracile silhouette se retournait vers l'artiste lui rappelait... Naturellement ! Le portrait de Graham Robertson, bien que celui-ci fût d'une facture plus récente. Curieux, que Whistler et Sargent, les seuls portraitistes de grande valeur à émerger, alors que l'Angleterre s'attardait encore au sentimentalisme

de Watts, Burne-Jones et Rossetti, eussent été tous deux américains. Quoique... Sargent était né en Italie de parents expatriés et n'avait jamais été qu'un visiteur au pays des... Sa rêverie fut interrompue par lord Kenharding.

— Par respect pour mon père, le frère cadet qui héritait du domaine à cause du décès de son aîné, le télégramme du ministère de la Guerre était ainsi rédigé : « Regrettons de vous informer que le capitaine lord Kenharding a été tué en pleine action dans la Somme, le 20 septembre. » De fait, c'était ses propres hommes qui l'avaient exécuté d'un coup de fusil dans le dos, pour l'empêcher de passer à l'ennemi, expliqua-t-il avant de se retourner pour lui faire face. Alors, est-ce que cela répond à la question que vous avez formulée dans le jardin quant aux jeunes qui apprennent et deviennent plus forts, du fait qu'ils se sont mêlés de choses douteuses ?

CHAPITRE VII

Des jeunes. Il y en avait tant. Miss Seeton en était tout étonnée, elle qui pensait que ceux qui fréquentaient les courses étaient en majorité des gens d'un certain âge, voire d'un âge certain. Mais ici, la proportion de jeunes était égale, sinon plus importante. « Comment trouvent-ils donc le temps ? Ou bien toutes les grand-mères sont-elles grabataires ou dans la tombe ? » L'ambiance était gaie et affairée, si différente de la solennité du casino, de l'ennui qu'on y cultivait à loisir. Cependant le ciel était chargé et il y avait beaucoup de vent. « Pourvu qu'il ne pleuve pas, songea-t-elle, ce serait tellement dommage ! » Et que se passait-il dans ce cas-là ? Attendait-on que cela se dégage ? Et si ça ne s'arrangeait pas, remettait-on le tout à un autre jour ? Les jockeys étaient très exposés aux intempéries, dans leurs minces casaques. Sans compter les chevaux. Ils devaient facilement glisser, si le terrain était trop humide. Et même tomber. Comment imaginer qu'on prît de tels risques avec des animaux de si grande valeur ! Elle tenta de se remémorer des tableaux représentant des courses : les deux seuls qui lui revinrent à l'esprit étaient le *Jour du Derby* de Frith et *Le Départ à Newmarket* de Munnings, et dans ces deux-là, il faisait beau temps.

— Vous allez parier ? demanda Deirdre.

— Juste ciel, non ! Je n'y connais rien.

— Eh bien, moi, je vais jouer gagnant et placé sur un outsider. Le favori va gagner, mais ça ne vaut pas la peine, vu sa grosse cote. J'en ai pour une minute.

Deirdre, déjà photographiée plusieurs fois par les journalistes, avait le sentiment d'avoir rempli ses obligations vis-à-vis de la boutique et, chassant de son esprit les ennuis de son frère, elle était bien décidée à s'amuser.

Miss Seeton resta près des barrières du paddock. Elle était soulagée d'en avoir fini avec l'abbaye et avait tenu bon dans son refus d'y revenir dîner. Sa valise était déjà dans la voiture et Deirdre devait la ramener à Plummergen en fin d'après-midi.

Le dimanche avait été une journée... difficile, selon le terme qu'elle avait choisi dans sa tête. Derrick n'était pas rentré pour déjeuner et Tom Haley était arrivé dans l'après-midi avec la nouvelle que le vicomte Kenharding était accusé de complicité dans un vol avec voie de fait, qu'on le garderait pour la nuit et qu'il comparaîtrait devant les magistrats le lendemain matin.

Ce dimanche-là avait été tout aussi difficile pour la police de Guildford. Quoique inhabituelle, l'arrivée de Morden aux petites heures du matin, ficelé comme une volaille avec du fil électrique, n'avait pas semblé poser de problèmes particuliers. Pas plus que la déposition de l'enquêteur Haley, en partie corroborée par celle de Miss Kenharding. Mais c'est à partir de là que tout s'était compliqué. Des complications que n'avaient en rien simplifiées la déposition de Miss Seeton et celle des deux domestiques, recueillies plus tard, et ce bien qu'elles confirment la dernière partie du témoignage de Haley. Quel chef d'accusation retenir contre Mor-

den ? La théorie de Miss Seeton, à propos de bijoux qu'en réalité elle ne possédait pas, leur semblait plus sensée que les élucubrations de Haley, des idées tirées par les cheveux et où il était question d'enlèvement ou de meurtre. On ne pouvait accuser Morden d'être entré par effraction puisque Haley était témoin qu'il n'avait rien cassé et qu'il avait été introduit dans les lieux par le fils de la maison. L'accuser de tentative de vol, c'était ne pas tenir compte du tampon d'ouate. Et pour retenir l'accusation de vol avec voie de fait, il fallait au moins qu'une des trois conditions suivantes fût remplie : primo, qu'un minimum de deux personnes y eût participé — or, le jeune Kenharding avait quitté la chambre avant l'agression et pouvait plaider l'ignorance d'une telle intention. Deuzio, qu'il y ait effectivement eu voie de fait, mais la seule voie de fait constatée avait été perpétrée par Haley sur la personne de Morden. Tertio, l'usage d'une arme offensive : le coton figurait-il sur la liste des armes offensives ?

De toute façon, bien que cinq témoins aient attesté sous serment l'existence du coton, la pièce à conviction n'était plus là, Haley l'ayant laissé brûler par la femme de chambre. Faute de coton, il restait le flacon d'éther : or, l'avocat de la défense aurait beau jeu de dire que Morden se droguait avec, qu'il s'en servait contre les pellicules ou n'importe quelle autre ânerie de nature à semer le doute dans l'esprit du jury. Sans le témoignage de Haley sur ce qui s'était passé dehors, dans la propriété, les policiers de Guildford se seraient retrouvés avec une simple entrée par effraction et se seraient efforcés de croire, comme l'avocat de Morden ne manquerait pas de le suggérer, que le jeune homme avait été suivi dans la maison à son insu. Bref, les collègues de Haley auraient été ravis qu'il fût ailleurs, lui, son intervention et sa déposition, n'importe où mais pas à Guildford, et ils se vengèrent en

l'envoyant à l'abbaye annoncer aux Kenharding que leur fils et héritier était arrêté.

Le lundi ne fut pas moins difficile pour Miss Seeton. Elle n'eut pas, grâce au ciel, à comparaître au tribunal, pas plus que les Timson ou Deirdre, et seul Tom Haley fut appelé à témoigner. Morden fut incarcéré, la police s'étant opposée à sa libération sous caution, tandis que le vicomte Kenharding était libéré grâce aux cinq cents livres de garantie avancées par son père. Miss Seeton n'arrivait cependant pas à se débarrasser d'un sentiment de culpabilité, se jugeant la cause immédiate des ennuis présents de la famille, malgré les efforts de tous ses membres pour l'en dissuader.

Oh, et puis, ça ne servait à rien de s'appesantir là-dessus ! Alors, s'efforçant de chasser les pensées noires de son esprit, elle décida de se concentrer sur le spectacle, si inhabituel pour elle. Des lads faisaient tourner les chevaux sur l'asphalte d'un périmètre restreint, le vent agitant leurs manteaux brodés d'un monogramme. Inlassablement, ils refaisaient le tour et Miss Seeton commençait à s'inquiéter : ils allaient sûrement se fatiguer, non ? Un nouveau cheval venait de temps en temps rejoindre ceux qui tournaient déjà, un cheval en manteau quittant parfois la procession pour revenir sans rien sur le dos et... Ça alors ! Elle avait bien une petite idée de ce à quoi ressemblait une selle, pour en avoir vu en photo, lors de passages de la police montée ou de la Garde à cheval, mais ces choses-là, minces comme des timbres-poste et qui n'étaient même pas en cuir, elle en était sûre, mais en synthétique quelconque... Comment pouvait-on s'attendre à ce que quelqu'un fût confortablement assis là-dessus ?

Sur l'ovale émeraude de la pelouse rasée, au centre, des petits groupes, que les couleurs des jockeys égayaient malgré la grisaille du jour, discutaient des chances de leurs chevaux et donnaient leurs instructions.

Tiens, tiens, celui-là, se dit Miss Seeton, soudain intéressée. Il avait de la classe et portait de belles couleurs. Bien sûr, elle ne pouvait pas vraiment juger de sa classe, de si loin, mais il y avait aussi cette bande étonnante qui barrait la poitrine du garçon, une diagonale argentée qui unissait les couleurs cerise et jaune, assez inhabituelles, de sa casaque et qui faisait vraiment beaucoup d'effet. Bon, le mot « garçon » n'était guère exact, à vrai dire, la plupart des jockeys étant loin d'être des gamins mais, à première vue, on se laissait abuser par leur petite taille.

— Miss Esse, dit une voix sur sa gauche.

— Miss S, dit une autre voix sur sa droite, faisant écho à la première.

— On pensait bien qu'on vous trouverait là, continua Thrudd. C'est Martha qui nous a dit que vous étiez partie...

— Je te signale qu'elle s'appelle Mrs. Bloomer, interrompit Mel pour rectifier, et Martha ne t'aurait jamais rien dit, *à toi*, pas même l'heure qu'il était.

— Bon, d'accord, soyons précis. *La** Bloomer a donné votre adresse à Mel et, sachant que cette pauvre fille ne serait pas capable de pondre un petit entrefilet sur la mode sans mon aide, je lui ai proposé de la conduire ici.

— Tu veux dire que tu t'es imposé et que, par pure bonté de ma part, j'ai aimablement toléré que...

— Il n'y a pas de bonté dans le vide, rétorqua Thrudd, et quant au jour où tu feras preuve d'amabilité, on peut attendre le prochain millénaire...

Qui étaient donc ces deux-là ? Qui serraient Miss Esse de près. Il ferait mieux d'aller voir, se dit Tom Haley qui avait jusque-là su allier plaisir et travail, un œil sur Deirdre qui posait pour des photographes, l'autre sur Miss Seeton.

— Vous avez fait votre choix, Miss Esse? demanda-t-il.

Elle confirma d'un hochement de tête.

— Bon, dit-il en sortant de son portefeuille cinq billets de cinq livres qu'il lui tendit. Tenez, voilà un « poney[1] ». Un policier en service n'a pas le droit de jouer aux courses, fit-il avec un regard rapide aux deux autres, alors, pariez et on partagera.

Là-dessus, il repartit d'un pas tranquille en se traitant d'imbécile. Il voulait juste impressionner les deux autres en leur envoyant le mot « police ». Une livre aurait suffi, pourquoi vingt-cinq, pour l'amour du ciel? « La présence de Deirdre me fait perdre les pédales », songea-t-il, malheureux.

— C'est touchant de voir la confiance que vous inspirez à la police, Miss Esse, observa Thrudd.

— Ou le peu de confiance que nous leur inspirons, suggéra Mel.

— Bonjour, dit Deirdre, saluant les deux journalistes à son retour. Je crois bien que je peux dire adieu à mes cinquante pence.

— Vous avez plongé? s'enquit Thrudd.

La jeune fille rit.

— J'ai parié cinquante pence, gagnant et placé, sur une vieille rosse au jarret mal fichu, en espérant qu'elle arrivera placée...

Mel eut une idée.

— Dites donc, Miss Kenharding, que diriez-vous d'une interview, pendant qu'on y est? Quelque chose dans le genre « De la soie aux chiffons », et on demandera à ce photographe à la petite semaine de prendre deux ou trois photos, fit-elle en désignant Thrudd. Il faut bien qu'il apprenne un jour ou l'autre.

— Pas ici, espèce d'ignare! la rabroua Thrudd. On

1. *Pony* : argot pour vingt-cinq livres. (*N.d.T.*)

ne peut pas poser pour des photos dans la zone réservée aux membres du club. Mieux vaut aller au parking.

— D'accord, fit Mel. On y va ?

Deirdre regarda Miss Seeton avec un air d'impuissance.

— Ça ne vous ennuie pas ?

— Bien sûr que non.

— Très bien. Restez ici jusqu'à ce que les jockeys se mettent en selle, et puis allez au poteau et je vous y rejoindrai.

— Au poteau ?

Deirdre le lui montra d'un signe en s'éloignant :

— Le poteau blanc, là-bas, avec un cercle rouge en haut. Et rapprochez-vous de la barrière pour voir comme il faut.

Un individu qui ne payait pas de mine avait joué des coudes pour s'insinuer dans l'espace laissé libre par Mel Forby. Miss Seeton se poussa de côté pour lui faire de la place. Elle jeta un regard derrière elle, cherchant Tom Haley des yeux. Ces vingt-cinq livres — un « poney », il appelait ça. Quelle responsabilité ! Alors que ce n'était qu'un geste destiné à impressionner Mel et Mr. Banner, elle en était convaincue. Il n'avait pas sérieusement l'intention de jouer, non, de... comment disait-on, déjà ?... de miser sur un cheval ? Elle ne connaissait pas de bookmaker, elle ne savait même pas ce qu'il fallait faire. Mais d'un autre côté, s'il avait vraiment l'intention de parier et qu'elle ne le fît pas, ça pourrait être délicat, si jamais l'animal gagnait. De toute façon, comment s'y prenait-on ? La foule se faisait plus dense, les gens se pressaient autour d'elle, discutant des chevaux, et elle ne voyait personne de sa connaissance. Que faire ? Elle entrevit une solution. Après tout, ce ne serait pas vraiment malhonnête et Tom — elle trouvait plus facile de penser à lui par son prénom, depuis samedi soir —, Tom n'aurait pas

besoin de le savoir. Vingt-cinq livres, bien sûr, c'était une somme ridiculement grosse mais, considérant la récompense — injustifiée, vraiment — que la compagnie d'assurances avait insisté pour lui donner, pour avoir retrouvé les tableaux en Suisse, elle pouvait s'offrir ça, après tout. Ça simplifierait les choses. Elle « miserait » l'argent et, si le cheval gagnait, ce serait parfait. Sinon, elle dirait qu'elle n'avait pas misé et ça irait aussi. Et maintenant, comment... ?

Elle observa son voisin. Pas le genre d'homme à qui elle aimerait confier de l'argent, songea-t-elle, avec sa casquette à carreaux et son imper plutôt crasseux, mais qui avait l'air de s'y connaître, il fallait l'avouer.

— Excusez-moi, dit Miss Seeton.

L'homme l'ignora : il ne l'avait pas entendue, absorbé par ses propres préoccupations. Sortant précautionneusement la main droite de la poche de son imperméable, il la laissa pendre négligemment par-dessus la barrière, le canon d'un revolver miniature dépassant à peine entre le majeur et l'annulaire. Le terme de « revolver miniature » n'était pas exact, à proprement parler. Il s'agissait plutôt d'une sorte de sarbacane mécanisée, déclenchée par une détente qui actionnait un puissant ressort, œuvre d'un inventeur à la solde du syndicat. Le pouce sur la détente, on pouvait tirer jusqu'à près de deux mètres, et avec assez de précision, une seule flèche contenue dans une capsule hermétique qui se brisait sous l'action de la gâchette. Deux scientifiques subornés par le syndicat avaient passé plus d'un an à mettre cette cartouche au point, fondant leurs expériences sur les injections d'anesthésique destinées au bétail et sur les flèches de tranquillisant qu'on utilise pour les animaux sauvages, telles celles que la police new-yorkaise avait essayées dans sa lutte contre les meutes de chiens qui rôdent dans les taudis de Brooklyn. Les deux chimistes avaient

finalement trouvé une solution à base d'un dérivé d'opium, « surgelée » sous forme d'écharde aussi pointue qu'une aiguille, qui, grâce à ses propriétés antalgiques, ne ferait guère plus mal qu'une piqûre de taon. L'écharde aurait aussi le mérite de s'évaporer rapidement, une fois exposée à l'air libre, si bien qu'une fois l'animal piqué au jarret ou à la croupe, toute trace de « blessure » serait virtuellement indétectable. Le résultat de l'anesthésie locale serait tout aussi difficile à voir : le cheval manifesterait peut-être initialement une certaine excitation, mais guère plus que les chevaux de course qui trottent pour rejoindre la ligne de départ. Une dizaine de minutes après « l'injection », les muscles seraient affectés par une légère léthargie qui ne durerait que quelques secondes et qu'on pourrait attribuer à un changement d'allure ou à une dénivellation du terrain. Mais ces quelques secondes, d'une importance vitale, pouvaient faire perdre la course à un cheval et le syndicat avait tiré un joli profit de l'argent investi dans ces recherches.

Les haut-parleurs diffusèrent une annonce : « Les jockeys sont priés de monter en selle ! » et Miss Seeton aperçut le jockey de son choix, en casaque cerise et jaune, barrée d'une bande argent, jeté en selle par un monsieur qui se tenait derrière lui. Les discussions entre propriétaires et entraîneurs étaient terminées, les instructions données, et on emmena le favori, *Fancy's Folly*, prêt à quitter le paddock.

Le moment était venu : l'individu qui ne payait pas de mine se tendit, prêt à agir. Il leva la main et, *Fancy's Folly* arrivant à sa hauteur, aligna le revolver miniature sur la croupe du cheval. Son pouce se raidit sur la détente et...

Miss Seeton lui tapa sur l'épaule. A ce contact — qui lui rappelait d'autres cuisantes interventions — l'homme abaissa brusquement la main, voulant faire

mine de rien, mais il était déjà trop tard pour arrêter l'effet de la pression de son pouce sur la détente.

Les scientifiques qui avaient inventé la fléchette n'avaient pas pleinement évalué le potentiel de cette création de leur matière grise : s'ils avaient fort bien calculé son pouvoir de pénétration du cuir d'un cheval et son efficacité sur cet animal, les paramètres de pénétration d'un cuir tanné et les effets sur l'être humain restaient des inconnues. Des inconnues qui allaient maintenant être résolues grâce à Miss Seeton.

L'homme lâcha un juron sous le coup de l'effroi et laissa tomber le revolver quand il sentit la fléchette traverser sa chaussure et se ficher dans son pied. Se dégageant de la main posée sur son épaule qui — chose étrange — n'avait pas été accompagnée de l'inévitable « Je vous embarque », il détala à fond de train.

Oh, mon Dieu ! Miss Seeton se sentait coupable : ce pauvre petit bonhomme, elle lui avait fait peur ! On oublie que les gens prennent les courses tellement au sérieux et celui-ci était sans doute absorbé, en train d'étudier... la « forme », croyait-elle. Et voilà qu'elle l'avait dérangé dans ses calculs ! Ah là là ! Et il avait laissé tomber son... Elle se baissa pour ramasser le revolver. Tiens, une sorte d'appareil photo miniature ? Scrutant du regard la foule d'imperméables massés autour d'elle, elle ne retrouva pas celui qu'elle cherchait, plutôt sale et surmonté d'une casquette à carreaux. Tant pis, il devait bien y avoir un bureau des objets trouvés, quelque part. Elle mit l'objet dans son sac. Peut-être que Deirdre connaît l'adresse. Sinon, elle pourrait toujours le donner à Tom qui saurait sûrement quoi faire.

Tom Haley était fort embarrassé, à présent. N'étant momentanément plus distrait par la présence de Deirdre, il avait surveillé sa protégée attentivement, sans en avoir l'air. Il l'avait vue accoster son voisin et

s'était même figuré, l'espace d'un heureux instant, qu'elle allait lui passer les menottes, séance tenante. Mais, voyant que le petit avorton se carapatait, il avait compris que Miss Esse n'avait fait que le lui indiquer. L'homme en imper sale plongeait dans la foule quand Tom bondit et l'arrêta.

— Pressé, mon pote ?

L'homme se tortillait comme un ver pour essayer de lui échapper :

— Ouais, j' suis en retard pour un rencard.

Ne se laissant pas émouvoir par la rime pathétique, Tom Haley ne desserra pas son étreinte.

— Je suis sûr qu'elle voudra bien t'attendre une minute ou deux.

L'autre tentait de lui envoyer un bon coup de pied quand une expression d'horreur se peignit sur son visage. Ç'avait été facile, bien trop facile de tendre la jambe en arrière, maintenant elle continuait sa course en avant, toujours plus loin : la hanche se déboîta, sans douleur ; les muscles, les tendons, la chair et la peau se déchirèrent sans lui faire le moindre mal. Il s'attendait carrément à voir sa jambe se détacher, libérée de toute entrave, à la voir passer devant lui à toute allure, telle une roue de voiture desserrée qui file à grande vitesse. Et il s'effondra, comme une auto privée de roue qui bascule sur son essieu.

— Crrrénom ! bêla-t-il. Ma putain d' guibolle ! L'est foutue !

— Quelque chose qui ne va pas ? demanda un agent de police en tenue chargé de surveiller le champ de courses.

Tom Haley lui montra sa plaque.

— Cet homme... commença-t-il.

L'agent se pencha :

— C'est pas un homme, c'est Frank la Paluche. Qu'est-ce que t'es encore allé inventer ce coup-ci, la Paluche ?

— Une ambulance, geignait la Paluche. Amenez-moi à l'hosto à toute berzingue. J' vais passer l'arme à gauche !

— C'est une bonne idée, commenta l'agent. Et qu'est-ce qui te fait penser ça ?

— J' suis empoisonné.

Il y eut un changement d'attitude à peine perceptible chez les deux policiers, comme s'ils dardaient les antennes d'un sixième sens.

— Empoisonné ? questionna Tom. Et par qui ?

— C'est moi-même que j' l'ai fait, grommela l'homme à terre, avec c'te putain...

Un tardif réflexe de méfiance l'arrêta net, en dépit de sa peur.

— Je vais appeler une voiture, marmonna l'agent en uniforme. Il a l'air bizarre, ça, c'est bien vrai.

Il sortit sa radio de sa poche, rapporta l'incident et demanda qu'on envoie une ambulance.

— Comme ça, tu t'es empoisonné tout seul, hein ? reprit Tom. Et avec quoi ?

Les lèvres de la Paluche se figèrent en une expression obstinée.

L'agent remit sa radio dans sa poche.

— Comme tu veux, mais ils pourront pas faire grand-chose pour toi, à moins de savoir ce que t'as pris.

— On va bien s'occuper d' moi, à l'hosto.

— Ne sois pas si naïf ! Comment pourront-ils s'occuper de toi s'ils ne savent pas ce qui ne va pas ? Ça peut leur prendre des jours pour trouver... peut-être même jusqu'au post mortem.

— Au...

La Paluche s'affola, s'agrippa à la jambe de pantalon de l'agent.

— Dites donc, je vais m'en tirer, non ?

— Est-ce que je sais, moi ? répondit-il, jaugeant

l'homme assis d'un regard détaché. A te voir, j'aime autant ne pas être dans tes baskets... ni en dehors.

— Crrrénom ! couina la Paluche. V'là-t-y pas qu' ça m' prend les bras, maintenant. J' les sens p'us ! pleurnicha-t-il, détachant sa main du pantalon et cherchant en vain à lever les bras. Ecoutez, faut m'aider, hein ! J' peux pas cafter, sinon, ils m' feront la peau.

L'agent haussa les épaules.

— A toi de voir. Choisis ta façon de mourir, c'est du pareil au même pour moi, dit-il, relevant les yeux en entendant la sirène de l'ambulance se rapprocher.

La Paluche en appela à Tom :

— Dites donc, c'est-y vrai qu'ils pourront rien faire à l'hosto si que je leur dis pas quel poison qu' c'est ?

Tom eut le même haussement d'épaules que son collègue :

— Ils ne pourront pas te donner d'antidote tant qu'ils ne sauront pas de quel poison il s'agit.

— Mais c'est que j' sais pas moi-même ! gémit la Paluche. C'est un truc pour les canassons, pas pour les chrétiens, souffla-t-il, tournant difficilement la tête, gagnée par la paralysie. Dites, ça aiderait si que j' leur filais un peu de quoi que j'ai écopé ?

— Je crois bien, dit Tom, encourageant. Mais dépêche-toi.

Les policiers en tenue ayant dégagé un passage pour l'ambulance à travers la foule, deux brancardiers arrivèrent avec une civière.

— Ecoutez, lâcha la Paluche, terrorisé, c'te p'tite boîte qu'est dans ma poche droite, y a encore deux de ces foutues fléchettes, dedans. Faites comme si qu' vous les aidez à me porter et filez-la aux gusses. Mais pour l'amour de Dieu, laissez voir à personne que vous l'avez piquée !

Appliquant ses instructions, Tom prit la petite boîte dans la poche de l'imperméable et se dirigea tran-

quillement vers le chauffeur de l'ambulance pour lui dire deux mots pendant que les brancardiers installaient la Paluche sur la civière, sous une couverture. Tom eut à peine le temps de faire quelques pas qu'un bruit semblable à un claquement de fouet le fit s'arrêter net. Il se retourna illico, juste à temps pour voir le blessé se convulser sur la civière et retomber inanimé. Il accourut. Les deux brancardiers restèrent un instant interdits, puis leurs réflexes professionnels reprirent le dessus : apercevant un trou à la tempe du blessé, le brancardier qui marchait devant rabattit la couverture par-dessus la tête du cadavre et, conjuguant leurs forces, son collègue et lui poussèrent la civière dans l'ambulance, sautèrent dans le véhicule et claquèrent les portes. Un instant plus tard, moteur vrombissant, le chauffeur fonçait sur la voie dégagée par la foule.

Tout s'était passé si vite que personne n'avait compris ce qui était arrivé. L'agent en tenue parlait dans sa radio pour appeler des renforts, bien qu'il n'y eût guère de chance de retrouver le tireur au milieu de cette foule, d'autant que la police ne souhaitait pas semer la panique dans la partie du champ de courses réservée aux membres du club. Tom décida que la surveillance de sa protégée devait avoir la priorité et il se hâta de rejoindre la barrière du paddock. Miss Seeton n'était plus là.

Peut-être ici, en haut? Miss Seeton avait dépassé l'endroit où l'on desselle et montait vers les tribunes. Devant elle, de l'autre côté d'une immense pelouse — comment font-ils pour la garder si impeccable, songeait-elle, envieuse, en pensant au combat perpétuel qu'elle devait mener contre les mauvaises herbes, les boutons-d'or et les pâquerettes —, elle distinguait le poteau d'arrivée mentionné par Deirdre, visible pardessus les têtes des spectateurs. Et là, sur la droite, il y

avait des tas de messieurs fort occupés, penchés par-dessus une palissade : sûrement les bookmakers. S'approchant des barrières de l'enclos réservé à Tattersall[1], elle eut un doute. Comment placer de l'argent sur un cheval dont on ne connaît pas le nom ? Ça aurait l'air pour le moins bizarre de dire qu'on voulait miser sur une casaque ? Elle remarqua alors que la plupart des gens portaient un petit carnet qu'ils consultaient fréquemment et dans lequel ils prenaient des notes. Ah, bien sûr ! Miss Seeton fouilla dans son sac et y trouva le dépliant que Deirdre lui avait donné. Vérifiant l'heure, elle trouva la page correspondante ; étudiant la liste des chevaux, elle s'aperçut que les couleurs des écuries figuraient en petites lettres sous le nom de chaque cheval. Et voilà : ça devait être le sien. Quelle chance que les autres n'aient pas de cerise ni d'argent dans leurs couleurs !

204 OOMPAHPAH .... **4 7 0 (6)**
H b Trumpeter — Fille à Papa
0/000-0 **Mrs. F. Santoyne (Major V. Coldwort Newmarket) C. Bells**
CERISE et JAUNE par moitié.
ARGENT en écharpe

H b ? Etait-ce ce qu'on appelle un tuyau ? Peut-être « hyperbien », l'inverse du « p.h.b. » que les enfants disaient souvent à l'école pour désigner ce qu'ils n'aimaient pas. Elle survola du regard le reste des participants : il y avait un *Fancy's Folly*, qualifié de « Ch c ». Il y avait des « B c », un « Bl c » et un « B f » — un autre terme qui lui rappelait l'époque où elle enseignait —, mais le sien était le seul à avoir un

1. Tattersall, également connu sous le diminutif familier de Tatts, est le nom d'une officine de paris hippiques. (*N.d.T.*)

« H b ». Voilà qui était vraiment de bon augure. Prenant de l'assurance, Miss Seeton s'approcha d'un bookmaker et lui tendit des billets pour s'entendre dire :

— Pas d'argent ici, madame... mais là-bas, fit-il en lui désignant l'endroit.

Des gouttes d'eau se mirent à tomber, fouettées par le vent. Le temps filait aussi vite que s'évanouissait son assurance. Miss Seeton joua des coudes pour pénétrer dans l'enclos Tattersall. Elle eut l'attention attirée par un personnage au visage rubicond et à la voix rocailleuse, avec une affiche en grosses lettres posée sur une sorte de pupitre à musique :

Rex, l'homme de confiance

Elle prit place entre deux joueurs qui tendaient leur argent à un petit homme ratatiné, à côté du bookmaker. Sur un tableau noir était écrit à la craie :

8-11	FANCY'S FOLLY
7-2	GARTER NIGHT
8-1	ARGOVIN
100-6	EMPIRE'S TALLY
20-1	LE RESTE

Le sien n'était pas là ! Et il n'y avait pas de cheval du nom de Le Reste[1], elle s'en assura en jetant un bref coup d'œil sur le dépliant. Peut-être dans une autre course ? Prenant son courage à deux mains, elle se prépara à dire « Oompahpah » — vraiment, de quels noms puérils et ridicules ces pauvres bêtes étaient-elles affublées ! — mais, son tour venu, elle flancha. Elle tendit les vingt-cinq livres, désigna le nom du doigt sur la liste et dit simplement :

1. Mode de présentation de la cote des chevaux : les quatre premiers de la liste ont leur propre cote, les autres — « le reste » — sont tous à 20 contre 1. (*N.d.T.*)

— Je voudrais placer ce poney sur ce cheval-là.

— Très bien, madame, c'est fait, à vingt contre un, dit l'employé qui griffonna quelque chose dans un livre de comptes et lui tendit un ticket numéroté.

La pluie tombait plus dru. Pourvu que ce ne soit qu'une ondée passagère ! songea-t-elle. Elle rangea le ticket dans son sac à main, ouvrit son parapluie.

— Alors, Deirdre vous a abandonnée ?

Miss Seeton leva les yeux et s'aperçut que lord et lady Kenharding étaient à ses côtés.

— Nous vous avons vue entrer chez Tatts et nous nous sommes dit que vous vous étiez peut-être égarée, et...

— Au lieu de quoi, continua Sa Grâce, qui avait observé la transaction de Miss Seeton avec Rex-l'homme-de-confiance, vous nous semblez fort à l'aise et en pleine maîtrise de la situation.

— Il ne reste plus que quelques minutes avant le départ. Voulez-vous venir dans notre tribune ? suggéra lady Kenharding. On a la meilleure vue, de là-bas, et c'est plus...

— Comme c'est gentil de votre part, j'aurais été ravie de venir avec vous, mais j'ai promis à Deirdre de la retrouver près du poteau d'arrivée.

— Dans ce cas, vous feriez mieux d'y aller tout de suite, lui conseilla lord Kenharding, sinon vous n'aurez pas de place à la barrière et vous raterez la course.

Reconnaissante, Miss Seeton les salua et partit, assez fière d'elle. « Très à l'aise », avait dit lord Kenharding, « en pleine maîtrise de la situation ». Vraiment, elle avait été bête de se faire tant de mouron ! Ça avait été très facile, et le jargon des champs de courses était clair comme de l'eau de roche, pourvu qu'on eût deux sous de jugeote.

Lord Kenharding se rembrunit quand la petite silhouette se fut éloignée, prenant des allures de champignon, sous son parapluie.

— Penny ? dit-il tout d'un coup.

— Mm ?

— Qu'est-ce que tu penses de ta broche d'émeraude ?

— Avec tous les diamants et le pendentif ? Eh bien, elle est toujours à la banque, de sorte que je n'en pense pas vraiment... Pourquoi ? Tu te disais... ?

— Ça m'a effleuré l'esprit. J'ai dû signer une garantie de cinq cents livres pour la caution de Derrick, ce matin. Cinq cents livres que nous n'avons pas.

Il s'interrompit, puis émit un long soupir.

— Tu crois qu'il va chercher à se dérober à la justice ?

Elle esquissa une petite moue :

— Je le crains, s'il arrive à se trouver une cachette. Ou ses nouveaux amis...

— En effet. Et cette broche est à peu près la seule chose de valeur qui nous reste, en dehors de nos biens inaliénables.

— Alors, tu as pensé à *Fancy's Folly* ? Mais il est donné gagnant et...

— Euh, non, fit-il, un rien gêné. Tu n'as pas pu voir par-dessus son épaule, mais notre petite maîtresse d'école vient de miser un « poney » sur *Oompahpah*. Je dois avouer que ça me donne envie de sortir l'équivalent de la caution et de placer un « singe[1] » là-dessus.

— Cinq cents livres ? Sur *Oom...* ? s'étonna lady Kenharding, sidérée. Mais, Mark, il n'arriverait même pas à se placer dans une course à deux chevaux !

— Je sais, mais pourquoi a-t-elle parié dessus ? Elle attend que Deirdre lui laisse le champ libre, elle file ici et plonge sur un outsider. Pourquoi ? Le Jockey Club préfère être maître chez lui, mais suppose que la police

1. *Monkey :* argot pour cinq cents livres. (*N.d.T.*)

ait eu vent que la course a été truquée, sans pouvoir le prouver, eh bien, Miss Seeton a pu se dire qu'elle ferait aussi bien de profiter de l'aubaine, non ? Ne te laisse pas avoir par tant d'innocence, Penny ! Cette petite bonne femme sait parfaitement ce qu'elle fait, bien qu'elle ne veuille jamais l'avouer. « Je ne connais rien au travail de la police », fit-il en l'imitant. Or, comme par hasard, elle est haut placée à Scotland Yard, où il n'y a place ni pour l'innocence ni pour la bêtise. « Je ne connais rien aux courses », prétend-elle, mais assez pour savoir que vingt-cinq livres s'appellent un poney et pour désigner le nom du cheval sur la liste au lieu de le dire à haute voix, de façon à ne pas divulguer le tuyau à la ronde, conclut-il en riant. Bon, oublie ce que j'ai dit, Penny. Elle finit par m'obnubiler. Allez, viens, allons rejoindre les tribunes. Il ne reste plus beaucoup de temps.

Elle le retint par la manche :

— A propos de la broche... Je crois que j'ai toujours considéré que tu me l'avais donnée en prévision de mauvais jours.

— Naturellement. J'ai dit « oublie ça », Penny.

— Mais, Mark, objecta lady Kenharding, suffisamment déterminée pour finir sa deuxième phrase consécutive, c'est un mauvais jour, aujourd'hui ! fit-elle, l'eau ruisselant sur son visage levé vers celui de son époux.

CHAPITRE VIII

Lord Kenharding n'avait pas été le seul à s'intéresser au pari de Miss Seeton. Un homme s'était approché en douce, aussi près qu'il avait pu, mais n'avait pas réussi à voir quel cheval elle avait indiqué. Fallait savoir : oui ou non, est-ce que les flics avaient entravé que la Paluche avait raté son coup sur le favori ? Et la vieille chouette, est-ce qu'elle collait son fric sur *Garter Night* en croyant que la combine initiale marchait toujours, ou est-ce qu'elle voulait s'en foutre plein les pognes en misant sur *Fancy's Folly* sachant que, maintenant, il allait gagner ? Bah, pour le bien que ça lui ferait, elle ne le toucherait jamais, le pognon. Les ordres avaient circulé, à son sujet, et elle allait y passer. Mais pas avant la fin de la course. Quand même, fallait pas pousser, non ! Un macchab dans l'après-midi, ça suffit — vu qu'on avait dû descendre la Paluche avant qu'il se mette à table. L'homme bomba le torse : un sacré joli petit coup de flingue, comme ça, à l'improviste. Même que personne n'avait été au parfum, à part les gars de la civière et les poulets. *Cette fois,* il fallait que ce soit un accident, c'était ses ordres. Un de ces trucs qu'arrivent : la mémé qu'est prise dans une rixe d'adolescents. Tant pis, rien de personnel. Quoique, à ce qu'il avait entendu dire, le jeune Ken-

harding avait des comptes à régler avec elle et, là, ce serait salement personnel. Bon, de toute façon, c'était pas ses oignons. Tout ce qu'il devait faire, lui, c'était pas la perdre, et la signaler aux mômes quand ils débarqueraient. Il arriva à sa hauteur.

— Vous voulez le gagnant, madame ?

Elle sourit et fit non de la tête :

— Non merci, je l'ai déjà.

Voilà. Ici, il y a une place, se dit Miss Seeton. La pluie ayant cessé, elle referma son parapluie et réussit à se glisser dans un petit espace, le long des barrières extérieures. Ce n'était pas aussi près du poteau d'arrivée qu'elle l'avait espéré, mais impossible de trouver à se loger, plus loin. Et Deirdre ne pouvait pas la rater, là où elle était.

L'homme qui la suivait eut un sourire sardonique. La signaler aux mômes ? Elle se signalait d'elle-même, avec son pébroc ! Le seul riflard en vue, à l'exception de ceux des bookmakers. N'empêche qu'elle avait fait foirer une jolie petite combine, c'te vieille taupe. Et chouravé le flingue, par-dessus le marché. Bon, maintenant, c'était son tour, et on récupérerait le flingue quand elle aurait passé l'arme à gauche. Pourvu que les potes, y z'aient eu le temps de mettre l'oseille sur *Fancy's Folly*, quoique, à 11 contre 8 gagnant, et sans doute pire maintenant, il faudrait placer un fameux pacson dessus pour récupérer ce qu'on avait misé sur *Garter Night* ! Pas étonnant que les patrons, y soient fous de rage !

Tout en haut des tribunes, Thatcher se détendit. Ça avait été la course contre la montre mais les mises étaient faites et on avait couvert les risques, bien que la cote fût finalement tombée à 6 contre 4, gagnant. Satanée bonne femme ! Il aperçut alors les Kenharding qui

s'installaient sur le devant, et il fut surpris. On aurait cru qu'ils n'oseraient pas se montrer en public, après la comparution au tribunal, ce matin. *Noblesse oblige** et grimace stoïque de rigueur, pensa-t-il. Eh bien, il ne tarderait pas à leur faire perdre leur superbe, à ces deux-là, pour avoir appelé la police. Deirdre arriva bientôt, l'air inquiet, regarda un peu partout et se hâta d'aller rejoindre ses parents. Les lèvres de Thatcher se relevèrent : en voilà une qui ne tarderait pas à avoir de bonnes raisons de s'inquiéter. Une idée germa dans son cerveau. Il allait falloir que le jeune Kenharding disparût un peu de la circulation après la fin tragique de Miss Seeton, et cette manière de se soustraire à la justice frapperait Sa Grâce là où il était le plus vulnérable. Et pour la suite ? Sans doute se débarrasserait-on du gamin. Derrick était un imbécile, trop imbu de sa personne pour apprendre, mais on le garderait tant qu'il serait utile comme levier pour manipuler le père. Et plus tard, quand ça se serait un peu tassé, on enlèverait la fille. Ça lui apprendrait, à Kenharding, à se montrer docile. Et ça servirait de leçon de choses aux autres. Avec leurs deux gosses hors circuit, les parents seraient bien obligés de suivre la musique. Sans compter que le gérant du *Poisson rouge* avait l'air de commencer à renâcler, lui aussi : encore une affaire à régler. Et tout ça à cause de cette bonne femme Seeton ! Mais les choses allaient se normaliser quand on l'aurait éliminée. Bon Dieu, comment donc avait-elle fait pour tomber sur la Paluche ? Au moins une affaire qu'on avait réglée sans traîner et, maintenant, il ne restait plus qu'à s'occuper d'elle — et à récupérer le revolver.

« ... sur la ligne de départ, maintenant, annonça une voix dans les haut-parleurs, tous sauf *Argovin*... Ah non, *Argovin* est bien là. Et les voilà partis. »

Une cloche sonna et Thatcher porta ses jumelles à ses yeux pour suivre la course.

« Ah non, *Argovin* est bien là. Et les voilà partis. » Une cloche sonna et Miss Seeton, curieuse, se pencha en avant et regarda à gauche, pour se retrouver nez à nez avec l'homme qui lui avait si aimablement proposé de lui indiquer le gagnant. Il regardait à droite, lui, ainsi que tous les autres spectateurs, elle s'en rendit compte. Elle les imita : rien.

« ... à ce stade précoce de la course, c'est *Fancy's Folly* qui prend la tête, suivi de *Garter Night*, à l'extérieur, et juste derrière ces meneurs, j'aperçois un groupe composé de *Ferndale*, d'*Empire's Tally* et, derrière *Empire's Tally*, *Argovin...* suivis d'assez loin par *Grass Seed* et *Oompahpah.* »

Miss Seeton distinguait à présent des petits points noirs en mouvement.

« ... et voici maintenant, arrivant à la hauteur du repère des cinq *furlongs*[1], commenta une autre voix, aussi indifférente que la première, *Fancy's Folly* qui mène devant *Garter Night*, suivi de *Ferndale.* »

A mesure que les petits points grandissaient, le murmure de la foule s'amplifia et devint clameur au moment où Miss Seeton vit les chevaux arriver au grand galop — oui, enfin elle les voyait.

Maintenant elle comprenait le pourquoi de ces selles plates comme des timbres-poste : elles n'étaient là qu'à titre décoratif, par respect des conventions, elles ne servaient à rien puisque les jockeys restaient soulevés, la tête contre l'encolure du cheval, les fesses en l'air. Elle en vit plusieurs qui passaient assez près, juste le long de la barrière la plus éloignée, mais le sien — jaune, cerise et argent — n'était pas là. Ah si, le voilà, là en face, à l'extérieur, mais loin derrière les autres,

1. Le *furlong* est une mesure ancienne qui correspond à un huitième de mile, soit 220 yards. Donc, ici, 1 100 yards, soit environ un kilomètre. *(N.d.T.)*

stupide animal ! Comme tout le monde autour d'elle s'égosillait à encourager le cheval de son choix, Miss Seeton, gagnée par l'excitation générale, se mit à crier elle aussi.

— Eh, toi, là-bas, lança-t-elle de sa petite voix musicale, avance un peu, dépêche-toi... Oh, active-toi donc !

Sans réfléchir, elle agita son parapluie pour attirer l'attention d'*Oompahpah*. Le vent s'y engouffra, le retourna, le lui arracha des mains et le fit atterrir sur le champ de courses, juste devant *Fancy's Folly*. Le favori fit un écart, bouscula *Garter Night* et faillit tomber. *Garter Night* trébucha mais se rattrapa tandis que, derrière ces deux chevaux de tête, les autres jockeys arrivaient en pestant, se débattant pour écarter leur monture.

La voix suave du commentateur changea de vitesse : « *Fancy's Folly* tombe... ah non ! il se rattrape, mais *Garter Night...* »

La voix continua à accélérer, grimpa dans l'aigu, mais fut noyée par la clameur qui s'élevait de la foule, un mélange de rage et d'excitation.

Oompahpah, courant sur la ligne extérieure, poursuivait son petit bonhomme de chemin léthargique. Quand soudain — était-ce en réponse à la supplique de Miss Seeton, ou éperonné par les spécimens zoologiques qu'elle et lord Kenharding lui avaient mis sur le dos avec leurs poneys et autres « singes », ou encore parce que cet habitué de l'arrière-garde avait décidé tout d'un coup de se réveiller, et qu'il était resté trop longtemps à la traîne —, le hongre bai se lança comme une flèche — au plus grand étonnement de son jockey, de son propriétaire et de son entraîneur — et vint gagner d'une demi-longueur.

— On ferait mieux de l'emmener avant qu'elle ne se fasse lyncher !

Thrudd Banner attrapa Miss Seeton par un bras, Mel Forby par l'autre et les deux journalistes entraînèrent leur victime sidérée vers les tribunes.

— Mais...

— Pas de mais, venez vite.

Miss Seeton ne voulait pas bouger.

— Mais, Mr. Banner, s'il vous plaît, ne faut-il pas que je présente ce ticket, dit-elle en ouvrant son sac, à Mr. Rex — il est bookmaker dans ce qu'on appelle, je crois, le Tatts — parce que...

Thrudd regarda le ticket qu'elle tenait en main.

— Non, vous n'avez pas besoin de présenter ça à qui que ce soit. La course a été fichue en l'air par un... disons, par un contretemps, fit-il en lui adressant un petit sourire, et c'est une espèce d'âne impotent, déguisé en cheval, qui a gagné. Pas même son propriétaire n'avait misé sur lui...

— Moi si. Ou plutôt, je l'ai fait pour Tom — c'est Mr. Haley — à cause des couleurs, voyez-vous, expliqua-t-elle.

— Non, je ne vois pas, mais peu importe. Si vous avez vraiment parié sur cet *Oompops Machin-truc* à cause de la longueur de ses cils, on ferait mieux d'aller ramasser vos gains subito avant que quelqu'un ne se figure que vous avez envoyé votre riflard sur le champ de courses pour ne pas perdre vos dix pence.

Thrudd tourna à gauche et, guidant Miss Seeton à travers la foule, la fit entrer rapidement chez Tattersall et jusque devant Rex-l'homme-de-confiance.

— Nous y voilà. Ramassez vos gains mal acquis et, ensuite, je crois que vous feriez mieux de disparaître.

Miss Seeton tendit son ticket. Rex-l'homme-de-confiance la regarda longuement et, plongeant la main dans sa sacoche, en tira des billets qu'il compta silen-

cieusement en les lui mettant dans la main. Thrudd ouvrait de grands yeux en voyant le décompte se poursuivre. Même la foi de Mel en l'innocence de Miss Seeton était ébranlée. Ils regardaient les billets s'amonceler tant et tant qu'il y en eut pour cinq cents livres, au grand étonnement de Miss Seeton qui se récria. C'est sûrement trop, se disait-elle, bien trop... Interrompant ses velléités de protestations, Thrudd l'emmena à toute allure vers le parking.

— Et quand je pense, dit-il en s'adressant à Mel par-dessus la tête de Miss Seeton, qu'il y a à peine quinze jours, j'ai fait un article sur l'absence de corruption dans la police !

— Ne devrais-je pas aller chercher mon parapluie ? demanda timidement Miss Seeton.

Mel et Thrudd avaient retrouvé Miss Seeton trop tard pour assister à l'incident qui avait affecté le résultat de la course, mais les restes de métal et de nylon noir écrabouillés étaient toujours par terre, derrière les barrières. C'était les remarques de la foule discutant de l'événement — « un riflard », « une saloperie de pébroc », « un parapluie jeté exprès sur le champ de courses » — et l'absence notable de l'accessoire habituel de Miss Seeton qui leur avaient mis la puce à l'oreille.

— Votre parapluie ? s'exclama Mel en riant. Tout compte fait, vaudrait mieux pas, et si quelqu'un vous pose la question, à votre place je jurerais qu'il n'est pas à moi, Miss S. De toute façon, vous avez là de quoi en acheter deux douzaines !

Tom Haley, ayant lui aussi entendu mentionner plusieurs fois un parapluie et en ayant tiré ses propres conclusions, avait décidé de venir chercher sa protégée près de la barrière. Se frayant un chemin à travers la foule, il la vit qui revenait, sous double escorte, de sa visite au bookmaker.

— Ah, vous voilà ! s'exclama-t-il, soulagé. J'avais peur de vous avoir perdue.

— Pas perdue, observa Thrudd d'un ton acerbe. Elle vous a simplement devancé — et pas pour des clopinettes.

— Il y a eu... commença Haley.

Il hésitait, pensant que Miss Seeton n'était pas au courant de la mort de la Paluche et qu'il serait nettement plus sûr de filer, bien que ce fût un peu délicat puisqu'elle était là à l'invitation des Kenharding. Et puis, il ne tenait pas à donner des tuyaux aux deux journalistes.

— Il s'est passé des choses, dit-il sans conviction. Je crois qu'il est temps que vous partiez.

La même pensée surgit au même moment dans trois esprits à l'unisson :

— Vous êtes en minorité, Miss S. On est tous d'avis que vous devriez partir.

— Mais, protesta Miss Seeton, je dois attendre Deirdre, c'est elle qui me ramène à la maison.

Deirdre... Tom Haley s'anima :

— Nous allons la retrouver et je vous suivrai dans ma voiture, au cas où.

Thrudd se fit très attentif :

— Au cas où quoi ?

L'annonce des chevaux qui allaient prendre part à la course suivante dispensa Tom de répondre et, de toute façon, il était impossible de converser puisque, pour rejoindre le parking, il fallait traverser la foule en route vers le paddock.

Le parking semblait désert. Ils approchaient de la première rangée de voitures quand Tom entendit un déclic métallique. Puis un autre. Et encore un autre. Un bruit qui le turlupinait. Il n'arrivait pas à se souvenir... mais ça voulait dire danger. Oui... *Le Bulletin de la police* ! Il y avait lu un avis prévenant que de jeunes

voyous se servaient d'un petit ressort métallique pour signaler leur présence aux membres de leur bande, en particulier quand ils devaient se regrouper pour une rixe.

— Attendez ! ordonna-t-il.

Les autres s'arrêtèrent, interloqués.

— Reculez, vite !

Il se retourna mais il y avait un homme tranquillement posté derrière eux, un petit sourire aux lèvres, la main jouant avec un pistolet. Celui qui avait voulu donner un tuyau à Miss Seeton avait joué les bons bergers et, ayant regroupé ses agneaux pour l'abattoir, il pouvait se détendre et prendre son temps, profiter un peu du spectacle de la boucherie.

La menace incessante des cliquetis métalliques emplissait l'air et mettait les nerfs à vif. Elle fut interrompue par un fracas de verre brisé. Une vingtaine de jeunes avaient surgi de derrière les voitures, donnant du gourdin en tous sens pour faire voler en éclats pare-brise et vitres, envoyant de grands coups de godillot dans les carrosseries de prix qu'ils cabossaient et enfonçaient à qui mieux-mieux. Un gardien qui arrivait en courant fut jeté à terre : il se recroquevilla pour se protéger mais ils le frappèrent à coups de pied jusqu'à ce qu'il perdît connaissance. Comprenant qu'ils étaient en minorité, d'autres gardiens qui se trouvaient un peu plus loin se précipitèrent vers la clôture pour aller chercher du secours, qui se glissant dessous, qui sautant par-dessus — selon l'âge et la forme physique de chacun.

Les jeunes, mis en appétit par les voitures mutilées et la silhouette gisant à terre, se déployèrent en éventail pour piéger leur proie.

Haley, coincé dans le parking sous la menace d'un revolver et conscient que toute tentative d'évasion ne ferait qu'accélérer l'attaque, regretta pour la première

fois d'être en civil. Pas de radio, pas de sifflet ni de matraque — rien. D'instinct, Thrudd et lui avaient fait reculer les femmes contre la clôture afin de leur servir de rempart. Mais Mel, décidant que la gorge était en pareille circonstance la seule arme efficace que possédât une femme, se mit à hurler, de plus en plus fort. Miss Seeton, elle, se taisait, choquée au-delà de toute description : ces... ces petits garnements, à vrai dire presque encore des gamins, même si ces gosses-là avaient perdu tout contrôle d'eux-mêmes... ces galopins étaient menés par le petit Kenharding : Derrick, le frère de Deirdre.

Voyant ses victimes bien encerclées, le donneur de tuyau de Miss Seeton rempocha son pistolet et décampa. Ces jeunes abrutis qui s'y croyaient déjà ! « Ça peut pas s'empêcher de bousiller tout ce qui se trouve sur son passage, histoire de se donner du cœur au ventre pour le massacre. Total : ils font un tel raffut qu'ils rameutent toute la flicaille du comté ! Dieu nous épargne les amateurs ! Les patrons ont peut-être raison d' s'y prend' comme ça, mais moi, à tous les coups, je préfère du bon boulot de pro où c' que, après, on se barre vite fait bien fait. »

La police du comté, ou tout au moins ceux de ses membres qui étaient de service au champ de courses, avait bel et bien été rameutée par le bruit du massacre des voitures et les hurlements de Mel, ainsi que par les gardiens du parking. Les agents avaient beau accourir tout en appelant des renforts, la situation n'en paraissait pas moins désespérée aux yeux des quatre prisonniers. Les hurlements de Mel avaient apparemment porté l'excitation des jeunes à son comble, les incitant à prolonger la torture. Ils iodlaient, singeant les cris de Mel. Deux d'entre eux se jetèrent sur Thrudd et le jetèrent à terre. Mel, armée d'une chaussure, les frappa au visage à coups de talon, donnant à son protecteur le

temps de se relever, d'envoyer son pied dans les parties d'un de ses agresseurs et un uppercut à son acolyte qui s'effondra. Tom Haley, mieux loti que les autres grâce à sa formation de policier, bloqua le bras d'un jeune, fit un croc-en-jambe à un deuxième, le coinça avec son pied sur la nuque, et il s'apprêtait à donner un coup de tête dans le visage d'un troisième quand Derrick Kenharding lui fonça dessus avec un couteau. Tom dut faire un écart pour éviter un coup de poignard à l'abdomen : le bras du gamin qu'il tenait toujours se brisa dans un hurlement de douleur tandis que la lame se fichait dans la hanche de Tom. Derrick reprit son couteau avec un sourire triomphant : voyant son adversaire déséquilibré et sans défense, il visa la gorge. Miss Seeton, qui se trouvait derrière Tom, réagit avec la force du désespoir et envoya la seule arme qui lui restât : son sac à main. Le vieux cuir robuste et démodé, avec son fermoir bien sage — qui, cette fois, lui évita de semer ses gains à tout vent —, atterrit en plein dans la figure de Derrick. Il tituba, momentanément aveuglé, et la lame vint se loger dans l'épaule de Tom.

CHAPITRE IX

Tom Haley regarda autour de lui. Peu à peu se précisa l'image de l'endroit où il se trouvait. A côté de lui, en face de lui, des rangées de lits métalliques, des silhouettes couchées ou assises, certaines avec des écouteurs aux oreilles. Et partout cette drôle d'odeur pénétrante, l'odeur de... Mais, bon Dieu, que faisait-il à l'hôpital ?

Ça avait dû foirer quelque part. Il avait un truc important à... Tom essaya de se lever. Le bras droit et la jambe droite l'aidèrent à se dresser sur son séant, mais de travers, parce que les membres du côté gauche refusaient de coopérer. Il avait mal. Une douleur sourde mais porteuse de menace : elle était capable de s'éveiller et de devenir aiguë s'il tentait de n'en faire qu'à sa guise. Il se regarda. Il avait le bras gauche en écharpe sur la poitrine et, relevant le drap, il s'aperçut que sa jambe gauche était rembourrée et tout enveloppée de bandages. Il fit une autre tentative, bien décidé à bouger. Et, comme s'il venait d'appuyer sur le bouton d'un téléviseur encore chaud, l'image de la pièce bascula en arrière et tourna pour s'arrêter sur une autre chaîne. Un gros plan du visage de Deirdre Kenharding. Tom se détendit en faisant très attention, maîtrisant sa respiration de peur que le moindre mouvement ne le

refît changer de programme. Deirdre souriait. La mise au point était bonne, l'image stable. Il était sur la bonne chaîne. Bon, il ne pouvait pas rester là à la regarder fixement. « Dis quelque chose. Une petite phrase bien tournée pour la saluer ; pas de cérémonie, de l'humour, de préférence. Juste histoire de voir qu'elle est bien réelle. »

— 'jour, marmonna Tom.

— Ah, chouette ! s'écria Deirdre en riant, soulagée. Je n'étais pas sûre que vous soyez vraiment des nôtres — vous avez l'air un peu dans les vaps. Ils ne voulaient pas me laisser entrer mais j'ai dit que... (Bah, qu'importait ce qu'elle avait raconté, du moment qu'on l'avait laissée entrer.) Comment vous sentez-vous ?

— Bien, mentit Tom.

— Euh, ça ne se voit guère. Je... commença-t-elle, ses mains se mettant en mouvement — comment lui dire ça ? Je suis tellement navrée, pour Derrick. Il devait être fou — ou drogué, je suppose. Mais quand même, poursuivit-elle, ses doigts accompagnant ses propos de contorsions torturées, avoir essayé de vous tuer, vous et Miss Seeton ! Je ne... je ne peux pas...

La voix et les mains capitulèrent devant son incrédulité.

Miss Seeton ? Miss Esse ? Derrick ? Les événements de l'après-midi lui traversaient confusément l'esprit, en une succession de flash-back. Tom Haley s'inquiéta :

— Miss Esse, fit-il confusément. Ça va, elle ?

— Elle va très bien. Ce sont les deux journalistes qui la ramènent à la maison.

Tom se dressa sur son séant :

— Non, protesta-t-il.

— Si. Ecoutez, j'allais la ramener mais je n'ai pas pu, avec tout ce qui s'est passé et puis pour venir à l'hôpital, attendre et tout, alors ils ont dit de ne pas m'en faire, qu'ils la ramèneraient à Plummergen et...

— Non, répéta Tom. Ch'est moi qui chuis rech...

Il s'interrompit, fit non de la tête, grimaça sous le coup d'un élancement douloureux dans l'épaule, fit un gros effort pour reprendre :

— Je chuis rechponchable, déclara-t-il avec fermeté.

Il éprouva un drôle de sentiment de *déjà dit**, bien que nul ne pût cette fois l'accuser d'avoir trop forcé sur le gin et le champagne.

Deirdre éclata de rire :

— Ne soyez pas stupide ! Pour l'instant, vous seriez parfaitement incapable de conduire qui que ce soit, où que ce soit. Vous avez perdu plein de sang, on a dû vous transfuser, vous recoudre le bras et la jambe. Ils vous ont injecté des tas de trucs et vous étiez dans le cirage. C'est pour ça que vous êtes dans les vaps.

Le souvenir de la rixe au parking se précisa en même temps que s'aiguisait la douleur qu'il ressentait à la cuisse et à l'épaule. Il se rappela l'ultime instant où le couteau allait lui trancher la gorge, se souvint qu'il s'était dit qu'il allait y passer. Si son cerveau se désembrumait, sa bouche, elle, contenait toujours un trop-plein de langue chargée et alourdie.

— Comment èche qu'il m'a raté ?

— Miss Forby me l'a raconté, elle l'a vu. J'ai cru qu'elle aussi avait été blessée, parce qu'elle boitait, mais c'était juste parce qu'elle avait perdu le talon d'une de ses chaussures. Vous, vous étiez devant Miss Seeton, et vous aviez déjà mis trois gars au tapis, fit Deirdre, les yeux brillants de fierté. Alors, quand Derrick s'est jeté sur vous avec un couteau, Miss Seeton lui a envoyé son sac à main en travers de la figure.

C'était la deuxième fois que Miss Esse lui sauvait la peau, songea Tom. Ils faisaient une fine équipe, capable d'affronter n'importe qui : lui, du plomb dans l'aile, encaissant de temps en temps les coups pendant qu'elle descendait des lignes entières d'adversaires.

— Miss Seeton est venue vous voir, poursuivit Deirdre, mais le dragon d'infirmière-chef n'a pas voulu la laisser entrer. Alors, elle vous a laissé du raisin et m'a demandé de vous remettre ça, ajouta-t-elle en sortant une grosse enveloppe de son sac.

Tom tendit la main droite, esquissa le geste de se pencher en avant, grimaça et renonça.

— Qu'eche qu'il y a dedans ?

Deirdre ouvrit l'enveloppe avec une solennité étudiée, et posa son contenu en éventail sur le lit.

— Cinq cents livres, annonça-t-elle.

— Quoi, quoi ? cancana Tom, incrédule.

— « Quoi », en effet ! J'ai cru comprendre que vous lui aviez demandé de miser sur un cheval à votre place — bien que, celui-là, je ne l'aurais guère qualifié de « cheval ». Alors elle l'a fait et voici vos gains mal acquis. Apparemment, elle a donné le tuyau à mes parents, Père a perdu les pédales et mis cinq cents livres dessus. Pauvres chers parents ! Ils sont plutôt déprimés à cause de Derrick mais, d'un autre côté, les dix mille tickets qu'ils ont encaissés leur ont considérablement remonté le moral. Je pense tout de même, fit Deirdre, un rien attristée, que Miss Seeton aurait pu aussi me donner le tuyau. Tout ce que j'ai fait, c'est perdre cinquante pence. Au fait, les parents sont venus vous voir aussi mais le dragon n'a pas voulu les laisser entrer non plus. Ils vous ont apporté du raisin. L'infirmière a également barré le passage au duo Forby-Banner, ce qui n'était pas rien... Ils vous ont... euh... apporté du raisin. Elle a aussi essayé de me vider jusqu'à ce que je lui explique... fit Deirdre en rougissant, ses doigts se nouant et se tordant, puis elle partit d'un petit rire : Je vous en ai apporté aussi, si bien qu'avec nous tous vous vous retrouvez submergé de raisin.

Tom jeta un regard en coulisse sur la table de nuit :

une montagne de vert et de grenat débordait d'une assiette. Il considéra de nouveau l'argent étalé sur le couvre-lit.

— Pas à moi, juchte la moitié, on devait partager, dit-il, les idées confuses et sentant la douleur s'aiguiser, mais se rappelant qu'il y avait quelque chose... Ah, oui, le parking ! s'écria-t-il. Qu'eche qui ch'est passé ?

— La police a embarqué la plupart des jeunes. Quelques-uns se sont enfuis, dont Derrick, ajouta-t-elle avec un haussement d'épaules et un geste dubitatif. Je ne sais si je m'en réjouis ou si je le déplore.

— Bon, c'est assez, maintenant, déclara l'infirmière-chef en arrivant au chevet de Tom avec un récipient en forme de haricot et un air d'efficacité empesée. Je vous ai déjà laissé cinq minutes de plus que ce que j'avais dit.

Sortant un thermomètre de la poche-poitrine de son uniforme, elle le secoua, l'examina d'un œil sévère et le poussa dans la bouche de Tom, tandis qu'elle lui prenait le pouls. Elle considéra d'un air désapprobateur cet argent qui faisait désordre sur le lit bien net.

— Bon, on ne peut pas tolérer ça ici. Je vous avais dit de ne pas exciter le patient.

— Mais c'est à lui... hasarda Deirdre.

Tom tenta de protester, le thermomètre en bouche, mais un regard sévère l'arrêta net.

— Ça, je n'y peux rien. On ne veut pas de ça, ici. Vous feriez mieux de le lui garder.

Deirdre ramassa docilement les billets et les fourra pêle-mêle dans l'enveloppe qu'elle remit dans son sac. Elle se leva et sourit à Tom.

— Je vais rendre ça à Miss Seeton et vous pourrez vous arranger avec elle.

Il fit oui de la tête.

L'infirmière n'en démordait pas :

— Maintenant, il faut que vous partiez !

S'éloignant à regret, Deirdre adressa un petit signe à Tom.

— Peut-être pourrez-vous revenir le voir demain, on verra ce que dit le médecin, fit l'infirmière d'un ton légèrement radouci.

Abandonnant le poignet de Tom, elle lui retira le thermomètre de la bouche, fit la grimace et émit un petit claquement de langue.

— Vous ne devriez même pas avoir de visite du tout ! déclara-t-elle.

Elle prit dans le récipient une seringue hypodermique qu'elle tint en l'air un moment pendant qu'elle chassait l'air en appuyant légèrement sur le poussoir, puis elle badigeonna le bras de Tom et y piqua l'aiguille d'un geste rapide et efficace, sans douleur.

— Mais votre fiancée était tellement chamboulée et insistante que j'ai pensé...

La teneur des pensées de l'infirmière n'effleura pas Tom. Il ne retint qu'un seul mot qui s'attarda et remplit ses propres pensées. Cha fianchée ? Cha fian... ? Cha fi... ? Le poussoir de la seringue arriva en fin de course. Des bandes lumineuses se mirent à clignoter dans le champ de vision de Tom, la pièce bascula en avant, puis se retourna. Cha fian... ? Cha fi... ? La figure de l'infirmière en gros plan exécuta un double saut périlleux arrière. Et puis l'écran s'obscurcit.

CHAPITRE X

Installée dans la salle du bar, Miss Seeton regardait consciencieusement l'écran de télévision qui déroulait sous ses yeux le spectacle de l'après-midi — les tribunes, la foule et les chevaux de la course à laquelle elle avait assisté, il y avait moins de trois heures —, tandis que le commentateur décrivait la rixe de jeunes qui s'y était produite. « C'est extraordinaire, quand on y pense, la rapidité avec laquelle les nouvelles circulent de nos jours, songeait-elle, même si par ailleurs tant de choses sont plus lentes. Comme les voyages et le courrier. » Naturellement, elle pouvait comprendre que Mel et Mr. Banner aient eu envie de « rattraper » les nouvelles, comme ils disaient, puisque c'était leur gagne-pain, les nouvelles. Mais quand même, vouloir s'arrêter dans ce pub en bord de route, près de Wrotham (bizarre, la manière dont ça se prononce : « Rootem »), alors qu'on était si près de la maison, à moins de cinquante kilomètres, elle avait trouvé ça un peu décevant. « Et puis cette orangeade, pensa-t-elle en en buvant une gorgée puis en reposant le verre sur la table ronde, c'est gentil, bien sûr, mais ça ne vaut pas une bonne tasse de thé. »

« La police souhaite interroger Derrick Kenharding... » disait le commentateur.

Le nom tira Miss Seeton de sa distraction. Cette pauvre famille ! Elle se sentait encore coupable d'avoir été, au moins en partie, responsable des derniers ennuis en date de leur fils. Cependant, quand elle avait essayé de leur présenter des excuses au moment de partir, lord Kenharding lui avait serré la main très chaleureusement et lady Kenharding l'avait spontanément prise dans ses bras, embrassée et remerciée. De quoi donc ? Miss Seeton n'en avait pas la moindre idée.

« ... prendre contact avec leur commissariat local », continuait le présentateur.

La photo de Derrick disparut, laissant place à un autre visage. Physionomiste, Miss Seeton le reconnut, malgré l'absence de casquette à carreaux et d'imperméable. Oh, juste ciel ! Tiens, ça lui rappelait que... Elle avait oublié de se rappeler... Elle se mit à fourrager dans son sac.

— Qu'est-ce qui vous démange, Miss Seeton ? Voulez-vous un mouchoir en papier ?

— C'est cet homme-là, expliqua-t-elle en montrant l'écran de télévision. Voyez-vous, je voulais demander à Deirdre ou le donner à Tom — Mr. Haley — mais avec tout ce qui s'est passé ensuite, ça m'est complètement sorti de la tête, j'en ai peur.

« ... se souvient d'avoir vu cet homme ou remarqué quelque chose d'inhabituel dans le paddock avant la troisième course est prié d'en informer la police de Guildford ou de contacter son commissariat local », dit la voix tandis qu'un numéro de téléphone se superposait au visage de la Paluche.

— Et alors ? demanda Thrudd.

— Et alors ? répéta Miss Seeton, tel un écho.

— Cette petite idée qui vous chatouillait le cerveau, c'était quoi ?

— Je ne sais pas, avoua-t-elle. C'est-à-dire, ça avait plutôt l'air d'un grand...

Elle hocha la tête d'un air d'impuissance et sembla en appeler à Mel.

— Mais non, ça ne se peut pas, car il n'en aurait pas, n'est-ce pas?

— Il n'aurait pas de quoi? s'enquit Mel, patiente.

— De poudrier.

— Peu probable, confirma Thrudd.

Miss Seeton avait manifestement trouvé ce qu'elle cherchait en fourrageant dans son sac, ça se voyait à son expression. Thrudd se pencha en avant et, le geste rapide, il prit le sac, fit semblant de chercher, lui tendit un mouchoir, rendit le sac et laissa sa main retomber sous la table, cachant le revolver miniature qu'elle contenait.

Mel avait observé la scène avec intérêt :

— Encore en train de voler dans les sacs...

Thrudd était fasciné par sa trouvaille. Pointant le canon sur le plancher, il appuya sur la détente et fut récompensé par un « clic » qu'il sentit plus qu'il ne l'entendit. Un pistolet à drogue, devina-t-il. « Ouais, si c'est pas une espèce de pistolet à injecter de la drogue, moi, je suis un yak du Tibet. »

— Où l'avez-vous trouvé?

Miss Seeton donna sa version des faits, plutôt compliquée :

— ... et je l'ai ramassé quand il l'a laissé tomber et qu'il s'est enfui.

Relevant les yeux, elle s'aperçut que la photo de la Paluche avait disparu de l'écran et que le journal télévisé était passé à des petits sujets banals. Le présentateur parlait à présent d'un débat à la Chambre des communes, sur l'inflation et la déflation.

Thrudd était sceptique. Ça semblait tellement innocent, comme d'habitude; tout collait parfaitement, même compte tenu des complications que produisent invariablement les tentatives de clarification de Miss

Seeton. Il était malgré tout prêt à parier qu'elle avait eu pour mission de s'occuper de cet homme-là, qu'elle lui avait fait les poches pour avoir la pièce à conviction, mais que la rixe qui avait éclaté ensuite l'avait empêchée de poursuivre. Et peut-être l'avait-elle oublié jusqu'à maintenant — oui, ça se pouvait. De toute façon, les flics réclamaient des renseignements à cor et à cri. Alors, autant qu'ils aient ça rapido, ce qui résoudrait du même coup le problème qui se posait à lui dans l'immédiat, songea-t-il avec satisfaction.

Comme si elle devinait le cheminement de ses pensées, Mel remarqua :

— Alors, toi non plus, ça ne t'a pas plu, la Humber.

— Non, convint-il, repensant à l'angoisse qu'il avait ressentie, sans l'exprimer, sur la route de Guildford jusqu'ici.

Mel releva un sourcil :

— Alors, c'est pour ça qu'on est coincés dans ce pub ?

— C'est pour ça qu'on est coincés dans ce pub. Il se pourrait que j'aie tort — ce qui n'est pas le cas, affirma-t-il, mais admettons-le, à titre d'hypothèse — et qu'on n'ait pas essayé de nous faire quitter la route deux fois, qu'on ait juste eu de la veine, vu la circulation et les routes en lacet. Mais, fit-il, visualisant la route qui leur restait à parcourir, c'est juste un peu plus loin qu'on bifurque pour prendre un petit bout de l'autoroute de Douvres. Elle est large, assez droite et pas très encombrée, releva-t-il avec un petit rire, un vrai cadeau pour eux. Confrontée à une Humber, ma vieille guimbarde n'aurait même pas le temps faire une dernière prière.

— Alors, on ne bronche pas, le temps qu'ils soient loin d'ici ?

— Penses-tu ! répliqua Thrudd d'un ton sec. La Humber se trouve actuellement au parking et ça fait un

moment que je me racle la cervelle pour trouver le moyen de dire aux flics du coin que je crois que nous sommes suivis, sans qu'ils me prennent pour une vierge effarouchée.

Mel lui lança un regard en coulisse.

— Effarouché, peut-être. Vierge, non.

— Ce qui fait que ceci est la réponse à mes prières de jeune vierge, dit-il, en glissant le revolver dans sa poche, la main toujours cachée sous la table. La police veut des renseignements ? Bien, alors à eux de venir les chercher. Qui est-ce que vous connaissez au commissariat du coin ? fit-il à l'adresse de Miss Seeton qui avait tenté, en vain, de suivre la conversation.

Elle réfléchit.

— Eh bien, il y a Mr. Potter, bien sûr, qui habite au village, mais je crains qu'il ne soit pas toujours là, dit-elle d'un ton d'excuse, depuis qu'ils lui ont donné une voiture pour le rendre « mobile », comme ils disent.

Elle plissa le front.

— Le seul autre que je connaisse vraiment, c'est le commissaire Brinton... non, je crois bien que, maintenant, c'est M. le commissaire divisionnaire Brinton d'Ashford.

— Ça, c'est du sur mesure ! s'exclama Thrudd, ravi. Je suis tout à fait pour les haut gradés, moi.

Il se leva d'un bond, ajusta la bandoulière de son appareil photo puis ramassa leurs verres.

— Je vais nous chercher une autre tournée, faire un tour aux toilettes, prendre deux, trois photos du joujou de Miss Esse, appeler le bureau pour leur dire d'attendre la suite de l'histoire du champ de courses. Après quoi je téléphone à ce fameux Brinton, je le mets au parfum et je lui demande de nous envoyer une escorte.

— Tu ne crois pas, suggéra Mel, que Miss S, qui connaît Brinton, obtiendrait peut-être de meilleurs

résultats que toi, avec ton charme d'éphèbe invisible au téléphone ?

Thrudd la considéra.

— J'aime que les gens soient contents, expliqua-t-il gentiment. Pendant que Miss Esse et toi, vous êtes tranquillement assises là toutes les deux, contentes de picoler en regardant le monde s'affairer, un des types de la Humber — troisième tabouret en partant de la gauche, au bout du bar, précisa-t-il en voyant que Mel s'était involontairement mise à regarder autour d'elle —, ce type, lui aussi, est content de regarder Miss Esse et toi en train de regarder le monde. Et ainsi de suite. Si je lance une autre tournée, fit-il en se glissant entre son siège et la table, ce n'est pas en allant satisfaire des besoins naturels que je vais déranger sa quiétude et, avec un peu de chance, il ira pas gamberger que je vais appeler la police.

C'est avec un manque d'enthousiasme patent que ladite police — en la personne du commissaire divisionnaire Brinton — reçut l'appel de Thrudd Banner.

— Oui, c'est ça, vous êtes à Wrotham, eh bien, ça, c'est les oignons de Maidstone. Appelez-les donc et peut-être qu'ils enverront une voiture de patrouille pour garder un œil sur vous. Pourquoi m'appeler, moi ?

Thrudd commença à expliquer que Miss Seeton... Il entendit un drôle de bruit, comme si l'autre s'étouffait, suivi d'un silence.

— Allô... Allô... ? reprit Thrudd.

— La ferme ! répliqua Brinton.

Enfer et damnation ! Ça voulait dire que ces oignons-là, ils venaient puer chez lui, dans la zone qui était de son ressort. Il réprima un gémissement : celle-là, si elle était de nouveau sur le sentier de la guerre, c'est pas d'une auto qu'on aurait besoin mais de tout un parc automobile, avec couverture aérienne et tout le bazar !

— Pourquoi vous avez pas dit plus tôt qu'il s'agissait de Miss Seeton? aboya-t-il. Eh bien, allons-y, racontez-moi ça depuis le début.

Thrudd lui résuma les événements de l'après-midi. Le récit fut reçu par un profond soupir.

— Hum! Elle va aux courses, part en guerre et maintenant, la voilà prête à livrer la prochaine bataille sur son propre terrain. Voilà de quoi illuminer ma journée! Et quel est ce gadget sur lequel elle a mis la main, selon vous? s'enquit-il.

Thrudd lui dit ce dont il s'agissait.

— Un pistolet qui lance de la drogue? Elle l'a déjà essayé sur quelqu'un? fit Brinton d'un ton caustique. Surtout, ne le lui rendez pas, elle en serait capable. Vous pouvez le donner à... Non, ça ne marche pas. Attendez.

Brinton venait de se rappeler la fois où Miss Seeton s'était fait enlever par un faux policier : il en avait résulté un incendie qui avait détruit un bois, une église, l'auteur du rapt et, à un poil près, Miss Seeton elle-même. Il fit la grimace : ils pourraient facilement se passer d'une autre bavure de ce genre.

— Bon, dit-il au bout d'un long silence, j'ai ici un enquêteur, un gars en « civil », qu'il dit, grand bien lui fasse! quoiqu'il soit déguisé comme c'est pas possible. Un dénommé Foxon. Il la connaît, et elle le connaît. Je vais vous le faire déposer, d'ici une demi-heure. Z'avez de la place pour lui dans votre tacot?... Bien. Vous lui donnez le bidule, vous prenez ce carnaval ambulant avec vous, et je le ferai récupérer à Plummergen un peu plus tard. Mais assurez-vous que c'est vraiment Foxon et qu'elle le reconnaît. Je vais demander à Maidstone de garder un œil sur cette Humber. Vous avez son numéro d'immatriculation? Et le vôtre?

Il nota les numéros et raccrocha.

« C'est peut-être un tas d'âneries, se dit Brinton, mais autant prévenir Maidstone que ça risque de chauf-

fer. » Après tout le grabuge qu'il y avait eu aux courses, et si le journaliste avait raison de penser qu'on avait tenté par deux fois de les faire sortir de la route, ces petits salopards ne s'arrêteraient pas en si bon chemin, sous prétexte que quelqu'un pointait un doigt réprobateur vers eux en disant : vilains garçons ! L'expérience — de la plus calamiteuse espèce — lui avait appris que, s'agissant de Miss Seeton, il fallait s'attendre au pire, multiplier par deux et ajouter le chiffre de la date du jour. Comment cette petite maîtresse d'école à l'air innocent s'y prenait-elle pour déranger plus de nids de frelons en cinq minutes que dix personnes normales en une vie entière... ? Brinton soupira encore, fit appeler Foxon et décrocha le téléphone.

Le cheveu était plutôt long ; le pantalon, d'une couleur terre cuite surprenante, jurait avec la chemise plissée à rayures vives où pendait une cravate multicolore. Posant les mains sur les épaules de Miss Seeton, le jeune homme l'embrassa sur la joue avec un mélange de déférence et d'affection. Miss Seeton parut interloquée.

Les yeux de Thrudd Banner se rétrécirent :

— Connaissez-vous cet individu ?

— Mr. Foxon ? fit Miss Seeton dans un sourire. Et comment donc, nous avons passé une nuit ensemble.

Voyant à l'expression de Thrudd qu'elle n'avait peut-être pas été suffisamment explicite, elle se hâta de préciser :

— C'était tout à fait étonnant. Et, bien sûr, ça paraissait encore plus surprenant du fait que ça se passait dans une église.

— Original, en tout cas, commenta Mel.

Sortant les mains de ses poches, Thrudd serra celle du nouveau venu. Foxon prit le pistolet lance-drogue

sans manifester la moindre surprise tandis que Thrudd le présentait à Mel.

Foxon sourit.

— J'ai vu un jour Miss Forby en pleine action, au cours d'un pugilat, à Plummergen. Elle sait salement y faire, avec un sac à main !

La mémoire de Mel lui rappela les détails de la première fois où elle avait dû couvrir une affaire concernant Miss Seeton.

— Et vous, vous étiez celui qui s'est retrouvé à la fin en cravate et sans grand-chose d'autre sur le dos !

— Réunion des anciens combattants de l'armée de Miss Esse, commenta Thrudd. Bon, on reprend une petite tournée pour faire plaisir à notre copain de la Humber qui est au bar, et puis on met les voiles.

Foxon alla chercher les boissons afin de voir leur adversaire de plus près.

— Vous étiez tous au machin de cet après-midi qui a fait la une des nouvelles ? demanda-t-il à son retour.

— Ça, pour y être, on y était, fit Mel, mais on en est sortis de justesse. On a dû rafistoler le petit chouchou de policier de Miss S et le laisser à l'hôpital mais, au moins, plus de la moitié des loubards a été épinglée, souligna-t-elle avec satisfaction.

— Qu'est-ce que je vous parie, remarqua Foxon avec amertume, qu'ils vont prendre un avocat prêt à jurer qu'ils n'ont « rien fait », qu'ils se sont juste précipités pour aider ?

— Ça ne passera pas, pour certains d'entre eux, le rassura Thrudd. J'ai pu faire une ou deux photos avant qu'ils nous sautent dessus, y compris celle d'un individu qui est arrivé en brandissant un revolver mais qui a eu vite fait de s'éclipser dès que la castagne a commencé.

Foxon se pencha vers Thrudd et demanda, en même temps que Mel :

— Vous avez le...

Thrudd fit non de la tête.

— Pas sur moi. J'ai envoyé le film par le train de Londres, port payé par le destinaire, pendant que tu te faisais ferrer la patte, expliqua-t-il en regardant Mel avec un air de reproche attristé. Je t'ai déjà dit que si tu passais un peu de temps avec moi, tu commencerais à apprendre les rudiments du métier ! Bon, allons-y, conclut-il en se levant. On ferait mieux de filer pendant que la Humber et les flics jouent au gendarme et au voleur.

Une voiture de police s'avança, bloquant le passage de la Humber pendant que Thrudd sortait pour rejoindre la grand-route.

Deux officiers de police s'approchèrent de leur cible, chacun d'un côté de la voiture.

— Excusez-moi, monsieur, mais ceci n'est pas un parking public. Vous n'avez pas le droit de rester garé là, je le crains, sans boire ou manger quelque chose au restaurant.

L'homme au volant de la Humber poussa un soupir de soulagement :

— Mon pote est d'dans, y s' jette un ou deux godets derrière la cravate, expliqua-t-il. Moi, j' bois jamais quand j' conduis, ajouta-t-il en se drapant dans sa vertu.

— Très sage, monsieur, constata le policier qui resta sérieux comme un pape et tendit la main. Puis-je voir votre permis de conduire et votre certificat d'assurance ? Simple contrôle de routine, ajouta-t-il en voyant que l'autre s'apprêtait à protester.

Un instant, le chauffeur sembla sur le point de refuser, puis, après un bref regard au policier, il émit un petit rire bref et plongea la main dans la poche intérieure de son veston.

— T'jours prêt à rendre service !

Un bruit sourd et le policier s'écroula. Son collègue se retourna en poussant une exclamation mais l'homme du bar, qui avait déjà amorcé un plongeon par-dessus le capot, le prit par surprise, le déséquilibra et le fit tomber. Le conducteur, qui s'était glissé du côté passager de la banquette avant, lui tomba dessus, le cloua au sol et lui enleva sa casquette. L'homme du bar abattit sa matraque sur la base du crâne ainsi exposée et le policier resta étendu sans bouger.

La scène, qui s'était jouée en moins d'une minute, était passée inaperçue, abritée des regards par les autos garées de part et d'autre de la Humber et, devant, par la voiture de police. Les deux hommes ne perdirent pas une minute, ne gaspillèrent pas un mot. Leur numéro d'immatriculation avait été signalé, c'était sûr, ou tout au moins probable. Sans rien dire, ils enlevèrent les vestes d'uniforme des policiers, prirent leurs casquettes, flanquèrent les deux corps inanimés sur la banquette arrière de la Humber, se parèrent de leur plumage d'emprunt — personne ne remarquerait qu'il leur allait si mal —, lancèrent leurs propres vestes sur le siège arrière de la voiture de police et, trouvant les clés sur le contact, démarrèrent, sortirent du parking à fond de train et filèrent vers l'autoroute à la poursuite de Miss Seeton et de la forte probabilité que le pistolet miniature fût encore en sa possession. L'homme au revolver l'avait en effet vue ramasser quelque chose dans l'herbe, au paddock, et le mettre dans son sac à main après que la Paluche eut pris la fuite.

Miss Seeton commençait à sentir la fatigue. Non, elle ne lui avait pas vraiment paru plausible, la raison que Mr. Foxon avait donnée pour les accompagner. Peut-être était-ce vrai qu'il était content de « se faire transporter à l'œil » jusqu'à Plummergen où il avait

affaire, et d'où il pourrait facilement trouver à se faire ramener à Ashford. Mais ce n'était pas tant la nature de cette innocente explication qui la gênait que la manière dont elle avait été présentée : ça sentait un peu trop les fausses excuses d'élèves à l'école. Cela dit, ça ne la regardait pas, ce qu'il allait faire là-bas, et puis, ça lui faisait plaisir de le revoir. Le malheureux week-end à Kenharding Abbey était maintenant derrière elle et les tristes péripéties ne tarderaient pas à s'effacer de son esprit. On a souvent tendance à oublier ou à transformer les événements de sa vie qui ne cadrent pas avec l'idée qu'on se fait de soi-même, et Miss Seeton était experte en la matière. Déjà l'attaque du parking prenait la forme d'une manifestation d'étudiants. « La contestation est dans la nature de la jeunesse », songeait-elle. Après tout, si son souvenir était exact, le mot même d'« université » venait d'une guilde que des étudiants avaient jadis formée pour défendre leurs droits et pour protester, parfois à raison, contre les mauvaises conditions de vie qui étaient les leurs dans l'Europe des XIIIe et XIVe siècles. Elle acquiesça du chef pour souligner son accord avec ses propres pensées. Ah, que d'années il faut avoir vécues pour accepter la vie, pour apprécier les avantages de la tranquillité ! Même si, aux yeux des jeunes, sa vie pouvait faire plutôt train-train... Train-train ? répéta le moteur de la voiture avec un certain étonnement. Eh oui, pensa-t-elle, opinant encore du bonnet avec satisfaction. Un petit train-train... Train-train ? reprit le moteur. Train-train... train-train ? Train-train... train... train ? Passant insensiblement du hochement de tête au dodelinement, Miss Seeton finit par s'assoupir.

Thrudd gardait un œil vigilant sur son rétroviseur. Pas trace de l'escorte qu'on leur avait promise. La voiture de police qui avait barré le chemin à la Humber

quand ils partaient avait peut-être réglé l'affaire sur place et on les considérait désormais hors de danger. Maintenant qu'il avait repassé la responsabilité de l'opération aux flics, il commençait à se rendre compte de la tension qu'il avait subie en venant de Guildford, dès l'instant où il avait nourri des soupçons au sujet de cette voiture noire qui ne les lâchait pas d'un tour de roue et qui avait essayé par deux fois de rouler de front avec eux. Seules les voitures venant d'en face l'en avaient empêchée. Ensuite, quand la route s'était dégagée, il avait pris soin de rouler au milieu de la chaussée afin de prévenir toute tentative de dépassement, se rabattant juste quand c'était nécessaire. Mais oui, il devait bien l'avouer, ça avait été un rien stressant. Parmi les voitures qui roulaient maintenant derrière lui, il en aperçut une avec du bleu et du blanc, qui remonta rapidement jusqu'à eux : le gyrophare sur le toit devint visible, ainsi que le mot POLICE, réfléchi à l'envers[1] dans le rétroviseur. Thrudd poussa un soupir de soulagement.

Foxon était inquiet. Le commissaire divisionnaire l'avait expédié à toute allure vers ce pub de Wrotham : il devait se joindre à Miss Seeton et ses compagnons, dire qu'il était un vieil ami, et veiller à ce qu'elle rentrât chez elle sans encombre. Bon, d'accord. Mais ce que le vieux Brimmers[2] n'avait pas expliqué, c'était le pourquoi. Et puis aussi, il y avait l'absence de pébroc. Drôle, ça. C'était ce qui le chiffonnait le plus. Miss Seeton sans parapluie, ça paraissait... Eh bien, ça ne collait pas. Quand il avait demandé en sortant du pub si elle l'avait oublié quelque part, Miss Forby avait répondu que non, Miss S l'avait lancé sur un cheval.

1. L'histoire se déroule à l'époque où le mot « Police » n'était pas encore écrit à l'envers sur le capot des voitures pour être lu à l'endroit dans le rétroviseur. (*N.d.T.*)

2. Déformation du nom de Brinton en sobriquet. (*N.d.T.*)

« Une blague, naturellement, n'empêche que... Bah, c'est vrai que Miss Seeton fait des trucs bizarres. Des fois, on la croit presque gaga, jusqu'au moment où, tout étant fini, la poussière retombe, et on se rend compte que c'est elle qui a mené le jeu du début jusqu'à la fin. » Il regarda avec affection la dormeuse, à côté de lui. « De toute façon, elle doit penser que ça va, cette sacrée nana, sinon elle serait pas là à roupiller. » Pour la huitième fois, Foxon jeta un coup d'œil dans le rétroviseur. Ah ! Une voiture bleu et blanc les rattrapait à vive allure : gyrophare, le mot POLICE reflété à l'envers. Parfait. Maidstone faisait son boulot. Foxon se détendit.

La Panda bleu et blanc déboîta et roula de front avec eux. Le policier en uniforme assis à côté du conducteur désigna d'un geste une aire de stationnement à quelques centaines de mètres, puis la voiture les dépassa, mit son clignotant gauche, se rabattit, ralentit et pénétra dans l'aire de stationnement. Thrudd, docile, leva le pied, mit à son tour son clignotant et s'apprêta à suivre.

Mais Foxon se pencha vers lui et lança très vite :

— Ne les suivez pas ! Continuez et roulez à fond la caisse !

Instinctivement, il avait parlé à voix basse parce que Miss Seeton dormait.

— D'accord.

Thrudd donna un coup de volant pour reprendre l'autoroute et repartit pied au plancher.

— Et pourquoi ? demanda-t-il d'un ton calme.

— Ils sont bidon, dit Foxon, l'air d'avoir peine à le croire lui-même. Celui qui nous a fait signe, c'est le gars qui était au bar, dans le pub !

— Oh ! s'exclama Thrudd sur le ton de la résignation. Dans ce cas, on n'a pas une chance ! Cette pauvre vieille caisse peut à la limite friser le cent, en descente et le vent aux fesses, fit-il en tapotant gentiment le

volant, mais ça la fera probablement tomber en morceaux.

Mel, assise à côté de Thrudd, se retourna pour regarder derrière eux et, voyant que Miss Seeton dormait, parla également à voix basse :

— Ils nous suivent. Mais si... *on a une chance*, dit-elle très vite, sous l'effet de l'excitation. On en a même deux. Nos poursuivants en ont deux autres au train !

Foxon se retourna pour voir ce qui se passait sur la route, derrière eux : la Panda, qui avait surgi de l'aire de stationnement à la vitesse d'une flèche, était déjà à une vingtaine de mètres mais il y avait *derrière elle* deux gyrophares bleus qui arrivaient à grande vitesse sur la voie de dépassement. Maidstone à la rescousse ! Le commissaire divisionnaire avait dû les mettre au parfum comme il fallait. Ce brave vieux Brimmers ! Foxon pouvait distinguer les voitures, à présent : deux Wolseley noires. Ce qui voulait sans doute dire huit hommes. Alors Foxon se détendit et s'apprêta à se régaler de la poursuite. Heureusement qu'il n'y avait pas beaucoup de circulation et qu'ils n'avaient pas branché les sirènes, avec Miss Seeton qui dormait !

Les deux hommes de la Panda roulaient maintenant de front avec Thrudd, essayant de le pousser vers l'accotement. Mais ils durent soudain s'apercevoir qu'ils étaient poursuivis car, tout d'un coup, la voiture redressa et fila droit devant. Foxon eut un petit rire : les Wolseley ne lui lâcheraient pas le train. Et de fait, un instant plus tard, les occupants de l'auto de Thrudd, toujours résolument installé sur la voie centrale, se virent dépassés des deux côtés par les deux voitures noires de la police qu'ils saluèrent en leur adressant des « V » de la victoire pour les encourager. D'abord furieux, puis paniqué, un vieux monsieur, tête très droite et couvre-chef idem, qui faisait son petit soixante sur la voie de dépassement rapide, se vit

klaxonner et dépasser par la voie centrale, par une, puis deux voitures de police. Perdant le nord et les pédales, il alla mordre l'herbe du terre-plein de la bande centrale et s'échoua contre la glissière de sécurité, dégageant ainsi la route et permettant à Mel, Thrudd et Foxon d'être aux premières loges pour assister, de loin, à la poursuite.

La Panda zigzaguait d'un côté à l'autre de la route pour ne pas se laisser dépasser. Les deux voitures de police se déployèrent largement, attendant le moment de se rapprocher pour la prendre en étau. Une voiture accéléra, puis l'autre, et chacun des conducteurs fit légèrement tourner le volant dans la direction de son collègue. Le conducteur de la Panda, comprenant que s'il freinait ses traqueurs en feraient de même, choisit la seule solution qui s'offrait à lui. Il donna un coup d'accélérateur dans l'espoir d'échapper aux mâchoires du piège qui se refermait sur lui, mais les policiers maintenaient leurs positions, réduisant même l'écart, et la Panda vint cogner contre les pare-chocs des deux Wolseley. Les trois voitures finirent par s'immobiliser dans un fracas de tôles déchirées.

Des véhicules qui s'arrêtaient pour profiter du spectacle se virent enjoindre de circuler et quand Thrudd arriva à sa vitesse de père tranquille et ralentit, il aperçut comme les autres automobilistes un policier souriant qui lui faisait signe de continuer. Les deux journalistes et Foxon le saluèrent avec de grands signes et levèrent le pouce, mais se retinrent de crier leur enthousiasme, par égard pour Miss Seeton qui dormait.

— Trois bon Dieu de bagnoles qu'elle a fusillées ! Ils sont fous furieux, à Maidstone, s'écria le commissaire divisionnaire Brinton, serrant le téléphone un peu plus fort pour souligner son propos. Dis donc, l'Oracle, tu pourrais pas la surveiller un peu, non ? Le Yard

l'expédie à Londres : total, elle se retrouve dans une rixe. Vous, vous l'envoyez à Kempton : total, elle déclare la guerre. Très bien, d'accord, mais vous ne pourriez pas vous dispenser de nous la fourrer dans les pattes tant que la putain de guerre n'est pas finie ?

— Pas vraiment.

Delphick, dans son bureau de Scotland Yard, imaginait son vieil ami d'Ashford, cramoisi à la perspective du retour de Miss Seeton dans son district, suivie de toute une claque d'admirateurs applaudissant à ses dernières aventures.

— Elle habite Plummergen, reprit-il d'un ton égal, je ne peux guère lui interdire de rentrer chez elle.

— Eh bien, pour l'amour du ciel, implora Brinton, envoie quelqu'un pour la suivre à la trace ! Tu sais bien qu'on est complètement dépassés, nous, avec tous les trucs qu'elle invente. Elle va épuiser nos hommes jusqu'au dernier, envoyer nos voitures au fossé, et nous, on peut pas faire face. Hé, dis donc : et ce jeune géant d'inspecteur qui est chez vous ? Après tout, il est à moitié du coin depuis qu'il a épousé la fille du docteur.

— Peut-être bien.

Delphick fit une grimace ironique avant d'ajouter :

— En fait, il se pourrait que je sois déjà mouillé. Le casino du *Poisson rouge*, où tout a commencé, a brûlé, hier soir. Ou plutôt ce matin, tôt. On a retrouvé les restes d'un dispositif à retardement, ce qui veut dire délit. Mais aussi les restes du propriétaire, ce qui signifie homicide. Le propriétaire semblait inquiet, au dire du secrétaire, et il lui avait indiqué qu'il passerait la nuit dans son bureau pour surveiller les lieux. Je doute qu'ils aient eu l'intention de le tuer, ou même qu'ils aient su qu'il était là, mais n'empêche qu'il s'agit pourtant d'un meurtre.

— Hmm, fit Brinton, calmé. Un avertissement qui est allé trop loin.

Il retrouva bientôt son indignation.

— Et c'est le genre d'endroit où t'as eu le culot d'envoyer ta petite amie !

— Non, pas moi, rectifia Delphick, mais le service de répression des fraudes.

— Bon, mais, en tout cas, c'est toi qui l'as ramenée chez elle. J'ai appris par notre homme, Potter, dont la femme suit la rumeur de près, que vous étiez toute une bande et que vous êtes arrivés en pleine nuit, au vu et au su de tout le village, soûls comme des bourriques, et elle, pomponnée comme une cocotte. C'était pratiquement lâcher le pigeon au milieu des chats... J'ai du reste ouï dire que deux commères du coin vont faire circuler une pétition pour qu'elle s'en aille.

— Il faut qu'elle parte, déclara Miss Erica Nuttel.

— Vous savez, je crains qu'Eric n'ait que trop raison, renchérit Mrs. Norah Blaine, appelée « ma cocotte » par son amie. J'essaie toujours de tenir compte de tout et d'avoir la meilleure opinion possible des gens, mais...

— C'est clair, poursuivit Miss Nuttel, il faut qu'elle parte.

A Plummergen, les deux dames étaient connues sous le sobriquet affectueux des Cinglées. Leur principal objectif dans la vie était de faire circuler les nouvelles du coin, chose utile en ces jours de grèves des messageries, et la maison qu'elles partageaient au centre du village était idéalement située pour remplir cette mission. De la fenêtre de leur séjour, elles pouvaient noter les moindres faits et gestes des villageois, se livrer à toutes sortes de commentaires et d'interprétations fantasques. Elles étaient des plus douées pour semer les graines de la zizanie et du malentendu dans un sol qui ne demandait qu'à les faire germer. La visite

qu'elles rendaient présentement à Rhytham Hall, demeure de sir George et lady Colveden, s'inscrivait dans le droit fil de leur vocation. C'était, bien sûr, un pur hasard qu'elles fussent là à l'heure du thé. Certes, non, elles n'avaient pas eu l'intention de... Non, elles ne voulaient pas déranger... Bon, eh bien, puisqu'il était servi, elles ne diraient pas non à une petite tasse de thé.

A contrecœur, lady Colveden avait sorti deux tasses de plus et offert du gâteau. La vraie raison de la visite de ces dames à l'heure du thé, c'est qu'elles voulaient être sûres de trouver sir George chez lui.

— Pourquoi ? demanda-t-il.

Mrs. Blaine déposa son assiette et se pencha en avant pour ajouter du poids à ses propos :

— Eh bien, étant donné votre situation de...

— ... magistrat, compléta Miss Nuttel.

— ... vous sauriez à qui parler et vous pourriez vous servir de...

— ... votre influence, termina son amie.

— Balivernes ! s'exclama sir George.

Lady Colveden s'empressa d'intervenir :

— Ce que George veut dire, c'est que nous ne sommes pas du tout d'accord avec vous, je le crains. Personnellement, nous aimons bien Miss Seeton. Nous estimons que sa présence est une bonne chose pour le village.

— Elle le serait n'importe où, renchérit son fils Nigel.

— Et, de toute façon, reprit sa mère, vous ne pouvez rien faire. Cette idée de pétition est ridicule, je veux dire qu'on ne peut pas ordonner aux gens de partir habiter ailleurs sous le simple prétexte qu'on n'approuve pas leur conduite. Sinon, tout le monde passerait son temps à déménager, comme au jeu des chaises musicales.

C'est idiot, songeait-elle. Manifestement, George et Nigel brûlaient d'en découdre avec ces dames. Mais il fallait éviter une guerre ouverte. C'était bien joli, du point de vue de ces messieurs. Sauf qu'ils oubliaient que, quand on vit dans un petit village et qu'on fait partie de comités et de groupes divers, les situations gênantes ont vite fait de devenir... euh, gênantes. Tact et fermeté, voilà ce qu'il fallait.

— Tout ça ne tient pas debout, reprit-elle. (Fermeté !) Je suis sûre qu'il s'agit d'un simple malentendu.

— D'un manque de compréhension, rectifia Nigel.

Bon, ça avait failli être du tact, si Nigel n'avait pas foncé dans le tas. Lady Colveden fit une nouvelle tentative :

— Mais qu'a donc bien pu faire Miss Seeton pour vous fâcher de la sorte ?

— Ce qu'elle a fait ? s'exclama Norah Blaine. Vous étiez là, vous l'avez vue. Rentrer à cette heure-là, au vu et au su de tout le monde, attifée comme une... une...

— ... péripatéticienne, avança Miss Nuttel.

— Et tous ces hommes, reprit Mrs. Blaine qui en émietta son gâteau sous l'effet de l'agitation. Et tous soûls. Et tout ce... ce...

— Tout cet argent, compléta Miss Nuttel.

— Evidemment, cela ne nous regarde pas...

— Naturellement.

— Parfaitement, répondirent père et fils à l'unisson.

— Cependant, nous avons le sentiment...

— ... très vif, souligna son amie.

— ... qu'il faut mettre un terme à ça.

— A quoi ? s'enquit Nigel. Aux hommes, à la boisson ou à l'argent ?

— Nigel, va donc remettre de l'eau à bouillir, veux-tu ? suggéra lady Colveden.

Elle poussa un soupir de soulagement quand son fils quitta la pièce : un pugiliste de moins.

— Oh ! ce n'est pas nous, insista Mrs. Blaine. Eric et moi, on sait prendre nos précautions. C'est...

— ... le village, déclara Miss Nuttel.

— Oui, c'est l'effet que ça a sur le village. Cette femme n'a fait que causer des ennuis depuis qu'elle est là, reprit Mrs. Blaine, montant sur ses grands chevaux et les éperonnant jusqu'au galop d'une indignation à son comble. C'en est trop ! On a eu droit aux drogues, au meurtre, aux vols, à la sorcellerie, aux journaux, de nouveau au meurtre, aux voyages à l'étranger — à son âge, pensez ! — et encore un meurtre, et la télévision, et jamais ils n'ont fait passer l'interview que je leur avais donnée (ô, légitime courroux !) et... et...

— ... la prostitution, suggéra Miss Nuttel.

— C'est bien ce que je veux dire. Tout ça est vraiment trop épouvantable et c'est pourquoi nous avons rédigé cette pétition, dit-elle en tendant une feuille de papier à sir George, et nous avons pensé que si vous la signiez et...

— Moi ?

Sir George se leva, prit le papier et examina les cinq signatures qui s'y trouvaient.

— Norah Lindly ? aboya-t-il. Jamais entendu parler d'elle. Qui est-ce ?

— C'est mon nom de jeune fille, confessa Mrs. Blaine.

— Mais vous ne pouvez pas signer deux fois une pétition ! explosa-t-il.

— Et pourquoi pas ? rétorqua Mrs. Blaine. Quand on a un sentiment aussi fort que le mien sur la question et, à mon avis...

Miss Nuttel vint à la rescousse :

— A notre avis commun...

La silhouette replète de sir George parut s'enfler et prendre des proportions alarmantes : les poils de sa moustache militaire se raidirent, telles des aiguilles

d'acier dardées contre les intruses. Il allait leur faire part de son avis à lui quand il surprit l'appel muet dans le regard de son épouse. Il prit une profonde inspiration. Plus tôt il sortirait de la pièce, mieux ce serait. Meg avait eu raison de se débarrasser du petit. « Calmer le jeu. Ça n'arrange rien de perdre son sang-froid. » D'ailleurs, il n'avait pas perdu le sien et s'en félicitait. Mais encore une dose de ces deux harpies, et il leur ferait leur fête. Autant battre en retraite tout de suite et en bon ordre, pour faire plaisir à Meg. Il jeta l'infamant papier plutôt qu'il ne le tendit, et se dirigea vers la porte d'un pas décidé. Il allait l'atteindre quand elle s'ouvrit pour révéler Nigel, bouilloire en main. Le père et le fils se regardèrent et les résolutions de sir George s'évanouirent. Il se retourna vers ces dames :

— M'avez rappelé que j'étais magistrat. Eh bien, moi, j'aimerais vous rappeler, à toutes deux, la chose suivante : la moindre c... — il arrêta le mot en plein vol, présence de dames oblige — crétinerie calomnieuse sur le compte de nos amis, et vous vous retrouverez en...

— Eau chaude ? proposa Nigel en tendant la bouilloire.

Personne ne pourrait l'accuser de ne pas avoir tenté de résister, mais cette imitation de Miss Nuttel par son fils eut finalement raison d'elle : lady Colveden éclata de rire.

CHAPITRE XI

Miss Seeton se réveilla. Elle écouta avec satisfaction les joutes oratoires des deux journalistes, sur le siège avant. Ils se taquinaient : bon signe. Le voyage de retour s'était déroulé sans histoire, grâce au ciel, après cette journée si fertile en événements ! Et puis... Une pancarte au bord de la route détourna son attention :

MESSIEURS ET DAMES
OUVERT
TOILETTES
Uniflo
Service de graissage

Elle reconnut le panneau métallique circulaire qui oscillait au vent. Ah, mais c'était le garage de Mr. Hyder ! On était presque arrivés. Ce que confirma une autre affiche sur sa gauche, une pancarte en bois écrite en lettres noires sur un fond orange électrique :

PLUMMERGEN
* *
FÊTE COMMUNALE
****

La date était pour dans trois jours. Mon Dieu ! Elle avait failli oublier. Elle avait promis à sir George,

rédacteur du magazine paroissial, et à Miss Treeves, la sœur du pasteur, de leur donner quelques croquis à la plume de la fête, pour leur publication. Bon, eh bien, elle ferait de son mieux. En attendant, quel soulagement de se retrouver enfin chez soi... devant une théière bien chaude et goûtant le réconfort de se fondre dans l'anonymat de la vie au village où personne ne sait ce que vous faites, ou n'y porte le moindre intérêt... Ah, vraiment, quelle chance de connaître une existence tranquille dans un cadre si paisible ! Et d'avoir ces émoluments que lui versait Scotland Yard — là, le calme et la paix semblèrent s'effilocher un brin sur les bords —, ce qui réglait ses problèmes d'argent. Ah, si seulement la fête n'était pas si proche ! Elle eût préféré avoir un peu plus de temps devant elle, après les événements qui s'étaient précipités ces derniers jours.

Thatcher, lui, trouvait que les dates tombaient très bien. Le seul hic, à son avis, ç'avait été la mort du propriétaire du *Poisson rouge*, qui avait amené la police à enquêter sur l'incendie bien plus sérieusement qu'ils ne l'eussent fait autrement. Le bon côté de l'affaire, en revanche, c'était que le feu et le décès avaient fourni une salutaire leçon aux autres. La seule chose que Thatcher ne pût se permettre — à l'instar de tous les dictateurs —, c'était des opposants victorieux. Et quant à cela, il était maintenant essentiel d'éliminer Miss Seeton dont l'immortalité confirmée menaçait de faire de lui l'objet de la risée générale.

Le petit Kenharding n'était plus un atout mais un handicap. Alors, on ferait d'une pierre deux coups, grâce à cette petite fête minable dans le village de pacotille de la mémé. On enverrait Derrick là-bas avec des gars de sa bande, avec ordre de tuer. Et si la police ne cueillait pas le gamin, il se retrouverait en cavale et sans planque.

Quant à la fille, Deirdre, il avait un homme qui la filait, attendant le bon moment pour l'enlever. Thatcher eut un bref sourire : voilà qui inciterait le père et la mère à se tenir à carreau. Jusqu'ici, à part des visites à l'hôpital de Guildford pour voir un imbécile d'enquêteur qui s'était mêlé de la rixe, la fille était restée à Kenharding Abbey. Thatcher avait cependant eu vent que ledit enquêteur allait bientôt ressortir. Deirdre descendrait alors dans le Sud, et le reste serait du gâteau.

La fête foraine de Plummergen n'était que de la petite bière, certes, mais ce serait aussi l'occasion pour le syndicat de montrer qu'on ne plaisantait pas plus avec ce genre d'événement qu'avec les autres sortes de jeux. Thatcher sourit de nouveau, chassant Miss Seeton et les Kenharding de son esprit pour s'intéresser à des choses plus importantes.

La fête de Plummergen battait son plein. Ayant visité la grande tente où étaient exposés des compositions florales, des fruits et des légumes, Miss Seeton avait dûment exécuté un ou deux croquis, bien qu'elle n'eût guère trouvé que les produits présentés valussent la peine d'être couchés sur papier. Elle avait assisté au couronnement de Miss Plummergen, au son d'une musique que l'harmonie du village n'avait pas assez répétée, et elle avait fait des esquisses. Même si, là encore, elle avait eu le sentiment qu'il s'agissait d'un incident qu'on eût mieux fait d'omettre : Emmy Putts, vendeuse à l'épicerie-bureau de poste, avait les cheveux courts et foncés, et la robe diaphane, barrée d'une écharpe rehaussée du blason de reine, ne rachetait pas l'imposture de la longue perruque blonde. Il faut dire aussi que les commentaires incisifs de Deirdre l'avaient amusée mais ne l'avaient guère aidée dans son travail.

Il était deux heures et Miss Seeton s'apprêtait à partir pour la fête quand, à sa grande surprise, elle avait vu arriver Deirdre Kenharding, resplendissante de bonheur. Apparemment, Tom Haley avait été autorisé à quitter l'hôpital ce week-end ; Deirdre l'avait conduit à Londres et ils avaient convenu de se retrouver le soir même au *10/20*. Un night-club recommandé par Mel Forby dont c'était l'endroit préféré. Ils s'y retrouveraient à dix heures vingt — ça porterait bonheur, avait décrété Tom —, pour dépenser une partie de ses gains. Deirdre avait quant à elle poussé jusqu'à Plummergen pour apporter les deux cent cinquante livres qu'il disait devoir à Miss Seeton, qui protesta, elle, du contraire. Cependant, Deirdre, mandatée dans ce sens par Tom, n'en démordait pas et la vieille dame avait dû finir par accepter l'argent. Mise au courant des festivités de l'après-midi, la jeune fille avait décidé de faire un tour de manège, où l'on pouvait maintenant la voir monter et descendre, juchée sur le dos d'un cheval de bois peinturluré.

Miss Seeton avisa une tour baptisée « Un penny le tapis ». Un nom qui ne convenait guère, pensa-t-elle, puisqu'une petite affiche informait le public que cette attraction coûtait cinq pence le tour. Voilà qui était idéal : en montant au sommet, elle aurait une bien meilleure vue d'ensemble de la fête que d'en bas. Elle paya ses cinq pence, grimpa les marches raides d'un escalier tortueux et s'installa pour travailler, son bloc à dessin en équilibre sur la rampe de bois, un peu à l'écart de l'endroit où les gens posaient leur tapis par terre pour glisser agréablement jusqu'en bas. Depuis ce point d'observation élevé, la foule qui circulait entre les pimpants auvents bariolés faisait penser à une colonne de fourmis marchant à travers le contenu ren-

versé d'une boîte de bonbons de réglisse *All Sorts*[1], dont avaient raffolé ses élèves. Ça ferait une bonne esquisse, le point de vue était des plus intéressants.

Un jeune, crasseux, s'arrêta près d'elle.

— Vous descendez pas ?

— Non, voyez-vous, je...

— Mais si qu' vous descendez !

Il fit un écart, renversa Miss Seeton par terre et son bloc à dessin par-dessus la balustrade. Il se pencha vers elle : jamais on ne pourrait prouver que ce n'était pas par accident qu'elle s'était cassé le cou.

Miss Seeton voulut se redresser en accrochant son parapluie (le numéro deux) au pilier central de l'escalier. Au lieu de quoi elle agrippa la cheville du jeune, qui perdit l'équilibre et vint atterrir contre la barrière avec un juron. Ses pieds, toujours entravés par le parapluie, décollèrent du plancher sous l'effet de la glissade que sa victime amorçait vers le bas et, avec un saut périlleux fort peu gracieux, il prit le plus court chemin pour rejoindre la terre, tandis que Miss Seeton continuait sa descente en spirale et sans tapis, ballottée entre les parois glissantes du toboggan.

L'inspecteur Ranger restait planté là, médusé. Un bloc à dessin vola dans les airs, un corps tomba en chute libre et un parapluie vint se ficher en terre à quelques pas de lui, telle une flèche. Regardant le « Un penny le tapis », il vit passer une paire de solides chaussures de marche, un chapeau — il ne pouvait pas en exister deux comme ça ! —, de nouveau les souliers, des bas gris, et encore le chapeau, un peu plus cabossé qu'avant. Il se précipita vers l'extrémité du toboggan où il trouva Miss Seeton assise, complètement sidérée.

1. *Liquorice All Sorts* : assortiment de bonbons à la réglisse de formes et couleurs variées, dont certains sont bariolés et multicolores. *(N.d.T.)*

— Un jeune homme m'a poussée et je crains bien d'avoir glissé, expliqua-t-elle.

Elle regarda autour d'elle :

— Oh, mon Dieu, mon bloc et...

— Tout est là et en bon état, déclara le commissaire divisionnaire Delphick qui l'aida à se relever et lui tendit son bloc, son crayon et son parapluie.

— Oh, merci, monsieur le divisionnaire ! s'écria Miss Seeton, soulagée. Mais, le jeune homme... ? s'enquit-elle en regardant le sommet de la tour.

— Ne vous inquiétez pas ! la rassura Delphick. Il est descendu par un autre chemin.

Il ajouta à mi-voix à l'intention de l'inspecteur :

— Il est tombé sur la tête et s'est brisé la nuque, bon débarras. Allez, emmenez-la pendant que je m'occupe de régler les choses ici.

La foule excitée qui se pressait autour du lieu de « l'accident » empêcha Miss Seeton de comprendre ce qui s'était passé. Bob Ranger l'escorta de l'autre côté du champ.

Le commissaire divisionnaire Delphick avait été prévenu par un indicateur que le syndicat projetait de causer des ennuis lors de la fête de Plummergen. Après en avoir discuté au téléphone avec Brinton d'Ashford, il avait accepté de venir en personne rejoindre son inspecteur, déjà sur place, Brinton s'engageant de son côté à envoyer autant de policiers en civil qu'il le pourrait. Tom Haley s'était présenté au Yard avant le départ de Delphick. Bien qu'officiellement en congé de maladie, quand il apprit qu'il pourrait y avoir des ennuis à Plummergen et sachant que Deirdre risquait de se trouver prise dedans, il supplia l'Oracle de le laisser l'accompagner. Sinon, « je ferai ça en solo », déclara-t-il. Delphick donna son accord et accéda aussi à la demande de Tom qui, fort de son expérience de

Kempton, insistait pour être armé. C'est ainsi que la police, déjà représentée par un effectif supplémentaire d'agents en tenue pour diriger la circulation, se trouva en force à la fête. N'empêche qu'elle n'avait pas réussi à prévenir une tentative d'homicide sur la personne de Miss Seeton, dut convenir Delphick. Il s'occupa de faire évacuer la dépouille du jeune crasseux en ambulance et partit à la recherche de son inspecteur et de Miss Seeton.

Bleu, blanc, rouge, vert. Miss Seeton nota les couleurs sur son croquis au crayon. Ah, si seulement il pouvait rester un peu tranquille ! Et si seulement cet orgue pouvait être un peu moins bruyant ! Le carrousel perdit peu à peu de la vitesse et elle reconnut Deirdre qui tournait toujours, décrivant des cercles de plus en plus lents. Le crayon de Miss Seeton s'activait : lions, coqs, girafes, ours, autruches et chevaux. Quelle variété d'animaux on trouve sur ces machines, de nos jours ! La difficulté, l'éternel problème, c'est de reproduire l'impression de mouvement. Les rares artistes qui y sont parvenus le doivent moins à quelque artifice technique qu'à une sorte de génie né de leur main et qui défie l'analyse. Miss Seeton soupira. Consciencieuse, elle l'était, certes ; précise, peut-être aussi, mais quant au génie... Ça, elle n'en avait pas.

Miss Seeton était en train de présenter Bob Ranger à Deirdre quand elle s'arrêta en pleine phrase : une gamine, là-bas, qui se donnait un mal de chien pour grimper sur le manège. Elle rouvrit son bloc à dessin et le crayon reprit son envol. Très vite, l'esquisse prit forme : une petite silhouette carrée, bien décidée, s'efforçant en vain de grimper. Voilà : c'était ça, la réponse, la manière d'aborder le problème. Plus la peine de se soucier du mouvement : il était au contraire essentiel à sa démarche que le manège fût à l'arrêt. La

petite polissonne incarnerait à elle seule la race humaine lancée dans une quête aussi éternelle que futile : vouloir attraper ce qui se trouve hors de portée.

Deirdre et Bob n'eurent même pas le temps de comprendre ce que Miss Seeton voulait faire que déjà celle-ci avait rangé son bloc et son crayon dans son sac, s'avançait et prenait à bras-le-corps la gamine qui se battait toujours. Miss Seeton monta sur le manège et la déposa sur le dos d'une girafe. La petite la regarda solennellement.

— Merci, déclara la race humaine.

Et puis, lentement, le manège s'ébranla au son éraillé d'un orgue essoufflé et un peu faux.

Miss Seeton se retourna.

— Un instant, s'il vous plaît ! appela-t-elle. Je descends.

Elle alla pour poser un pied par terre mais le retira. Non, vraiment, le sol défilait trop vite, maintenant. Et le manège accélérait encore.

— Arrêtez, arrêtez ! cria-t-elle.

L'orgue, reprenant courage car il commençait à jouer plus juste, se mit à ronfler de toute la force de ses tuyaux, noyant les cris de Miss Seeton. Elle se mit à courir. Elle voyait défiler à toute allure des visages, des bouches qui riaient, des bras qui faisaient signe. Pour éviter de se faire projeter en l'air, elle s'agrippa au cou d'un cheval de bois qui, inspiré par quelque force démoniaque, s'éleva, la forçant à se mettre sur la pointe des pieds. Alors, ayant raté son coup, le cheval plongea et Miss Seeton se mit à genoux. Tenant la bride d'une main, elle réussit à accrocher la poignée de son parapluie autour de la barre de laiton à laquelle était fixée la bête. Et elle sauta, saluée par des chapeaux, des rires et des encouragements : « Ça, c'est une nana ! », « Vas-y, cow-boy, monte-lui dessus ! » Flûte, raté ! Allez, maintenant, c'est le moment, vite ! Elle

bondit et atterrit en selle, un rien défaite mais enfin en sûreté, chevauchant la tornade au milieu d'acclamations qui noyaient presque la musique stridente.

— Vraiment, c'est trop épouvantable, la manière dont cette femme se conduit, décréta Mrs. Blaine. Et à son âge ! C'est trop, trop...

— ... vulgaire, compléta Miss Nuttel.

Pénétrées du sentiment de leur vertu, ces dames émirent à l'unisson un petit reniflement désapprobateur et se dirigèrent vers la tente installée pour accueillir les amateurs de thé et de scandale.

— Vous surveillez ce côté-ci, moi, je surveille l'autre, lança Bob Ranger en courant autour du manège pour se poster à l'opposé.

Deirdre, qui n'en pouvait plus de rire, ne remarqua pas une bande de jeunes, mines patibulaires et regards fuyants, qui s'agglutinaient autour d'elle. La musique ralentit, le manège s'arrêta et Miss Seeton atterrit presque devant Deirdre. La jeune fillle et son aînée furent prises dans la foule des parents et des enfants montant ou descendant du carrousel et, dans la bousculade, elles se retrouvèrent devant le stand de tir. Là, elles furent arrêtées par les jeunes gens qui les entouraient. Un monsieur aux cheveux gris venait de se voir récompensé de ses prouesses au tir par une poupée blonde qui faisait « maman » quand on la renversait. *Crac !* Un bruit plus fort que les autres : Derrick Kenharding rechargea sa carabine, se retourna et visa la tête de Miss Seeton.

Tom Haley, que l'intuition et l'expérience avaient guidé là où se trouvait le danger, n'eut guère de temps pour agir. Deirdre courait déjà se mettre dans la ligne de feu tandis que le doigt de Derrick amorçait sa pression sur la détente. Tom arracha son revolver de l'étui et visa la main. La balle effleura les doigts de Derrick avant d'aller lui traverser la mâchoire. La carabine

tomba à terre, suivie du garçon. Les jeunes qui les entouraient eurent vite fait de se disperser et Tom, sidéré, se retrouva tout seul.

Deirdre, en état de choc, s'agenouilla, berçant la tête ensanglantée de son frère. Ellle avait la voix rauque :

— Tu n'as pas... tu n'étais pas obligé de...

— Si ! rétorqua-t-il. Qu'est-ce que je pouvais faire d'autre ? Toi et Miss Esse, vous étiez toutes les deux... Oh, et puis merde ! Qu'est-ce que je pouvais faire ?

Miss Seeton tenta d'intervenir mais les jeunes gens étaient enfermés dans un monde à eux.

Deirdre coucha son frère par terre et se releva, le visage dur comme pierre :

— Voilà qui met un point final, dit-elle, avalant avec difficulté, à notre histoire.

La déraison engendra la colère.

— Ça tient pas debout ! protesta Tom. Pour l'instant, il faut que je reste ici pour appeler une ambulance, expliquer ce qui s'est passé et aider à tout régler. Mais on se retrouve au *10/20*, ce soir, on en discutera.

La mâchoire de Deirdre indiquait sa détermination.

— Non, on ne peut pas...

Elle hésita, puis retrouva son obstination :

— On ne peut pas se revoir.

— On se retrouve tout à l'heure au *10/20*.

Il rengaina son pistolet et lui tendit une main. Elle l'ignora. Il laissa retomber sa main et se détourna.

— Bon, sinon, tant pis. Ça n'a pas d'importance, fit-il.

Puis il ajouta d'un ton plus dur :

— Ça n'en a jamais eu. C'est fini, entre nous.

Deirdre et Miss Seeton allèrent au cottage de la vieille dame, qui s'occupa d'enlever les taches de sang des vêtements de sa compagne sans prendre le temps de se défaire de son manteau.

Un agent, détaché de la fête, était en faction à la grille du jardin, plus pour les protéger de la curiosité que du danger puisque, maintenant, l'histoire circulait partout. Miss Nuttel et Mrs. Blaine en avaient fait toute une tartine, ajoutant une belle épaisseur de confiture d'invention par-dessus la mince couche de beurre des faits. Miss Seeton avait délibérément tiré sur un jeune homme, à la fête, et elle était maintenant en résidence surveillée. Foxon, d'Ashford, avait sollicité la permission de monter la garde à l'intérieur du cottage de Miss Seeton mais ses supérieurs l'avaient refusée, Delphick étant convaincu que tout danger était écarté dans l'immédiat, et que la police avait besoin de tous ses hommes pour ramasser les jeunes impliqués dans l'incident. Il espérait que l'enquêteur Haley serait alors en mesure d'identifier d'éventuels participants à l'attaque de Kempton.

La situation était idéale pour celui qui suivait Deirdre. Après avoir reconnu les lieux et trouvé le village pratiquement désert, il dit à son chauffeur de se garer près de la porte latérale du jardin (l'agent qui montait la garde devant ne pouvait pas la voir) pendant que lui filait sur la route du canal. Il escalada le muret qui délimitait la propriété de Miss Seeton à l'arrière, se retrouva sur le toit d'un poulailler, sauta par terre et se dirigea en catimini vers la porte de la cuisine.

Deirdre était habillée, prête à partir.

— Vous voyez bien, non? Vous voyez bien que Tom et moi, on ne pourrait jamais... Non, plus maintenant. Je sais bien que c'est la faute de Derrick et que Tom n'a pas voulu... Je le sais, tout ça, mais ça ne change rien. Derrick serait forcément toujours là, entre nous, fit-elle, bien décidée à ne pas pleurer, tournant un visage anxieux vers sa compagne. J'ai raison, vous le comprenez, n'est-ce pas?

— Non, je ne comprends pas.

La réponse tira brusquement Deirdre de son rôle dramatique, pour sincère qu'il fût.

Miss Seeton ferma l'abattant du bureau dans lequel elle avait rangé le bloc à dessin et entreprit de déboutonner son manteau tout en regardant la jeune fille, debout près de la cheminée. Elle fut peinée par le contraste entre le bonheur de celle-ci à son arrivée et sa tristesse actuelle.

— Il me semble, reprit Miss Seeton avec vivacité, que c'est une simple question de savoir si, oui ou non, vous croyez à l'ordre et à la légalité. Vous dites vous-même que c'est la faute de votre frère ; Tom, lui, n'a fait que son devoir. J'imagine que dans d'autres circonstances, vous le considéreriez comme un héros. Alors, ça me paraît grossièrement injuste envers Tom, et envers vous-même, de laisser des sentiments ou des échecs familiaux influencer votre relation.

Mais, se rappelant sa visite de la galerie de portraits du manoir avec lord Kenharding, qui lui avait, d'une certaine manière, prédit l'autodestruction de son fils, Miss Seeton perdit de sa belle certitude.

— Naturellement, il faut que vous fassiez ce qui vous semble le mieux. Pour vous-même, je veux dire, sinon pour lui — Tom, j'entends.

Deirdre commençait à recouvrer ses esprits sous l'effet décapant des propos que venait de tenir son mentor.

— Vous voulez dire que je devrais aller retrouver Tom, ce soir ?

Eh oui, bien sûr que c'est ce qu'elle pensait. Mais peut-être valait-il mieux ne pas le lui dire. Oh, mon Dieu ! Miss Seeton réprima un soupir : elle qui aimait si peu donner des conseils et se mêler de la vie des autres ! Bien sûr qu'il fallait que Deirdre aille au *10 Heures* — ou un nom comme ça, elle ne savait

plus —, si les sentiments qu'elle éprouvait pour Tom étaient sincères et pas superficiels. Mais, évidemment, elle ne pouvait pas lui dire ça, tout de go.

— Si les sentiments que vous éprouvez pour Tom sont sincères et pas superficiels... commença-t-elle.

— Ils le sont, oh oui ! s'écria Deirdre en prenant les mains de Miss Seeton dans les siennes pour exprimer sa gratitude. Vous m'avez aidée à voir à quel point j'étais bête. J'irai au *10/20*...

— Ben, pas c' soir, ça, sûrement pas !

La jeune fille et la vieille dame se retournèrent, choquées, face à un homme qui se dressait dans l'encadrement de la porte, pistolet en main. Miss Seeton, qui s'apprêtait à enlever son chapeau, avait déjà les mains en l'air, geste classique de la reddition.

Ah, elle en avait assez des ennuis, et plus qu'assez des pistolets ! Abaissant les bras, elle s'avança vers l'inconnu.

— Qui êtes-vous et que faites-vous ici ? interrogea-t-elle. Et rangez-moi cet engin ridicule !

L'homme visa Deirdre tout en s'adressant à Miss Seeton :

— Toi, tu l'ouvres encore une fois, tu fais un pas, et Sa Grâce y passe !

Miss Seeton se figea sur place. Elle qui ne prenait jamais au sérieux les menaces faites à son endroit, elle ne pouvait ignorer le danger auquel était exposée la jeune fille.

— C'est pour elle, que j' suis v'nu. Pour l'enlever. Mais, sûr, c'est pas touche à un d' ses cheveux, sauf si tu veux qu' ça s' passe autrement, déclara l'homme au pistolet. Et, pendant qu' j'y suis, je t'emballe aussi.

Y pouvait pas la laisser là, la vieille taupe, elle ameuterait les flics. Il avait entendu dire qu'y avait eu ordre de la liquider. Déjà deux ou trois fois. Y perdait la main, l' patron. Même qu'il avait l'air d'un fameux

clown, à cause d'elle. Alors, autant l'emballer en même temps. On sait jamais, y toucherait p't-être une prime, lui, dans l'affaire, conclut-il. C'est avec un petit rire qu'il lança :

— Ça t'apprendra à laisser ta porte de derrière ouverte !

Il les fit sortir dans le jardin, prit la clé de la porte du mur latéral à un clou planté dans le chambranle, les força à entrer à l'arrière de la voiture qui attendait, s'assit entre elles, les contraignit à se coucher par terre sous un plaid jusqu'à ce qu'ils soient sortis du secteur, ordonna au conducteur de reculer de quelques mètres, de prendre la route de la gare de Plummergen (qui, dans la plus pure tradition des campagnes anglaises, se trouve en réalité à plus de trois kilomètres du village, sur la route de Romney March), de tourner à gauche dans la direction d'Ashford, puis de filer droit sur Londres.

Une fois la voiture hors du voisinage du village et loin d'éventuels barrages routiers, l'homme au pistolet dit au chauffeur de s'arrêter près d'une cabine téléphonique. Il lui tendit son pistolet et appela Londres pour recevoir ses instructions.

A son retour, il dit au conducteur :

— Bon, faut qu'on traîne dans l' secteur jusqu'à la nuit, avant de filer sur l'Enfumée[1]. Plus sûr. On prend la A-20, par Lewisham, directo au QG, et on se déleste d' la marchandise. Bon, vous deux, fit-il en relevant le plaid, vous pouvez vous asseoir, si que vous vous tenez tranquilles et qu' vous êtes sages.

Conscientes de la futilité de toute protestation, Miss Seeton, le chapeau de traviole, et Deirdre, les cheveux en bataille, s'assirent de part et d'autre de l'homme armé.

1. Un des surnoms argotiques de Londres. *(N.d.T.)*

La voiture prenait les petites routes. Elle se gara près d'un pub où le chauffeur alla chercher deux tourtes à la viande et deux boîtes de bière blonde Courage. Plus loin, un petit bois fournit un endroit propice pour s'arrêter. La voiture quitta la route et les deux hommes s'installèrent pour manger. Deirdre, estimant que leurs ravisseurs avaient suffisamment relâché leur attention, appuya doucement sur la poignée de la portière, pour tenter de fuir. L'homme au pistolet se pencha illico devant elle et claqua la porte. Deirdre en fut quitte pour avoir les côtes labourées par le revolver, au passage. Mais le mouvement avait fait tomber le reste de la tourte du type et renversé sa boîte de bière par terre. Furieux, il envoya un second coup de crosse à la fille, plus douloureux que le premier, qui la fit crier.

Il était huit heures et le crépuscule tombait. Il donna l'ordre de rejoindre Londres, puis se cala sur la banquette, jetant un œil sur Miss Seeton. Elle s'écrasait, la vioque, pas étonnant. De fait, il se trompait de diagnostic : il ne pouvait pas comprendre que Miss Seeton, indifférente aux menaces sur sa personne, parce qu'elle n'y croyait pas, était arrêtée, cette fois, par le danger évident qui pesait sur Deirdre. Pas plus qu'il ne pouvait savoir qu'il y avait deux choses susceptibles de chambouler l'humeur normalement égale de Miss Seeton : la méchanceté et l'injustice, toutes deux présentes, en l'occurrence. Et une fameuse colère commençait enfin à sourdre en Miss Seeton.

CHAPITRE XII

Delphick s'en voulait amèrement. Lui qui était tellement sûr que Miss Seeton serait à l'abri du danger pour quelques heures, qu'il était impossible qu'une autre attaque pût s'organiser aussi rapidement... Il avait fallu du temps pour tout régler, à la fête : on avait appréhendé cinq garçons sur la base des identifications de Haley, qui avait reconnu trois des participants à l'attaque de Kempton de façon formelle, et deux autres, peut-être. Haley, l'air stressé, avait été envoyé à Ashford avec les suspects pour procéder à une mise en examen en bonne et due forme, après quoi on lui avait ordonné de reprendre le train de Londres et son congé de maladie interrompu. Quand Delphick et Bob Ranger gagnèrent enfin le cottage de Miss Seeton, ils ne trouvèrent plus que la voiture de Deirdre, garée près de la grille, et l'agent en faction devant un nid vide dont les oiseaux s'étaient envolés. Des barrages routiers furent mis en place mais sans grand espoir, vu l'absence d'information et, après avoir ordonné à son inspecteur de rester à Plummergen, le commissaire divisionnaire repartit pour Londres d'humeur massacrante, imperméable aux propos rassurants de Brinton :

— Dieu soit avec eux, s'ils ont pincé Miss Seeton ! Ta dulcinée finira par en découdre avec eux au pistolet,

leur voiture s'écrasera et elle, elle se pointera comme une fleur, saine et sauve. Tu verras !

Miss Seeton aperçut des mots écrits en lettres de feu dans le ciel nocturne :

PRENEZ COURAGE !

l'exhortait-on.

Juste ciel ! Elle n'en revenait pas. C'était comme la réponse à une prière. Sauf qu'elle n'avait pas prié. Elle s'était seulement demandé que faire pour aider la pauvre Deirdre. Comme si les Kenharding n'avaient pas déjà assez d'ennuis sans ça ! La voiture s'arrêta à un feu rouge ; l'horloge de la tour de Lewisham disait dix heures cinq. Deirdre, dont les protestations épisodiques au cours des dernières heures avaient été réduites au silence par un « Ta gueule, poulette ! » sans aménité, contempla l'horloge et perdit tout espoir. Les dernières paroles de Tom faisaient écho dans sa tête : « On se retrouve au *10/20*. Sinon, ça n'a pas d'importance, ça n'en a jamais eu. C'est fini entre nous. » Le stress ne favorisant guère la pensée rationnelle, Deirdre se faisait maintenant une ardente obligation de se retrouver au rendez-vous à l'heure et au lieu convenus, pour racheter son manque de compréhension. Elle avait le sentiment que si les explications étaient remises à plus tard, même indépendamment de sa volonté — et encore fallait-il que l'occasion lui en fût donnée ! —, ces explications ne feraient pas le poids. Jamais elles n'auraient le même impact. Simplement, tout ce qu'elle voulait, désespérément, c'était retrouver Tom, et une larme coulait de temps en temps sur sa joue, malgré ses efforts implacables pour se dominer.

Depuis le moment où elle s'était vu infliger l'épreuve indigne d'être jetée sur le plancher d'une

voiture, sous une couverture, Miss Seeton n'avait plus articulé un son pendant ce qui lui avait semblé des heures interminables. Elle ne pouvait rien dire d'utile et ce serait manifestement une perte de temps de vouloir argumenter avec le bonhomme, sans compter que ça risquait d'aggraver la situation de Deirdre. Alors, pourquoi gaspiller son souffle ? Elle savait, d'après ce qu'avait dit ce misérable, que leur délicate situation présente n'avait aucun rapport avec elle. Elle n'était là que parce qu'elle s'était trouvée sur les lieux au moment crucial, quoi. Mieux valait attendre d'avoir un interlocuteur plus haut placé dans la bande et, là, elle ne se priverait pas de lui dire ce qu'elle avait sur le cœur, ah non ! En attendant, la sympathie qu'elle éprouvait pour la famille Kenharding et le dégoût que lui inspirait cette situation absurde l'avaient mise dans un état de « combustion lente », comme auraient dit certains de ses anciens élèves. Miss Seeton jeta un coup d'œil dans la direction de Deirdre pour rassurer la jeune fille et aperçut le brillant éloquent des larmes sur ses joues. De lente, la combustion se fit plus vive et passa au mijotage.

Quand le feu passa au vert, près de la tour de l'horloge, la voiture tourna à droite et Miss Seeton lut de nouveau, en néon orange, en haut d'un bâtiment :

COURAGE : VOILÀ LA RÉPONSE !

Naturellement ! Qu'elle était bête d'avoir eu un moment d'hésitation, par superstition pure ! Ça devait être une de ces réclames que l'Église fait paraître, de nos jours...

La voiture accéléra.

— A gauche, cria l'homme au pistolet. A gauche ici, imbécile !

N'ayant guère la place pour tourner, le conducteur

donna un brusque coup de volant à gauche et les roues droites mordirent sur le terre-plein d'un rond-point, projetant les trois passagers du même côté.

Tandis qu'ils se redressaient, instinctivement, Miss Seeton voulut redresser aussi son pauvre chapeau si malmené. Et pour la troisième et dernière fois, elle reçut un signe. Un message, affiché sur un pub et en partie caché par des maisons, se livrait timidement :

NEZ COURAGE !

Sans s'arrêter pour réfléchir aux actes ou aux réactions qui s'imposaient, Miss Seeton obéit aux injonctions d'en haut, prit son courage à deux mains, et, mue par cette force, planta son épingle à chapeau dans la main de l'homme au pistolet.

Il y eut un cri d'angoisse, une explosion et la balle, traversant la nuque du chauffeur, dessina une étoile sur le pare-brise. Deirdre attrapa le pistolet avant que leur ravisseur n'eût le temps de se remettre et l'auto, gîtant toujours sur la gauche, continua sur sa lancée au milieu des autres voitures — crissement de freins, beuglement de klaxons et concert d'insultes — , grimpa sur le trottoir au grand dam des piétons qui s'enfuyaient en hurlant, fit exploser une vitrine et vint s'immobiliser à l'intérieur d'un magasin.

Parmi les premières personnes accourues sur les lieux de l'accident se trouvait un îlotier en train de faire sa ronde. Il se fraya un passage dans la foule qui s'assemblait et, ignorant pour l'instant les protestations, les exclamations et les explications qui fusaient de toute part, il marcha précautionneusement sur les débris de verre et entra dans la boutique. Les lumières avaient sauté et la voiture bloquait la lueur des réverbères de la rue. De prime abord, le sol de *Chez Char-*

lotte semblait jonché de victimes, telles des poupées jetées par terre par une enfant en colère. Il y avait un homme effondré sur le volant, la portière du passager avant était ouverte, la banquette arrière vide. Il y avait une jeune fille par terre, le corps à moitié sous la voiture. L'agent s'agenouilla et la prit sous les bras pour la tirer de là. Le corps était raide et, quand il le souleva, la nuque tourna toute seule, de façon horrible ; une masse de longs cheveux blonds se détacha, puis la tête. Le policier se leva d'un bond, effaré, et se retrouva avec les bras dans les mains, tandis que le torse tombait à ses pieds en rebondissant. Il jura doucement : quand même, se faire avoir par un mannequin en plastique ! Il prit sa radio pour envoyer un message :

— Une bombe a explosé *Chez Charlotte*.

S'étant entendu dire de rester sur place et de faire son possible pour les blessés en attendant l'arrivée d'une ambulance et de renforts, il rempocha sa radio et alluma sa torche. Le rayon lumineux révéla une jeune fille et une petite vieille, toutes deux couvertes de poussière et les vêtements en désordre, assises sur un homme. Ah non, cette fois, on ne l'y reprendrait pas ! Assises sur un mannequin masculin. Les deux femmes fermèrent les yeux à cause de la lumière. Il abaissa le rayon lumineux et découvrit que la plus âgée des deux tenait sur ses genoux un pistolet braqué sur lui. Il éteignit la torche, fit un écart, trébucha sur des objets non identifiés, se ressaisit, ralluma et prit le pistolet des mains qui ne résistèrent pas.

— Merci, monsieur l'agent, dit Miss Seeton, soulagée.

— Vous avez un port d'arme, pour ça ? demanda-t-il.

— Certainement pas ! s'indigna-t-elle. Il n'est pas à moi, il appartient à...

Elle s'interrompit tandis que Deirdre et elle se

balançaient sur leur perchoir et que le mannequin masculin gigotait sous elles, avec un grognement inarticulé.

Le policier commençait à penser qu'il s'était égaré dans un de ces pays des merveilles où il faut courir quand on veut rester immobile. Il prit une profonde inspiration.

— Pourquoi êtes-vous assises sur lui ?

— Pour le maintenir à terre, répondit Deirdre d'un ton raisonnable. Que pourrions-nous faire d'autre ?

Elle avait sauté hors de la voiture quand celle-ci s'était immobilisée. L'homme au pistolet avait sauté à sa poursuite, trébuché et chuté. Avec une belle présence d'esprit, elle s'était alors assise sur sa tête mais, comme elle avait du mal à le maintenir, car il s'agitait violemment, elle avait appelé Miss Seeton à la rescousse. Grâce au poids conjugué de leurs deux corps, elles avaient réussi à le garder cloué au sol et Deirdre, guère habituée aux armes à feu, avait mis le pistolet entre les mains réticentes de sa compagne. Et puis elles n'avaient plus osé bouger avant que quelqu'un n'arrive. Deirdre s'était sentie si soulagée en voyant se profiler un casque de policier qu'elle en avait presque éprouvé une sorte d'ivresse, après le stress subi au cours des heures écoulées.

— Mais vous pourriez l'étouffer, Miss ! objecta-t-il.

— Parfait, répliqua Deirdre.

Sentant que l'intelligence de la situation lui échappait, le policier saisit la planche de salut d'une réalité indiscutable.

— La bombe, elle était dans la voiture ou dans la boutique ?

— La bombe ? répéta Deirdre sans comprendre.

— La bombe ? dit Miss Seeton en écho.

La jeune fille se mit à rire nerveusement et Miss Seeton, reconnaissant les signes avant-coureurs de

l'hystérie, comprit qu'il fallait tout expliquer, depuis le début. Lucidement.

— Quand cet homme-là, fit-elle en indiquant le corps sur lequel elle était juchée, a fait son « enlèvement », comme il disait — après la fête. (Il fallait être précise.) C'est-à-dire que la fête n'était pas encore finie. Mais nous, nous n'y étions plus. Pas à ce moment-là...

— Et la bombe ? interrompit-il, sans en démordre, s'agrippant à sa planche de salut.

— Ah, ça !

Les yeux accoutumés à l'obscurité, elle survola les lieux du regard, enregistrant les détails éclairés par la torche, et comprit le malentendu. Mais bien sûr ! Il avait raison. Si simple, en vérité : ça pouvait s'expliquer en deux mots.

— Voyez-vous, j'ai bien peur que ce soit moi.

— Elle a quoi ? s'exclama Delphick, estomaqué. Des épingles ?

Dévoré de remords, le commissaire divisionnaire était resté au Yard, puisant à toutes les sources d'information qui lui venaient à l'esprit, mais en vain. Et maintenant, cet appel de Lewisham ! Soulagé, il foudroyait le téléphone du regard, comme s'il le tenait responsable de cette dernière escapade de Miss Seeton.

— Eh bien, si Miss Kenharding et elle veulent se rendre à ce club et si Miss Seeton dit que c'est urgent, c'est probablement le cas. A votre place, je les y conduirais illico presto.

Il écouta son correspondant avant d'enchaîner :

— Ça peut attendre, les formalités des dépositions signées et des chefs d'inculpation. Jusqu'au matin, si nécessaire. Elles ne vont pas s'enfuir. De toute façon, si elle est décidée à aller dans cet endroit-là, elle ira,

par n'importe quel moyen, et si vous essayez de l'en empêcher, elle vous plantera sans doute aussi des épingles dans le lard.

Il écouta un instant et soupira.

— Bon, si ça peut aider, j'irai moi-même à ce fameux *10/20* et je veillerai sur elle. Vive les heures sup' !

L'humour remplaçait le stress et Delphick se mit à rire.

— J'aimerais assez apprendre ce qui s'est passé au juste et, surtout, savoir à quel endroit précis elle a piqué ses épingles !

CHAPITRE XIII

Au *10/20*, Tom Haley vida son verre et vérifia l'heure à sa montre pour la septième fois. Elle ne viendrait pas. Bon, et à quoi s'était-il attendu ? La fille de lord Kenharding... et lui ? Quelle rigolade, de quoi faire des gorges chaudes dans les cottages... Elle avait dit qu'elle ne viendrait pas et elle avait tenu parole. Et pourtant... Il se répéta pour la sixième fois qu'il allait attendre encore cinq minutes. Pas une seconde de plus, non. Après, au diable tout ça, et elle avec. Oui, c'était dommage que ce soit tombé sur ce vaurien de Derrick — et alors ? On fait son boulot, du mieux qu'on peut, et si les gens s'imaginent qu'on va prendre des gants et risquer la vie des autres sous prétexte que Untel est Untel, eh bien, ils peuvent aller se faire voir, les gens. Un nouveau coup d'œil à sa montre : encore trois minutes et vingt secondes, et fini. Point final. Et pourtant... Il serra les dents. Laisse tomber, va !

Depuis un renfoncement, à l'autre bout de la salle du restaurant, Mel Forby surveillait Haley de façon intermittente. Elle interrogea du regard Thrudd Banner qui revenait à leur table.

— Que dalle ! l'informa-t-il. Le cottage de Miss Esse ne répond pas. Le service des dépêches, au

bureau, dit que le correspondant du Kent leur a téléphoné en racontant qu'il y aurait eu du grabuge à une vague fête de Plummergen : un homme qui a fait une chute et s'est brisé la nuque, un autre qui s'est fait tirer dessus. Il ignore de qui il s'agit, dans les deux cas — la police reste muette. J'ai essayé le Yard : on croirait qu'ils n'ont jamais entendu parler de Miss Esse, mais ils ont eu l'air très intéressés par mon humble personne. Mon nom, ceux de mes parents, la date de naissance du pékinois de ma grand-tante — en fait, n'importe quoi pour me garder en ligne pendant qu'ils localisaient l'appel. Alors j'ai raccroché.

Mel était inquiète.

— Tout ça pourrait vouloir dire kidnapping, normalement.

— Pourrait, sauf que rien de ce qui se passe autour de Miss Esse n'est jamais normal. Autre chose — là, je ne suis pas sûr qu'il y ait un rapport. Le bureau m'a parlé d'une brève en provenance de Lewisham, selon laquelle une bombe aurait explosé dans une boutique de vêtements. Sont concernés : une voiture, un homme évacué sur une civière, un autre les menottes aux mains, et deux femmes, une âgée, l'autre jeune, qui ont filé dans une voiture de police comme deux chats échaudés, d'après un témoin oculaire.

— Un peu tiré par les cheveux, non... commença Mel qui s'arrêta net.

Le murmure des conversations et le cliquetis des couverts s'étaient tus. Quelques dîneurs se mirent à applaudir, croyant saluer le début d'un numéro de cabaret. Mel regarda la porte d'entrée.

— Un chat échaudé ? murmura-t-elle.

Le silence soudain de la salle, suivi d'applaudissements sporadiques, parvint à percer l'épaisseur du cafard de Tom Haley. Il se retourna et leva les yeux :

sa mâchoire se relâcha et c'est bouche bée qu'il contempla la scène entourée d'une balustrade, en haut des marches qui descendaient à la salle à manger. Elle était là, debout.

Elle était bien là, debout. Le chapeau en équilibre précaire, privé de ses points d'ancrage ; le col du manteau relevé d'un côté, à plat de l'autre ; il manquait deux boutons à sa veste ; la jupe était déchirée, révélant un morceau de jupon ; un des bas gris était en accordéon, l'autre avait une échelle ; et les solides chaussures de marche étaient éraflées.

Le maître d'hôtel se précipita pour faire évacuer cet objet de scandale. Mais, à l'instar du portier et de la dame du vestiaire qui avaient essayé la même tactique avant lui, il ralentit et se figea, arrêté dans son élan par un regard et se sentant comme un écolier pris en flagrant délit de gaffe. Ce soir, Miss Seeton n'était pas d'humeur à en supporter davantage : elle alla droit à la table de Tom Haley et s'assit.

— Deirdre est désolée d'être en retard, fit-elle, elle est aux toilettes, en train de mettre un brin d'ordre. Dans sa tenue, je veux dire.

Thrudd Banner avait payé l'addition. Il repoussa la table.

— Viens, allons écouter l'histoire !

— Minute, fit Mel, le retenant d'une main posée sur son bras. Je ne te demande pas l'impossible, comme un peu de tact. Je ne suggère même pas que tu puisses comprendre une chose qui ne t'a, visiblement, jamais effleuré, même de loin : le rêve d'un amour juvénile. Mais faut-il être un balourd comme toi pour ne pas se rendre compte que si on débarque maintenant, ils ne s'apercevraient même pas de notre existence ?

Deirdre n'avait pas tardé à arriver à la table de Tom.

Miss Seeton se leva sans qu'on la remarque et alla trouver le garçon et le sommelier, plantés là, en attente. Elle étudia le menu, parcourut des yeux la liste des vins, parla, désigna des choses sur la carte. Ils inclinèrent la tête, elle acquiesça du chef et se dirigea vers la sortie.

Mel observait la scène. Torturées, les mains de Deirdre voletaient comme des papillons, expliquaient. Tom se pencha en avant et les prit dans les siennes. Et, en un instant, les mains et la jeune fille se détendirent et se calmèrent. Les deux jeunes gens restèrent là, mains et âmes mêlées, chacun explorant le regard de l'autre, oublieux de tout le reste. Une expression d'envie, de nostalgie passa sur le visage de Mel.

Thrudd regardait Mel. Il revint sur ce qu'elle venait de dire :

— « Le rêve d'un amour juvénile. » Juvénile ? Bon, laissons tomber le « juvénile ». Rêve ? Les rêves sont sans substance, ils s'évanouissent. Mais l'amour... fit-il, les sourcils froncés, l'air interrogateur et la bouche ironique. Dis-moi, à titre purement théorique : comment réagirais-tu à l'amour ?

Devant ce visage moqueur et ce regard intense, Mel se trouva pour une fois sans voix. Et pour la première fois, depuis le jour où on l'avait traînée devant la classe, à l'école, pour réciter « Ma mère », elle rougit.

Thrudd se leva d'un bond :

— Voyons, espèce de pâle imitation de reporter en herbe, au travail !

Miss Seeton atteignait l'escalier quand les deux journalistes vinrent l'encadrer, parlant tous les deux en même temps :

— Miss S !

— Miss Esse !

— Allez, racontez !

Miss Seeton s'arrêta, momentanément déconcertée, puis, acceptant leur arrivée impromptue, expliqua :

— Je me suis dit qu'ils auraient besoin de manger un peu, j'avais peur qu'ils oublient. De commander, j'entends. Alors j'ai dit à un des garçons de leur apporter un vin léger, fit-elle, l'air inquiet. Ça ira, vous croyez ? Et j'ai demandé à l'autre de leur servir un plat nourrissant — n'importe quoi, je ne pense pas que ça ait de l'importance.

— L'abstinence est l'ennemi de l'amour, déclama Thrudd pour signifier son accord.

A l'entrée, ils se trouvèrent nez à nez avec Delphick. L'Oracle dévisagea Miss Seeton d'un air accusateur.

— Depuis quand plantez-vous des épingles dans les gens ?

Miss Seeton s'empourpra.

— Ce n'était pas des épingles, monsieur le divisionnaire, ou tout au moins pas dans le sens que vous croyez. C'était une épingle à chapeau, et une seule. Et, naturellement, bien que ce ne soit pas le genre de chose qu'on aimerait faire tous les jours, ajouta-t-elle avec une certaine ardeur, je considère que c'était justifié, dans le cas présent. Sans compter que c'était écrit partout, sur les maisons.

Delphick avait beau avoir l'habitude des explications alambiquées de Miss Seeton, celle-ci le laissait pantois.

— Qu'est-ce qui était écrit, et sur quelles maisons ?

— Eh bien, « Prenez Courage », évidemment, et ça disait même que c'était la réponse. Alors c'est ce que j'ai fait, et c'était bien la réponse. Je n'aurais vraiment pas pu prévoir que ça exploserait — le pistolet, veux-je dire — et que la voiture foncerait dans une boutique...

Delphick hocha la tête pour s'éclaircir les méninges pendant que Thrudd murmurait :

— Et voilà Miss Esse repartie pour un tour !

— Il est trop tard pour que vous rentriez chez vous, décida le commissaire divisionnaire. On va réfléchir à un endroit où vous pourriez passer la nuit.

— Miss S peut camper chez moi, proposa Mel, j'ai un lit pour les amis.

Delphick réfléchit.

— D'accord, mais il faudra que je mette un homme en faction devant chez vous — juste au cas où. Et Miss Kenharding ? Où est-elle ? demanda-t-il en parcourant la salle du regard.

Thrudd sourit.

— Main dans la main avec Haley, sur un petit nuage rose qui flotte au-dessus d'une table pendant que les garçons essayent de leur passer à manger jusque là-haut.

— Manger ! s'exclama Mel. Mais Miss S n'a pas dîné. Et vous ?

Le commissaire divisionnaire s'aperçut qu'à cause du trajet et du souci il n'avait pas dîné non plus. Et il avait faim. Une fois qu'il eut organisé une garde à la porte de chez Deirdre et de chez Mel, il se laissa facilement persuader de se rendre à la salle à manger avec Miss Seeton et les deux journalistes, sachant fort bien qu'il aurait à payer l'excellent repas qu'on allait lui offrir en fournissant des détails sur les événements de l'après-midi et de la soirée. Mais il fallait être juste avec Mel et Thrudd : pourquoi leur refuser des informations qui seraient bientôt du domaine public... Son principal souci restait Thatcher. Que le syndicat se livre ou non à une nouvelle tentative sur Miss Kenharding, Miss Seeton les avait joliment ridiculisés, à sa façon inimitable. Une chose que Thatcher ne pouvait se permettre de tolérer et qui le contraindrait — c'était la règle du jeu — à la faire éliminer.

Une froide férocité : telle était l'actuelle disposition d'esprit de Thatcher. L'enlèvement de Deirdre Kenharding, avec les possibilités de marchandage qu'il offrait, aurait réussi, sans l'intervention de Miss See-

ton. Finalement, ça faisait quatre fois qu'elle le coiffait au poteau et qu'elle le ridiculisait, cette bonne femme avec son air simplet.

Pour gouverner par la peur, encore faut-il que les gens aient peur et que leur peur demeure constante. Toute opposition doit être supprimée, tout manquement à l'obéissance châtié. Aucun dictateur, quel que soit son champ d'action, ne peut se permettre de voir son autorité mise en question, puisque le doute qui s'installe est une graine de révolution, prête à germer sur le compost de l'envie et de la haine. Mais la dérision est plus dangereuse encore : le ridicule peut fissurer les fondements d'un empire.

Miss Seeton l'avait gravement offensé et ces humiliations exigeaient que justice fût faite — à la Thatcher — et qu'elle fût faite au vu et au su de tous.

Il avait ses propres sources d'information et, bien qu'il n'eût pas découvert l'identité du coupable, il savait que la police avait été prévenue de l'attaque à la fête de Plummergen. Ce premier signe de rébellion dans les troupes eût été impensable encore un mois plus tôt. Sans compter que certains autres hiérarques du syndicat seraient ravis de le déboulonner, pour peu que ce fût à leur avantage. Il voyait bien que, tout compte fait, la situation exigeait un geste, un geste audacieux. Il prouverait qu'il ne dépendait pas d'assassins à sa solde. Qu'au besoin il était capable de régler lui-même le problème, et bien plus efficacement que les autres. Il était essentiel que tout le monde — les gens honnêtes comme la pègre — sache qui avait tué la bonne femme, et pourquoi. Et tout aussi nécessaire qu'il fût impossible de le prouver. Un tel coup d'éclat rachèterait ses récents revers, tant à ses propres yeux qu'à ceux des autres, et réinstillerait la peur là où il fallait qu'elle régnât.

Thatcher élaborait un plan... Chez elle, dans son

propre cottage, avec un maximum de publicité. Lui-même dans les parages, sa présence connue mais assortie d'un alibi, et ayant un lien avec l'événement mais sans qu'il fût possible de le prouver. Choisir un moment où elle serait sortie et, quand elle rentrerait... Thatcher dressa son plan et se dit que son plan était bon.

« C'est extraordinaire, songeait Miss Seeton, on a la sensation d'être tellement haut ! On n'a pas cette impression quand on regarde les autres faire de la bicyclette, pourtant le sol paraît étonnamment loin lorsqu'on est soi-même en selle. » Comme c'était gentil de la part de lady Colveden, qui avait une réunion et qui ne rentrerait que plus tard, d'avoir emprunté la camionnette de sir George pour l'emmener à Brettenden, elle et son vélo, et la déposer à la banque pour l'entretien que le directeur souhaitait avoir avec elle. Pour aller en ville à vélo — bien qu'il y eût moins de dix kilomètres — il y avait une longue côte qu'on était obligé de monter à pied, alors qu'au retour, comme maintenant, c'était tout autre chose. On n'avait même pas besoin de pédaler sur cette partie-là du trajet, il suffisait de descendre en roue libre. En roue encore plus libre qu'avec les autres cyclistes, dans le cas de Miss Seeton, qui filait maintenant dans la descente à une allure de plus en plus vive.

Quel soulagement, à la banque : ce n'était pas parce qu'elle n'avait pas assez d'argent, comme elle le craignait, que le directeur voulait la voir, mais parce qu'il trouvait au contraire qu'elle en avait trop, et qu'il serait bon qu'elle fît des placements. Ces dessins pour la police avaient vraiment fait une différence dans sa vie et elle en éprouvait de la reconnaissance. Placer de l'argent ? Elle n'était pas sûre, quant à cela. Les placements baissent toujours, d'après ce qu'on lit. Et si l'on

en tire un revenu, le gouvernement vous en prend la meilleure part, si tant est qu'il ne fasse pas carrément main basse sur vos actions, à ce que racontent les journaux. Elle ferait sûrement mieux d'investir dans des appareils ménagers pour le cottage, de ces machines qui vous épargnent de la besogne, comme Martha n'arrêtait pas de le lui suggérer. Au moins, on pouvait être sûr d'en avoir pour son argent : moins de travail et plus de confort.

Une voiture klaxonna derrière Miss Seeton. Elle se retourna et fit un signe pour s'excuser, monta sur l'accotement herbu, donna un coup de guidon pour revenir sur la route, pressa sur une manette en croyant actionner les freins. Au lieu de quoi la bicyclette, libérée de la contrainte du dérailleur, se mit à filer encore plus vite tandis que le conducteur de la voiture, considérant que la discrétion est la meilleure garantie de sûreté sur la route, roulait au pas dans son sillage, jouant à la tortue derrière Miss Seeton-le-lièvre.

Miss Seeton pédalait en rêvant tout éveillée de couvertures chauffantes, de machines à laver et de robots culinaires. Après le marais, elle arriva au village et descendit la Rue en zigzaguant un tantinet — tiens, par exemple, elle avait drôlement bien fait d'investir dans un vélo, maintenant qu'il n'y avait plus qu'un bus par semaine pour Brettenden ! Elle était parfaitement à l'heure pour le déjeuner.

Martha Bloomer l'attendait à la porte :

— Un homme est venu.

— Un homme ? s'étonna Miss Seeton, ne voyant pas qui aurait pu venir chez elle.

— Ben, concéda Martha à regret, s'il avait pas été étranger, j'aurais dit que c'était un gentleman. Grand, avec des lunettes, un petit bouc et des moustaches. Il a dit qu'il avait fait vot' connaissance sur le Continent, qu'il vous devait que'que chose et qu'il était ben

désolé que vous soyez pas là, mais il vous a laissé ce petit paquet.

Miss Seeton regarda le paquet enveloppé de papier kraft, interloquée. Fait connaissance sur le Continent? Mr. Stemkos, qu'elle avait rencontré en Suisse? Mais non, il se rasait. Bizarre, bizarre.

— Qui donc ça pourrait être? se demanda-t-elle.

— Eh ben, dit Martha, il était au *George and Dragon*, sa voiture était devant. Même qu'elle y était encore quand je suis passée chez moi il y a cinq minutes, alors j' crois qu'il doit manger là-bas.

Un étranger. Qui lui avait laissé un cadeau... C'était gentil, vraiment gentil. Mais de qui pouvait-il s'agir? s'interrogea encore Miss Seeton.

Thatcher était content. Tout avait fonctionné encore mieux qu'il ne l'espérait. Au pub du coin — toujours la meilleure source d'information — on lui avait révélé qu'une certaine lady Machin avait emmené Miss Seeton à la ville voisine, ce matin, et que cette dernière ne rentrerait pas avant le milieu de l'après-midi. Idéal. Ses troupes à lui sauraient qui était « le monsieur étranger » et la police s'en douterait peut-être, mais ne pourrait rien prouver. Il avait cinq hommes prêts à jurer d'un alibi, à Londres. En attendant, il pouvait se permettre de se détendre, de déjeuner tranquillement, ce qui éviterait tout soupçon, et de rentrer dans la capitale par le chemin des écoliers. Et avant même son retour, ce serait déjà la panique. Pas de rapport possible avec lui. Il aurait atteint son but — et donné une leçon de choses aux autres, par-dessus le marché. Pas étonnant qu'il se félicitât de son entreprise!

Delphick appela son inspecteur à Plummergen, envoya un message urgent à Brinton, à Ashford, commanda une voiture et ordonna à son chauffeur de rejoindre le Kent en quatrième vitesse, en fonçant à en

faire cramer le caoutchouc de ses pneus. Son indic venait de le prévenir encore une fois : on avait planqué une bombe dans le cottage de Miss Seeton.

Bob Ranger força Miss Seeton à abandonner, bien à contrecœur, le désherbage d'un parterre de rosiers, la confia à sa femme, Anne, pendant qu'il se joignait à l'agent du coin, Potter, et aux hommes envoyés d'Ashford pour chercher la bombe à *Sweetbriars*. On avait fait évacuer toutes les maisons voisines, dont celle de Martha, furieuse — et le dîner de sa famille, qu'elle devait préparer, hein ? Les villageois excités se pressaient derrière le cordon de police, tentant de se rapprocher le plus possible du lieu de l'explosion attendue.

Des sirènes ne cessaient de hurler à mesure qu'arrivaient les renforts de police. L'unité d'artificiers chargée de désamorcer les bombes était déjà sur place et c'est au milieu de toute cette cohue que la voiture de Delphick déboucha dans la Rue. Il bondit hors de l'auto et se hâta d'aller conférer avec Brinton et Bob Ranger.

Miss Seeton le prit par le bras :

— Monsieur le divisionnaire, s'il vous plaît, qu'est-ce que c'est que tout ça ? Que s'est-il passé ?

— Une bombe, répondit l'Oracle. Ils ont planqué une bombe à retardement dans votre cottage. Il faut qu'on...

— Une bombe ? s'écria-t-elle, incrédule. Une bombe, dans mon cottage ? Mais c'est ridicule ! Et pourquoi le feraient-ils ? Et puis d'abord, qui est-ce, « ils » ?

Delphick prit soudain conscience que personne n'avait pensé à l'interroger, elle.

— Dites-moi, que vous est-il arrivé depuis ce matin ?

— Mais, rien...

Miss Seeton se rendit compte qu'il s'agissait d'une question officielle et qu'il fallait répondre avec précision.

— C'est-à-dire, je suis allée à la banque — si gentil de la part de lady Colveden de m'emmener en voiture ! —, et revenue à vélo. Moi, je suis revenue à vélo, veux-je dire, pas elle, bien sûr, elle avait une réunion. Et pas de vélo, naturellement.

— Et il y a eu cet homme, l'étranger, claironna Martha.

— Un homme ? Un étranger ? demanda Delphick.

— Eh bien, à vrai dire, non, expliqua Miss Seeton. Il ne l'était pas. C'était Mr. Thatcher, avec une barbe.

Delphick commençait à éprouver la familière impression d'irréalité qui vous saisit invariablement quand on interroge Miss Seeton.

— Thatcher ? Ici ? Vous êtes sûre ?

— Ah oui ! Il s'est laissé poussé la barbe et la moustache, mais ça ne modifie pas l'ossature, évidemment, pas plus que les yeux ni les orbites.

— Evidemment, dit-il, se faisant violence pour ne pas perdre patience. Et que faisait-il ?

— Il réglait l'addition de son déjeuner, j'imagine.

— Voyez-vous, dit Martha, bien décidée à mêler son grain de sel, il avait laissé un paquet pour Miss Emily...

— Un paquet ? glapit Delphick. Quel paquet ? Où est-il ?

— Sur la petite table, dans le couloir... commença Martha.

— Et Martha me l'a donné, en précisant qu'il avait dit me le devoir et qu'il avait fait ma connaissance à l'étranger. Alors j'ai pensé à Mr. Stemkos, mais ça ne pouvait pas être lui à cause de la barbe... il n'en a pas. Mr. Stemkos, veux-je dire.

— Comment ça ? fit Delphick, tâchant de ne pas hurler.

Martha y alla de son couplet :

— J'y ai dit, à Miss Emily, que sa voiture était au *George and Dragon*, alors...

— Alors, naturellement, poursuivit Miss Seeton, comme ça ne se fait pas d'accepter des cadeaux de la part de messieurs qu'on ne connaît pas, j'y suis allée. Lui, il rentrait justement dans l'hôtel et il avait laissé la porte ouverte. La porte de sa voiture. Alors, je me suis dit que c'était la meilleure chose à faire, vraiment. Et bien moins gênant.

Delphick renonça au combat inégal qu'il menait contre ses sentiments :

— *Et qu'avez-vous fait du paquet ?* grinça-t-il.

Miss Seeton le regarda, médusée.

— Oh, mais je croyais l'avoir dit clairement, monsieur le divisionnaire. Je l'ai mis par terre, derrière son siège...

Achevé d'imprimer par Elsnerdruck
à Berlin

N° d'édition : 2872
Dépôt légal : mars 1998
Imprimé en Allemagne

DATE DE RETOUR

18 AVR.			

BRODART Cat. No. 23 233 Printed in U.S.A.

GARANT DES FORÊTS
INTACTES

Ce livre a été imprimé sur du papier Enviro
100 % recyclé, traité sans chlore, accrédité Éco-Logo
et fait à partir d'énergie biogaz.

Achevé d'imprimer
à Montmagny (Québec)
sur les presses de Marquis Imprimeur
en juin 2017

MARQUIS